UN GENTLEMAN DÉSHONORÉ

JACQUIE D'ALESSANDRO

UN GENTLEMAN DÉSHONORÉ

Traduit de l'américain par Élisabeth Luc

J'AI LU

POUR elle

Titre original :
Not Quite a Gentleman
Published by Avon Books,
an imprint of HarperCollins Publishers, New York

Je dédie cet ouvrage à ma belle-sœur Brenda D'Alessandro, qui est non seulement la championne du monde du shopping, mais aussi la meilleure des coiffeuses. Je la remercie de m'avoir fait rire et d'avoir accompli des prouesses en quelques coups de ciseaux magiques.

Je dédie également ce roman à Erika Tsang, une éditrice formidable. Merci de m'avoir aidée à donner vie à ce roman et de l'avoir tant apprécié. Je la remercie également de m'avoir contrainte à faire le ménage chez moi avant chacune de ses visites. Ma famille lui en est très reconnaissante.

Naturellement, je dédie ce roman à Joe, mon merveilleux mari, qui me soutient et se conduit en parfait gentleman en toutes circonstances, ainsi qu'à mon fils, Chris, lui aussi un parfait gentleman, dont je suis très fière. Je sais qu'il sera un homme aussi merveilleux que son père.

Remerciements

Je tiens à remercier les personnes suivantes pour leur aide précieuse et leur soutien :

La formidable équipe d'Avon/HarperCollins, pour sa gentillesse, ses encouragements, et pour m'avoir aidée à réaliser mes rêves, notamment Michael Morrison, Mike Spradlin, Brian Grogan, Carrie Feron, Debbie Stier, Pamela Spengler Jaffee et Jamie Beckman.

Mon agent, Damaris Rowland, pour sa confiance et sa sagesse.

Jenni Grizzle et Wendy Etherington, qui m'ont encouragée et étaient toujours partantes pour du champagne et du cheese-cake.

Merci également à Sue Grimshaw, Kathy Baker, Kay et Jim Johnson, Kathy et Dick Guse, Lea et Art D'Alessandro, ainsi que Michelle, Steve et Lindsey Grossman.

Mille cyberbisous à mes camarades Connie Brockway, Marsha Canham, Virginia Henley, Jill Gregory, Sandy Hingston, Julia London, Kathleen Givens, Sherri Browning et Julie Ortolon, sans oublier les Tentatrices.

Des remerciements tout particuliers à tous les membres des Georgia Romance Writers.

Enfin, merci à tous mes merveilleux lecteurs qui ont pris le temps de m'écrire ou de m'envoyer un e-mail. Sachez que j'adore avoir de vos nouvelles !

Prologue

Cornouailles, 1817

La main plaquée sur la bourse en cuir dissimulée contre sa poitrine, Nathan Oliver s'appuya contre le tronc d'un grand hêtre, le temps de reprendre son souffle. Une véritable fortune en bijoux volés… Il y était presque… Il avait presque réussi. Il ne lui restait plus qu'à traverser la clairière éclairée par la lune pour remettre la marchandise à l'homme qui l'attendait de l'autre côté, dans les bois, et ce serait terminé. Sa sécurité financière serait assurée jusqu'à la fin de ses jours.

Nathan aspira profondément, et attendit que son cœur retrouve un rythme normal, que ses battements cessent de lui marteler les tempes et de lui rugir aux oreilles. Ces sensations, il ne les connaissait que trop ; elles revenaient chaque fois qu'il effectuait ce genre de tâche. Ce soir-là, cependant, elles étaient plus intenses – pour des raisons sur lesquelles il préférait ne pas s'attarder. Nom de Dieu, sa conscience avait mal choisi le moment de se manifester. En dépit de ses efforts pour les chasser, les scrupules et la culpabilité le hantaient depuis qu'il avait accepté cette mission. « Oublie ça, s'ordonna-t-il. Ce qui est fait est fait. Contente-toi de finir ton travail. »

De derrière son arbre, il jeta un coup d'œil prudent alentour. La lune disparut derrière un nuage, plongeant les lieux dans la pénombre. La brise marine agita les feuillages, leur bruissement se mêlant au chant des grillons et au hululement des chouettes. Tout semblait normal, pourtant, Nathan sentit l'appréhension lui nouer les entrailles. Par le passé, son instinct ne l'avait jamais trompé. Il demeura immobile pendant deux bonnes minutes, les yeux plissés, l'oreille tendue, sans rien déceler d'alarmant. Serrant son précieux fardeau contre lui, il prit une nouvelle inspiration, puis s'élança au pas de course à travers la clairière.

Il avait presque atteint la lisière des arbres quand une détonation brisa le silence. Il se jeta à terre. La douleur irradia dans ses côtes comme il heurtait lourdement le sol. Presque aussitôt, un autre coup de feu retentit, suivi d'un cri de souffrance et de surprise.

— Attention !

Nathan se figea. Bon sang, il connaissait cette voix.

Il se releva péniblement et se précipita dans sa direction. Au détour d'un virage, dans l'allée, un homme gisait à terre. Nathan entendit des pas derrière lui, mais il était déjà trop tard. Avant qu'il puisse réagir, il reçut un coup entre les omoplates. Déséquilibré, il lâcha la bourse qui contenait les bijoux. Une main gantée de noir s'en empara, puis la silhouette fila dans les bois.

L'espace d'un instant, Nathan demeura paralysé, les yeux rivés sur l'ombre qui s'enfuyait avec la bourse. Soudain submergé par la peur, il se redressa et se rua vers l'homme étendu sur le sol. Il se laissa tomber à genoux près de lui.

— Nom de Dieu, Gordon, qu'est-ce que tu fais là ? chuchota-t-il, la gorge nouée, en l'examinant.

— J'allais te poser la même question, grommela le blessé, dont l'épaule saignait.

— Tu n'as été touché qu'une fois ?

Gordon hocha la tête en grimaçant.

— C'est la deuxième balle qui a fait mouche. Ça fait un mal de chien, mais ce n'est qu'une égratignure.

J'ignore si Colin a eu autant de chance que moi. Je l'ai vu tomber au premier coup de feu.

À la mention de son frère, Nathan interrompit son examen.

— Où est-il ?

Gordon tourna la tête vers la gauche. Nathan aperçut une paire de bottes qui dépassait de sous un buisson. Il eut l'impression de recevoir un coup de poignard en plein cœur et dut lutter pour ne pas hurler. Il appliqua un mouchoir propre sur la plaie de Gordon, puis ordonna à ce dernier de le maintenir en place.

— Appuie aussi fort que tu pourras, lui conseilla-t-il.

Il fonça ensuite vers son frère. Avec précaution, il le dégagea du buisson, priant pour qu'il ne soit pas trop tard. « Faites qu'il survive, supplia-t-il en silence. Faites que mon avidité ne l'ait pas tué… »

Colin leva les yeux vers lui en réprimant un gémissement de douleur. Nathan laissa échapper un soupir de soulagement. Son frère était en vie ! À présent, il devait faire en sorte qu'il le reste.

— Colin, tu m'entends ? Où as-tu été touché ? interrogea-t-il, les dents serrées, retrouvant ses réflexes de médecin.

— La jambe…

Nathan localisa une plaie à la cuisse et, après un bref examen, annonça, laconique :

— La balle n'est pas ressortie.

Il dénoua son foulard en hâte et fit un garrot pour endiguer l'hémorragie.

— Il faut extraire cette balle sans tarder, expliqua-t-il. Ensuite, je devrai recoudre la blessure de Gordon. Retournons vite à la maison. Vous avez des chevaux ?

— Non, répondit Gordon. Et qu'est-ce qui te fait croire que je vais te laisser me recoudre ?

Lançant un coup d'œil par-dessus son épaule, Nathan découvrit que Gordon se tenait debout, le foudroyant du regard. Malgré sa main qui comprimait sa blessure, le sang continuait de couler abondamment.

— Sans doute le fait que je sois le seul médecin dans les parages et que vous ayez tous les deux un besoin urgent de soins.

— J'ai l'impression que tu es plus qu'un médecin, ce soir, Nathan, rétorqua Gordon avant de se tourner vers Colin. Je t'avais bien dit qu'un truc louche se préparait. Pourquoi, Nathan ? Pourquoi diable as-tu fait ça ?

Le mensonge que Nathan avait prévu pour se justifier demeura coincé dans sa gorge. Cette soirée avait viré à la catastrophe. Face à son frère et à son ami blessés, son esprit, d'ordinaire si véloce, ne parvenait plus à fonctionner. De toute évidence, Gordon le jugeait coupable de quelque crime – à juste titre, hélas ! –, et à en juger par son ton et son regard glacial, il envisageait le pire.

Nathan se tourna de nouveau vers Colin. Si les paroles de Gordon lui avaient fait mal, le regard lourd de reproche de son frère lui fit l'effet d'une gifle. Cette accusation insidieuse était intolérable.

— Nathan ?

Le ton sur lequel il prononça ce simple mot suffit à l'anéantir.

1

La femme moderne ne devrait jamais permettre à un gentleman de profiter d'elle, de s'amuser avec ses sentiments ou de la considérer comme un simple jouet dont il peut se débarrasser après avoir passé un moment agréable. Si un gentleman commet l'erreur de se comporter de la sorte, elle devra lui rendre la monnaie de sa pièce. Une fois vengé, un affront peut être enterré à jamais.

Le Guide féminin de la poursuite du bonheur personnel,

Charles BRIGHTMORE

— Que lis-tu avec tant d'intérêt, Victoria ?

Lady Victoria Wexhall sursauta et referma vivement l'ouvrage relié de cuir posé sur ses genoux. Elle leva les yeux sur sa tante Delia, assise en face d'elle dans la voiture. Elle avait fait un somme durant l'heure écoulée, mais la transperçait à présent de ses yeux d'un bleu intense.

Sentant le rouge lui monter aux joues, Victoria pria pour que sa tante n'y prête pas attention. Elle fit glisser le livre sur la banquette de velours et le couvrit négligemment de sa veste. Tante Delia serait horrifiée d'apprendre que sa nièce lisait un ouvrage dont le contenu explicite faisait scandale à Londres. Et elle serait encore plus choquée de savoir ce qu'elle envisageait de faire, une fois en Cornouailles, grâce aux conseils prodigués dans ce guide.

— C'est un livre que j'ai acheté chez *Wittnower*, avant de quitter Londres, répondit-elle. Vous sentez-vous reposée, ma tante ? s'empressa-t-elle d'ajouter, dans l'espoir de détourner la conversation.

— Oui, fit Delia en tournant la tête pour soulager sa nuque raide. Mais je me réjouis d'arriver à destination dans la journée ; j'en ai assez d'être confinée dans cette diligence.

— Je ne vous le fais pas dire.

Le trajet depuis la capitale avait été long et pénible. En temps normal, Victoria n'aurait jamais entrepris un tel voyage. Si on lui avait suggéré de renoncer au confort douillet de sa demeure londonienne et à la vie trépidante de la haute société juste avant le début de la saison pour aller s'enterrer à la campagne, elle se serait esclaffée. Mais elle aurait manqué une occasion rêvée de se venger d'un homme qui le méritait. Armée d'un exemplaire du *Guide* et d'un projet mûrement réfléchi, elle était prête à agir, désormais. Cela dit, le moment était mal choisi.

— Je n'arrive toujours pas à comprendre pourquoi mon père a tellement insisté pour que nous partions maintenant. Quelques semaines de plus n'auraient rien changé…

— Tu apprendras, ma chère enfant, que même les hommes les plus avenants sont en réalité des tyrans qui sont sur terre pour nous contrarier.

— Ce départ impromptu me contrarie, en effet, admit Victoria.

Pour des raisons qui lui échappaient, elle n'avait pas réussi à infléchir son père qui, d'ordinaire, cédait pourtant à tous ses caprices. Elle avait donc fini par se résigner, de crainte de le décevoir, mais aussi parce qu'elle comptait profiter de l'occasion pour se faire justice. Si tout se déroulait selon son plan, elle serait mariée d'ici à un an et son avenir serait assuré. Peut-être même serait-elle mère de famille…

— Quand je pense à toutes ces soirées mondaines que je vais rater… Je ne comprends vraiment pas l'empressement de mon père.

— Vraiment ? fit tante Delia d'un air sceptique. C'est étonnant, de la part d'une jeune fille aussi vive. De toute évidence, ton père veut te marier.

— Naturellement, admit Victoria. Et je n'y vois pas d'inconvénient. Mais ce ne peut être pour trouver un fiancé que père m'envoie en Cornouailles. D'autant que, au cours du seul mois écoulé, le comte Branripple et le comte Dravensby l'ont approché à propos d'un mariage éventuel. Et avec la saison qui va commencer, j'aurais eu l'occasion de rencontrer d'autres beaux partis si j'étais restée en ville.

— Peut-être que l'homme qu'il souhaite te faire rencontrer se trouve en Cornouailles, ma chère, objecta sa tante. Je me demande vers lequel des frères Oliver vont les préférences de ton père… Le comte, qui est veuf, ou bien son héritier, Colin, le vicomte de Sutton ? Voire son fils cadet, le Dr Nathan Oliver ?

Victoria s'efforça de demeurer impassible à l'évocation de ce nom.

— Aucun d'entre eux, j'en suis sûre. Je n'ai croisé que brièvement lord Sutton, il y a trois ans. Quant à lord Rutledge, je doute que mon père m'encourage à épouser un homme aussi vieux.

— Je crois me rappeler que le *vieux* lord Rutledge a un an de moins que moi, répliqua tante Delia d'un ton sec.

Avant que Victoria ne puisse s'excuser de cet impair, elle enchaîna :

— Tu oublies le Dr Oliver.

« Si seulement je le pouvais, soupira-t-elle intérieurement. Mais j'y parviendrai. À l'issue de ce séjour, je l'aurai à jamais effacé de ma mémoire. »

— Je ne l'oublie pas, mais à quoi bon parler de lui ? Ni mon père ni moi-même n'envisagerions un mariage aussi mal assorti. D'autant plus que deux comtes ont déjà manifesté quelque intérêt pour moi.

— Je n'ai pas souvenir de t'avoir entendue exprimer un penchant pour Branripple ou Dravensby, ma chère enfant.

Victoria haussa les épaules.

— Ce sont deux jeunes gens de bonne famille, bien éduqués et très convoités. Ils feraient tous deux d'excellents maris.

— Il est notoire qu'ils sont en quête d'une riche héritière.

— C'est le cas de nombreux nobles désargentés. J'ai toujours su qu'on m'épouserait pour ma fortune. Je dois me marier pour assurer mon avenir, car je ne puis compter sur la générosité d'Edward quand père ne sera plus de ce monde.

Victoria réprima un soupir à l'évocation de son frère aîné, un aventurier au comportement irresponsable, qui se trouvait pour l'heure à l'étranger. Joueur invétéré, il buvait trop et fréquentait les femmes de petite vertu. Si leur père venait à disparaître, il n'hésiterait probablement pas à la jeter à la rue. Certes, elle bénéficierait d'une rente, mais elle voulait fonder une famille, occuper une place dans la société.

— Entre Branripple et Dravensby, tu n'as aucune préférence ?

— Pas vraiment. Ils ont le même âge, le même caractère. J'avais l'intention de profiter de la saison à Londres pour passer un peu plus de temps avec eux avant de faire mon choix.

— Tu es donc certaine d'épouser l'un de ces deux hommes ?

— Oui.

Pourquoi son cœur ne se gonflait-il pas de joie à cette perspective ? Après tout, un tel mariage la propulserait au sommet de la haute société. De toute évidence, elle était trop préoccupée par l'objectif qu'elle s'était fixé en

Cornouailles. Mais une fois sa vengeance accomplie, son enthousiasme pour ses soupirants se manifesterait spontanément, elle n'en doutait pas.

— Je regrette tellement, ma chère enfant, fit lady Delia avec un soupir.

— Quoi donc, ma tante ?

— Que tu ne sois pas tombée amoureuse.

— L'amour ? s'esclaffa Victoria, avec cependant un pincement au cœur.

Comme toutes les jeunes filles, elle avait rêvé du grand amour. Puis elle avait mûri, et y avait sagement renoncé.

— Vous savez bien que ce n'est pas l'amour qui fait un bon mariage, surtout quand il est question de titres de noblesse, de domaines et de fortunes. Mes parents ne se sont pas mariés par amour, que je sache.

Elle revit le visage de sa chère mère, si souriante et si belle, avant que la maladie l'emporte.

— Peut-être pas, mais leur affection mutuelle a fini par se transformer en amour, lui rappela Delia. Tout le monde n'a pas cette chance. *Moi*, je ne l'ai pas eue, en tout cas.

Victoria pressa la main de sa tante. Désormais veuve, celle-ci avait vécu dix ans au sein d'un couple désuni.

— D'après ce que j'ai compris, reprit-elle, si ton père a tant insisté pour que tu ailles en Cornouailles, c'est qu'il voulait que tu élargisses tes horizons, que tu connaisses autre chose que les salons huppés de Londres, de Bath ou du Kent. Que tu ouvres ton esprit et ton cœur, que tu fasses de nouvelles expériences, de nouvelles rencontres.

— Sans doute. Mais père ne s'attend pas que je trouve un mari dans ce trou perdu. Il m'en aurait parlé.

— Tu crois ? Je ne pense pas, mon enfant. Tu apprendras vite que les hommes sont des êtres secrets.

Victoria ne pouvait le nier, surtout lorsqu'il s'agissait de son père.

— Pourquoi ne pas m'en parler ? s'étonna-t-elle, avant de comprendre. J'imagine qu'il savait que je n'accepterais jamais de m'installer si loin de la capitale. Si loin de la... civilisation. Mais aussi, comment ne pas vivre à Londres en pleine saison mondaine ? Passe encore l'été. Une résidence située à quelques heures de la ville permet de se tenir au courant de la dernière mode et des ragots.

La jeune femme se redressa. Se pouvait-il que sa tante dise vrai ? Dans ce cas, son père serait fort déçu, car le comte et le vicomte étaient peut-être les hommes les plus charmants du monde, jamais elle ne consentirait à un mariage qui lui imposerait de vivre dans cette campagne perdue. Un frisson d'effroi la parcourut.

— Je me rappelle avoir rencontré lord Sutton à Londres, il y a quelques années, dit tante Delia, songeuse. Un jeune homme fort séduisant.

— Certes.

Il était même exceptionnellement beau. Seulement, c'était son frère cadet qui l'avait bouleversée.

— Mais il pourrait être le plus bel homme de la planète que cela ne changerait rien, déclara-t-elle. Il ne m'intéresse pas.

— Son plus jeune frère était également présent, lui rappela tante Delia, les sourcils froncés. Le Dr Oliver. Un vrai démon, si tu veux mon avis.

L'image que Victoria tentait désespérément de chasser de sa mémoire ressurgit, plus vivace que jamais. Celle d'un jeune homme de haute taille, large d'épaules, aux cheveux blonds en bataille et aux yeux noisette à la fois rieurs et charmeurs. Son sourire espiègle l'avait fascinée dès leur première rencontre, trois ans plus tôt. Aujourd'hui encore, son cœur s'emballait lorsqu'elle pensait au Dr Oliver – quoiqu'elle attribuât cette réaction à l'irritation...

Des souvenirs douloureux l'assaillirent. Elle venait de fêter ses dix-huit ans, et le monde lui appartenait, à en juger par le succès qu'elle remportait pour sa première saison. Dans le regard du séduisant invité de son père, elle avait vite décelé plus que de l'intérêt. À ses yeux, il incarnait l'idée qu'elle se faisait du pirate téméraire qui enlève les jeunes filles, les garde captives sur son navire, les embrasse et… euh, elle ne savait trop ce qui se passait ensuite. Quoi qu'il en soit, elle avait rougi, comme sa femme de chambre Winifred s'empourprait chaque fois qu'elle évoquait Paul, le nouveau valet.

L'attirance immédiate que Victoria avait ressentie pour le Dr Oliver l'avait troublée au-delà des mots. Jamais elle n'avait rien éprouvé de tel. Elle avait pourtant croisé bien des jeunes gens séduisants, dans les soirées londoniennes. À commencer par le propre frère du docteur, lord Sutton, qui était plus beau, et bien plus fréquentable.

Elle ne s'expliquait pas sa réaction face au médecin. Quelque chose en lui l'attirait irrépressiblement… Ses cheveux un peu trop longs, peut-être, son foulard négligemment froissé, son regard pétillant, son sourire en coin… Elle avait envie de lui passer la main dans les cheveux, de lisser son foulard et de lui demander ce qu'il trouvait si amusant.

Mais c'était surtout sa façon de la regarder qui faisait battre son cœur et provoquait son émoi. Il la fixait avec un mélange d'amusement et de séduction qui dépassait les limites de la bienséance. Loin d'être choquée, Victoria n'en était que plus fascinée. Aussi, quand il la pria de lui faire visiter la galerie de portraits, accepta-t-elle sans hésitation, se disant que cette requête n'avait rien d'inconvenant. Après tout, sa tante et lord Sutton seraient dans la pièce voisine, et la porte resterait entrebâillée…

Une fois seule avec lui, toutefois, Victoria perdit sa belle assurance. À sa grande horreur, ses efforts pour impressionner le Dr Oliver tournèrent court. Elle se surprit à babiller de façon incontrôlable, oubliant les bonnes manières. Sa raison lui intimait de se taire, de lever la tête et de se contenter de lui adresser un regard froid, mais, pour une raison inconnue, ses lèvres semblaient animées d'une vie propre… Jusqu'à ce que le Dr Oliver la réduise au silence d'un baiser.

Une vague de chaleur submergea la jeune femme au souvenir de ce baiser incroyable, haletant, bouleversant, renversant, et bien trop court. En rouvrant les yeux, elle avait croisé le regard espiègle de Nathan.

— Voilà, avait-il murmuré d'une voix rauque.

Devant son mutisme, il avait haussé un sourcil et demandé :

— Vous n'avez rien à ajouter ?

Victoria n'avait réussi qu'à articuler un seul mot :

— Encore…

Une flamme sombre et délicieuse s'était allumée dans les prunelles de Nathan, qui s'était exécuté sans se faire prier. Ce nouveau baiser avait été toutefois d'un tout autre genre : lent et profond, la fusion intime de leurs souffles et de leurs langues qui avait électrisé Victoria. Submergée par un désir qu'elle ne s'expliquait pas, elle s'était cramponnée à lui. Elle en voulait davantage, voulait que ce baiser ne s'arrête jamais… Pourtant, Nathan l'avait interrompu et, avec un grognement, s'était écarté d'elle.

Ils s'étaient regardés longuement. Au fond des yeux. Elle avait tenté d'interpréter son regard si intense, mais n'y était pas parvenue tant elle était troublée. Puis il avait esquissé un sourire canaille et tendu le bras pour rajuster son corsage. Elle ne s'était même pas aperçue qu'il était de guingois. Du pouce, il lui avait effleuré la bouche. Il semblait sur le point de dire quelque chose quand son frère l'avait appelé de la pièce voisine. Il avait alors porté la main de Victoria à ses lèvres.

— Ce fut le plus inattendu et le plus agréable des intermèdes, milady, avait-il murmuré.

Sur ce, il lui avait adressé un clin d'œil, puis avait tourné les talons.

N'osant affronter sa tante avant d'avoir repris ses esprits, Victoria était montée dans sa chambre. Son reflet dans le miroir l'avait stupéfaite. Sa coiffure était passablement désordonnée et ses lèvres étaient rouges et gonflées. Même sans ces manifestations visibles du baiser passionné dont le Dr Oliver venait de la gratifier, les étoiles qui scintillaient dans ses yeux auraient suffi à la trahir.

Le bon sens aurait voulu qu'elle soit choquée par son propre comportement, par les libertés qu'elle avait accordées à cet homme, mais son cœur n'en voulait rien entendre. Comment raisonner alors que, pour la première fois de sa vie, elle n'avait qu'une envie : s'abandonner à ses sensations ? Au cours de la saison, elle n'avait autorisé aucun de ses prétendants à l'embrasser. Elle avait souvent rêvé de son premier baiser, l'avait même planifié dans les moindres détails – comme elle le faisait de tous les événements de sa vie, du reste. Il aurait dû avoir lieu dans un parc, avec un gentleman qui lui aurait demandé la permission de l'embrasser. En quelques secondes cependant, tous ses projets étaient partis en fumée. Mais jamais, au grand jamais, elle n'aurait imaginé des instants aussi magiques que ceux qu'elle avait partagés avec le Dr Oliver. Elle était impatiente de le revoir, ce qui ne saurait tarder, elle en était certaine.

Hélas, elle se trompait ! Le Dr Oliver n'avait jamais donné suite.

Victoria contempla les collines verdoyantes parsemées de chaumières par la fenêtre de la voiture, puis ferma les yeux. Dieu qu'elle avait été stupide ! Des semaines durant, elle avait nourri l'espoir de le revoir, l'avait cherché dans toutes les soirées mondaines. Elle avait guetté le courrier, dans l'attente d'une lettre. Elle sursautait chaque fois que quelqu'un frappait à la porte, priant pour que ce soit lui. Il lui avait fallu six semaines pour admettre la vérité. Un matin, au petit-déjeuner, elle avait négligemment prononcé son nom en présence de son père, qui, en une phrase, avait anéanti ses ultimes espoirs. Le Dr Oliver avait regagné la Cornouaille dès le lendemain de la fameuse soirée et n'avait nulle intention de revenir à Londres.

Elle s'était sentie humiliée à un point inimaginable. Quelle sotte elle était ! L'homme au sujet duquel elle nourrissait des espoirs romantiques n'était qu'un gredin ! Il l'avait embrassée à perdre haleine sans avoir la moindre intention de lui adresser de nouveau la parole. Il lui avait volé son *premier* baiser. Un baiser dont le souvenir demeurait brûlant dans sa mémoire alors que lui-même l'avait à coup sûr oublié. Quel camouflet ! Quel grossier personnage ! Le Dr Oliver était peut-être bien né, mais sa conduite était impardonnable.

Qu'à cela ne tienne, avant de quitter la Cornouaille, elle ferait en sorte que ce vaurien se souvienne d'elle. Elle était jeune et naïve, à l'époque, alors que lui était suffisamment expérimenté pour savoir ce qu'il faisait. Il avait joué avec ses sentiments, ce qu'elle aurait sans doute pu lui pardonner si elle avait réussi à l'oublier. L'idée de lui rendre la monnaie de sa pièce ne lui était venue que lorsque son père avait évoqué ce voyage. Elle avait acheté le fameux *Guide*, qui conseillait à ses lectrices de se venger de tels affronts afin d'être à même de les reléguer ensuite dans le passé. Victoria était déterminée à suivre le conseil. Elle comptait le séduire, l'embrasser comme il l'avait fait, avant de partir sans prévenir, ne lui laissant que des souvenirs qui hanteraient ses nuits. Sa vengeance assouvie, elle regagnerait Londres et épouserait l'un des comtes qui la courtisaient. Cette mésaventure avec le Dr Oliver appartiendrait bel et bien au passé. Oui, son plan était parfait.

La voix de tante Delia la rappela au présent.

— D'après ton père, le Dr Oliver est un excellent médecin, ce que je veux bien croire.

— Et pourquoi cela ?

Les yeux de sa tante se mirent à pétiller.

— Il est évident que cet homme est passionné par l'anatomie. Ton père a précisé qu'il s'intéressait beaucoup aux questions scientifiques.

Victoria réprima une grimace. Ce malotru aimait sans doute épingler des insectes sur des planches. Quant à sa profession... Une preuve supplémentaire qu'il n'était pas un vrai gentleman : un vrai gentleman ne travaillerait pas pour gagner sa vie.

La voiture ralentit soudain.

— Vous apercevez Creston Manor, derrière les arbres, à droite, mesdames ! lança le cocher. Nous arriverons dans un quart d'heure.

Il fit accélérer l'attelage. Les deux passagères regardèrent par la fenêtre. L'impressionnant manoir apparut au détour d'un bosquet. En cette fin de journée, la façade de brique d'un rose délicat était baignée d'une lumière dorée. Nichée parmi les arbres, entourée d'une pelouse impeccablement tondue, c'était une bâtisse à la fois impressionnante et chaleureuse. Victoria découvrit un parc superbe, ainsi qu'un étang dans les eaux étincelantes duquel le manoir se reflétait.

Un mouvement près des écuries capta soudain son attention. Deux hommes se tenaient à l'entrée. L'un d'eux, brun et élégant, en tenue d'équitation, semblait discuter avec l'autre, manifestement un domestique, car il était torse nu et avait un marteau à la main.

Le regard de Victoria demeura rivé sur le dos de ce dernier qui, même à cette distance, apparaissait musclé sous la fine pellicule de sueur. Ses joues s'empourprèrent, mais elle fut incapable de détourner les yeux de ce spectacle troublant. Sans doute parce qu'elle était scandalisée, se dit-elle. Jamais les domestiques, dans leur propriété à la campagne, ne vaqueraient à leurs occupations à demi nus. Elle ne put cependant s'empêcher de se demander à quoi cet homme ressemblait de face. De dos, il était si… captivant.

Tante Delia saisit son monocle.

— Je crois que le gentleman aux cheveux bruns est lord Sutton, déclara-t-elle.

— En effet, confirma sa nièce en tournant enfin les yeux dans sa direction.

— Quant à l'autre homme, reprit tante Delia en se penchant vers la vitre au point de la frôler. Seigneur, aucun de mes domestiques n'a une telle allure ! Cela suffirait à me faire inventer des excuses pour le convoquer sans cesse !

Victoria réprima un sourire face à ce commentaire audacieux.

— C'est là ce que j'apprécie en vous, ma tante. Vous exprimez le fond de votre pensée. Même quand vos pensées sont…

— Coquines ? Ma chère enfant, c'est précisément en ces circonstances qu'exprimer sa pensée est amusant.

— Je suis sûre qu'il enfile une chemise avant d'entrer dans la maison, observa Victoria avec nostalgie, sans cesser d'admirer le spectacle.

— Dommage. Mais je suppose que oui.

Au détour d'un virage, elles perdirent le bel inconnu de vue.

— J'imagine qu'il a brisé bien des cœurs, commenta Delia.

— Sans doute, murmura Victoria, qui ressentit aussitôt de la compassion pour ces malheureuses.

Comme elle les comprenait ! Heureusement, grâce au *Guide* et à son plan, elle allait veiller à ce que l'affront qu'elle avait subi soit lavé.

2

La femme moderne doit reconnaître que, une fois qu'elle s'est affirmée, elle est confrontée à de multiples tentations. Parfois, la tentation prend la forme d'une robe exquise ou d'une étoffe superbe, auxquelles, en fonction de sa situation financière, elle devra peut-être résister. Elle peut cependant prendre aussi la forme d'un gentleman fort attirant, auquel elle ne devra jamais résister.

Le Guide féminin de la poursuite du bonheur personnel,

Charles BRIGHTMORE

Nathan enfonça un clou d'un coup de marteau puissant.

— Tu évacues ta colère ? fit une voix grave, derrière lui.

Nathan se crispa en reconnaissant la voix de son frère. Puis il prit une profonde inspiration et s'efforça de se détendre. Ce malaise qui régnait entre Colin et lui disparaîtrait-il un jour ? Après un ultime coup de marteau, il jeta un coup d'œil par-dessus son épaule. Impeccable dans sa tenue d'équitation, Colin offrait l'image du parfait gentleman que lui-même ne serait jamais. Comme d'habitude, son frère l'observait d'un air indéchiffrable.

Nathan se retourna et ramassa sa chemise froissée pour s'éponger le front. Le soleil dardait ses rayons brûlants sur son dos. Par chance, la brise marine venait rafraîchir sa peau moite.

— J'évacue ma colère ? répéta-t-il. En fait, oui, tu as raison.

— Si j'en crois le nombre de coups de marteau que j'ai entendus toute la matinée, tu dois vraiment être furieux, commenta Colin. C'est un sacré enclos que tu es en train de construire, ajouta-t-il en désignant l'ouvrage de son frère.

— Au cas où tu ne l'aurais pas remarqué, je suis arrivé avec un certain nombre d'animaux.

— Difficile de ne pas le remarquer, avec tous ces beuglements, caquètements, bêlements, aboiements, miaulements, braiments... Comment appelle-t-on le cri de la chèvre, déjà ?

— Cette chèvre a un nom. Elle s'appelle Pétunia.

Atterré, Colin secoua la tête.

— Je n'arrive pas à comprendre pourquoi tu juges nécessaire d'entretenir une telle ménagerie, et encore moins pourquoi tu l'as amenée en Cornouailles. Et pourquoi affubler cette pauvre bête d'un nom aussi ridicule que Pétunia ?

— Ce n'est pas moi qui l'ai baptisée ainsi, c'est Mme Fitzharbinger, la patiente qui me l'a donnée.

— Eh bien, de toute évidence, Mme Fitzharbinger n'a pas l'odorat très développé. Cette bête immonde ne dégage pas un parfum de roses.

— Prends garde à tes paroles, Colin. Pétunia est sensible, et elle adore botter le train de ceux qui l'insultent.

Il décocha un regard à la chèvre qui, en entendant prononcer son nom, leva la tête, la gueule pleine de fleurs.

— Elle a une prédilection pour les pétunias, d'où son nom.

Colin leva les yeux au ciel.

— Dans ce cas, elle aurait tout aussi bien pu s'appeler mouchoir, bouton, velin...

— En effet, elle adore aussi le papier.

— Je m'en suis rendu compte ce matin, lorsqu'elle a ingéré un billet que j'avais glissé dans la poche de mon gilet. J'avais déjà perdu un bouton…

Il foudroya la chèvre du regard, mais l'animal poursuivit son festin.

— Et ton mouchoir ? fit Nathan.

Colin plissa les yeux.

— C'était hier. Cette bête ne sait-elle donc pas qu'elle est censée manger de l'herbe ?

— En fait, les chèvres préfèrent les buissons, les feuilles, les ajoncs.

— J'ai, quant à moi, l'impression qu'elle dévore tout ce qui n'est pas cloué au sol, et ce à la moindre occasion.

— Possible. Mais méfie-toi, elle risque de ne pas apprécier tes propos, prévint Nathan. Le billet devait venir d'une jeune dame. Pétunia adore les billets doux.

— Parce qu'elle sait lire, en plus…

— Cela ne m'étonnerait pas, fit Nathan. Les animaux sont bien plus intelligents que nous ne le pensons. J'ai découvert que Reginald sait distinguer les pommes des fraises. Il n'aime pas les fraises.

— Je suis sûr que Lars et les employés chargés du jardinage seront ravis de l'apprendre, vu l'état du massif de pétunias. Et qui est Reginald, d'ailleurs ? L'oie ?

— Non. Le cochon.

Colin lança un regard à l'intéressé, qui, allongé sur le flanc dans toute sa gloire porcine, prenait le frais à l'ombre d'un hêtre.

— Ah oui, le cochon. Encore un cadeau d'un patient reconnaissant ?

— En fait, il s'agit des honoraires d'un patient reconnaissant.

— Ce patient pensait probablement te payer en jambon, en lard et en rôtis de porc.

— Probablement. Reginald a de la chance que je ne sois pas très friand de cochonnailles.

— De bœuf non plus, si j'en crois la présence de cette vache.

— Elle s'appelle Daisy, précisa Nathan. Je sais que tu aimes à penser que tu es insensible, mais regarde-la. Quand on voit ces grands yeux bruns, on se dit qu'on ne peut lui soutirer que du lait.

— Seigneur ! Tu es bon pour l'asile, marmonna Colin en secouant la tête. Et ils ont tous des noms de fleurs ?

— Non. Le chien s'appelle Glouton. Parce qu'il passe son temps à tout mordiller. Te voilà prévenu.

— Merci, fit Colin, sarcastique. Et c'est également le cadeau d'un patient, je suppose ?

— En effet.

— Comme les canards, les oies, le chat et le mouton ?

— Absolument.

— Tu es au courant qu'un médecin se fait payer en espèces sonnantes et trébuchantes ?

— On m'en verse aussi, parfois.

— Rarement, j'ai l'impression.

Nathan haussa les épaules. Jamais il n'arriverait à convaincre Colin ou leur père qu'il était parfaitement heureux de vivre dans un cottage ni que ses animaux étaient ses amis. Sa famille. Il avait besoin de leur présence pour traverser l'épreuve qui l'attendait.

— Je gagne assez d'argent pour avoir un toit et nourrir mes bêtes.

— Tu es bien plus rangé qu'autrefois, railla Colin.

Désormais, les deux frères ne pouvaient ignorer le mur invisible qui s'était dressé entre eux dès l'arrivée de Nathan, la veille. Mais ce dernier n'avait aucune envie de parler du passé.

— Bien plus rangé, et c'est très bien ainsi.

— Tu étais chez toi, ici, Nathan. Rien ne t'obligeait à partir.

Comment des paroles prononcées si doucement pouvaient-elles faire aussi mal ?

— Vraiment ? fit-il sans parvenir à dissimuler son amertume.

Colin le dévisagea longuement, ses yeux verts si semblables à ceux de leur mère que Nathan dut lutter contre une vague de nostalgie, puis il tourna la tête et regarda au loin.

— Tu aurais pu faire d'autres choix.

— Je ne vois pas comment. Même si j'avais voulu rester, père a exigé mon départ.

— Il a parlé sous le coup de la colère. Toi aussi. Depuis, il t'a écrit pour t'inviter à rentrer à la maison.

— Certes, mais je m'étais déjà installé à Little Longstone, lui rappela Nathan en se passant la main dans les cheveux. Nous avons des rapports courtois, mais il demeure un… malaise entre père et moi, dont je doute qu'il se dissipe un jour.

Il se garda de préciser qu'il en était de même avec Colin. Un silence gêné s'installa entre eux.

— Tu n'avais pas l'intention de revenir, reprit Colin.

Le regard de Nathan se porta vers le bosquet, derrière son frère.

— Non, admit-il.

— Mais tu es là.

— La lettre de lord Wexhall ne me laissait guère d'autre possibilité.

— J'aurais pensé que tu sauterais sur cette occasion de laver ton honneur.

— Crois-moi, je ne suis venu que dans cette intention.

En voyant Colin serrer les dents, Nathan sentit l'aiguillon de la culpabilité. Mais il préférait dire la vérité. Il n'y avait eu que trop de mensonges entre eux.

— De toute évidence, vu que tu es resté absent trois ans, murmura Colin.

Trois ans. Trois ans s'étaient écoulés depuis que sa vie avait pris un tour si brutal. Trois années durant lesquelles il avait tenté d'enfouir les souvenirs douloureux, de trouver enfin la paix, ainsi qu'un endroit où il serait à sa place, où le passé ne risquait pas de ressurgir à tout moment.

— J'ai écrit.

— Pas très souvent.

— J'ai passé beaucoup de temps à chercher un endroit où me poser, où m'établir.

— À près de cinq cents kilomètres d'ici, comme par hasard.

— Oui. Là où personne ne me connaissait. Où personne ne savait ce qui s'était passé.

— Ton départ ne t'a fait apparaître que plus coupable.

— Tout le monde me croyait coupable, de toute façon, alors quelle importance ?

Les deux hommes échangèrent un long regard.

— J'ai été surpris de te voir baisser les bras aussi facilement, avoua Colin. Je pensais que tu te battrais pour sauver ton honneur. Tu n'as jamais été un lâche.

— Il faut croire que tu ne me connais pas si bien que cela.

— Manifestement.

— Et que je ne te connais pas très bien non plus, reprit Nathan. Au moins, à cinq cents kilomètres d'ici, je ne subissais pas les ragots et les regards réprobateurs. Voilà pourquoi mes bêtes, comme tu dis, comptent tant à mes yeux. Elles se moquent de mon passé. Elles ne me jugent pas. Elles ne peuvent pas me faire mal.

— C'est donc ainsi que tu souhaites vivre ? Sans rien ressentir ?

— En évitant le rejet et la souffrance. C'est différent.

— Trois ans se sont écoulés, Nathan. Il est temps d'aller de l'avant.

— C'est ce que je fais.

— Je ne parlais pas seulement d'un déplacement géographique.

— J'ai évolué, insista Nathan. Mais le fait de me retrouver ici... c'est difficile.

Il baissa les yeux vers la jambe de son frère. Il savait qu'il gardait des cicatrices.

— Tu as donc oublié si facilement ?

— Bien sûr que non, répondit Colin. Pas plus que Gordon. Mais nous n'avons pas laissé ce souvenir diriger nos vies.

Nathan se rembrunit à l'évocation du nom de Gordon... Le comte d'Alwyck. Leur ami d'enfance et voisin. Encore un qui avait failli mourir, et dont le corps portait les séquelles de cette mission désastreuse pour la Couronne. Par sa faute...

— Aucun de vous n'a été accusé d'avoir volé les bijoux, reprit Nathan. Aucun de vous n'a perdu son honneur, sa réputation. Vous n'êtes pas responsables de...

Nathan n'acheva pas sa phrase.

— Tu m'as sauvé la vie, Nathan, ainsi que celle de Gordon.

Nathan eut un ricanement amer. Oui, il avait réussi à panser les plaies, mais il avait échoué de tant d'autres manières. Mieux valait ne pas y songer. Jamais il ne pourrait oublier les doutes qu'il avait lus dans le regard de son frère – une méfiance méritée.

Déterminé à détourner la conversation, il déclara :

— Nos invitées arrivent aujourd'hui, je crois.

Colin le dévisagea un instant, puis hocha la tête. Apparemment, il avait compris. Parfait. Nathan se sentait incapable de supporter d'autres allusions au passé.

— Oui. Lady Victoria et sa tante sont attendues dans la journée, répondit Colin. Lady Victoria... Je dois avouer que je ne me souviens pas très bien d'elle. Il me semble toutefois qu'elle est fort jolie.

Des années d'entraînement permirent à Nathan de demeurer impassible. Il ne se rappelait que trop bien lady Victoria.

— Si tu l'as oubliée, c'est peut-être parce que, lors de votre rencontre, tu me l'as laissée sur les bras pendant que tu bavardais avec sa tante, la sœur de lord Wexhall.

— Hmm… Oui. Tu dois avoir raison. Lady Delia m'a laissé le souvenir d'une personne très amusante.

— Je ne peux pas le confirmer, fit Nathan, vu que j'ai dû supporter lady Victoria.

— Supporter ? C'est bizarre, je crois me rappeler que tu lui as demandé de te faire visiter cette affreuse galerie de portraits.

Nathan reconnut la lueur qui pétillait dans le regard de son frère. Et s'aperçut soudain combien il lui avait manqué.

— Et il me semble que tu avais les cheveux passablement ébouriffés après ta… conversation avec la ravissante lady Victoria.

Nathan refoula brutalement le flot de souvenirs qui menaçaient de remonter à la surface.

— Pas du tout. Il se trouve juste que je n'ai pas apprécié les bavardages incessants de cette enfant gâtée.

Comment faisait-il pour mentir avec un tel aplomb ? Certaines choses ne changeaient pas. Mais la boule qu'il avait au creux de l'estomac suggérait combien il lui en coûtait de mentir, désormais.

— Parce que c'est en bavardant dans cette pièce sombre que tu t'es décoiffé ? feignit de s'étonner Colin. En outre, à dix-huit ans, lady Victoria n'était plus vraiment une enfant.

— Possible, mais elle se comportait comme telle, à babiller sur le temps, la mode, etc.

— Eh bien, elle a vingt et un ans, à présent. Même selon tes critères, c'est une adulte. Et lord Wexhall l'envoie ici. D'après sa lettre, il veut que tu t'occupes d'elle. Comme c'est intéressant…

— Et comment peux-tu connaître le contenu de la lettre que m'a envoyée lord Wexhall ?

— Il se trouve que je l'ai lue.

— Je ne me souviens pas de t'y avoir autorisé.

— Tu en avais l'intention, puisque tu l'as laissée sur la table de la bibliothèque.

— Je suis certain que non.

Au diable Colin et ses dons de pickpocket ! Enfin, il était peut-être habile de ses mains, mais il était incapable de déchiffrer un message codé. Même s'il avait étudié le document avec attention, il n'avait certainement pas réussi à en deviner le contenu caché. Nathan se sentit coupable de ne pas partager avec lui son secret, mais il tenait d'abord à réunir de plus amples informations. Inutile d'entraîner Colin dans une aventure potentiellement dangereuse sans savoir ce qu'il en était au juste.

Colin eut un geste désinvolte.

— Elle traînait peut-être sur la table du salon. Comment lord Wexhall s'exprimait-il, dans cette lettre, déjà ? Ah oui : « Je compte sur vous pour prendre soin de Victoria et veiller à ce qu'il ne lui arrive rien de fâcheux. » Je me demande à quoi il faisait allusion.

— Il craint peut-être qu'elle ne se perde et tombe d'une falaise, ou bien qu'elle dépense une fortune dans les boutiques du village.

Colin haussa un sourcil éloquent.

— Peut-être, admit-il. Tu as remarqué qu'il ne parle que de toi. Je ne suis aucunement cité. Cette petite est sous ton entière responsabilité. Bien sûr, si elle est aussi jolie que je le pense, tu parviendras peut-être à me convaincre de t'aider à la surveiller.

Nathan attribua la chaleur qu'il ressentait soudain au soleil. Diable, cette conversation commençait à l'incommoder.

— Parfait. Laisse-toi convaincre. Je te donne cent livres si tu la surveilles, déclara-t-il d'un ton léger que démentait la tension qui l'envahissait.

— Non.

— Cinq cents.
— Non.
— Mille livres.
— Pas question, fit Colin avec un large sourire. D'abord, vu la façon dont tu fais payer tes patients, je doute que tu possèdes une telle somme. Et il est hors de question que j'accepte pour paiement des bêtes qui meuglent et qui bêlent. Ensuite, aucune somme d'argent ne vaut la peine de renoncer au plaisir de te voir faire quelque chose contre ton gré. Jouer les nounous avec une enfant gâtée, notamment.
— J'ai l'impression que les raisons qui m'ont incité à rester à l'écart depuis trois ans sont en train de ressurgir.
— En fait, reprit Colin, ignorant les paroles de son frère, c'est moi qui vais te donner cent livres si tu parviens à remplir cette mission sans que je sois témoin de la moindre querelle.
Connaissant la roublardise de son frère, Nathan risqua :
— Qu'entends-tu au juste par « querelle » ?
— Des disputes, des échanges un peu vifs, des altercations verbales. Je pars du principe que tu ne provoqueras pas d'altercations.
— J'ai l'intention de rester à bonne distance d'elle, assura Nathan en toute sincérité.
— Cela vaut peut-être mieux. Elle est célibataire, tu sais.
Nathan se figea. Non, il ne le savait pas. Mais cela n'avait aucune importance. Il haussa les épaules.
— Je ne peux pas dire que j'en sois étonné. Je plains le pauvre type qui se retrouvera marié à cette enquiquineuse bavarde.
Il entrevit des cheveux bruns soyeux, des yeux bleus rieurs et une ravissante bouche mutine. Bien que conscient qu'elle avait éprouvé ses charmes tout nouveaux sur lui, il avait succombé à ce mélange d'inno-

cence, de provocation et de nervosité qui la rendait si attirante, et n'avait pu résister à l'envie de l'embrasser. Il n'avait vu là qu'un moyen de faire cesser son babillage, avant tout par jeu, mais ce baiser avait ouvert la porte sur un enfer de passion. Les jeunes filles virginales n'ayant jamais été de son goût, il ne s'attendait pas à s'enflammer de la sorte. Pas plus qu'il ne s'attendait à la réaction de Victoria. Sa passion l'avait pris de court, et il n'aimait pas être pris de court.

Mais ces quelques moments volés appartenaient au passé. Il savait d'expérience qu'il valait mieux reléguer souvenirs et regrets tout au fond de sa mémoire. En trois ans, il avait réussi à se convaincre que lady Victoria n'était que la fille écervelée d'un aristocrate, qui ne parlait que du temps qu'il faisait et de la mode. Une pimbêche capricieuse et tyrannique, le genre de bibelot qu'il détestait.

Et voilà qu'il allait devoir endurer sa compagnie. Pire encore, la protéger. Mais de quoi ? De qui ? Et pour combien de temps ? Selon le message codé de lord Wexhall, des informations confidentielles étaient cachées dans les bagages de la jeune femme. Des informations qui répondraient à ces questions, et qui l'aideraient à résoudre le mystère des bijoux disparus qui le hantait depuis trois ans. En retrouvant les bijoux, il récupérerait tout ce qu'il avait perdu.

— Même s'il la croit en danger, je trouve curieux que Wexhall ait envoyé sa fille jusqu'en Cornouailles, observa Colin. Je pense plutôt qu'il cherche à l'éloigner d'un prétendant indésirable. Il espère sans doute la marier, auquel cas, tu sembles être l'heureux élu, mon vieux.

— Impossible, répliqua Nathan. Elle doit épouser un héritier, pas un fils cadet.

Encore moins un fils dont la réputation était entachée. Que savait lady Victoria de son passé ? Que lui avait raconté son père ? Avait-il fait l'objet de ragots, à Londres ?

— Et je n'imagine pas que lady Victoria daigne épouser un homme sans titre, admit Colin.

Haussant les sourcils, Nathan adressa un regard interrogateur à son frère.

— En effet. Il cherche peut-être vraiment à se débarrasser de sa fille. Auquel cas, ce serait *toi* la victime... Enfin, l'heureux élu.

— Mais il veut que ce soit toi qui t'occupes d'elle, objecta Colin. Et il n'est pas question que tu me l'imposes.

— Vu ton statut d'héritier et mon rôle de fils désargenté qui se fait payer en nature, je suis sûr que je n'aurai pas à te l'imposer. Elle va foncer droit sur toi.

— Heureusement, je cours vite.

— Et moi, j'ai la chance de n'avoir ni titre ni domaine susceptibles d'attirer une riche héritière ou de m'obliger à me marier. Je ne suis pas tenu d'avoir un fils. Je crains que tous les espoirs de mariage de la famille ne reposent sur toi, lord Sutton.

— Si tu avais ce titre, tu serais contraint de te marier.

— Dieu merci, ce n'est pas le cas.

— Ça le serait si je ne parvenais pas à avoir de fils, insista Colin.

— Seulement si tu mourais, et tu me sembles en parfaite santé. De toute façon, je suis un excellent médecin et je veillerai à ce que tu vives vieux, que tu te maries, que tu aies une belle descendance. Tandis que je resterai un célibataire insouciant.

— Tu te rappelles comment je te jetais dans le lac quand nous étions petits ? demanda Colin.

— Oui. C'est comme ça que j'ai appris à nager. Tu noteras que j'ai grandi. Tu aurais du mal à me jeter à l'eau, aujourd'hui.

— Peut-être, concéda Colin. Tu as bientôt terminé cet enclos ?

— Dans une heure, je pense.

Il regarda la chemise blanche de Colin, ainsi que son gilet de brocart, sa veste marron, son pantalon fauve et ses bottes étincelantes.

— Tu ne me donnerais pas un coup de main, par hasard ?

— Non, je ne crois pas. Je pars pour Penzance rendre visite à une dame. Une dame charmante, qui, contrairement à ta lady Victoria, n'a rien d'une enfant gâtée.

— Ce n'est pas *ma* lady Victoria.

Colin s'esclaffa.

— Je serai de retour à temps pour dîner avec vous, ce soir.

Sur ces mots, il entra dans l'écurie. La gorge serrée, Nathan le regarder s'éloigner.

Comme son frère lui avait manqué ! Il avait refusé de l'admettre jusqu'à présent, mais le revoir lui rappelait leur complicité d'autrefois. Il avait l'espoir que ce séjour, s'il ne servait à rien d'autre, le rapprocherait au moins de sa famille.

Avec un soupir, il prit un autre clou et l'enfonça en quelques coups de marteau tout en se demandant ce que lui réservaient les semaines à venir.

En quittant son emploi au service de la Couronne, trois ans plus tôt, victime de soupçons et d'une réputation ternie, il s'était juré que rien ne lui ferait jamais reprendre ses activités d'espion, hormis la possibilité de laver son honneur. En se faisant cette promesse, il n'imaginait pas que cela arriverait un jour. Il avait enterré le passé, démarré une nouvelle vie dans une autre région, et vivait en paix. Mais à présent que l'occasion de retrouver les bijoux et de laver son honneur se présentait, il éprouvait des sentiments ambivalents. Quelqu'un lui avait dit un jour de se méfier de ses souhaits, de peur qu'ils ne se réalisent. Il commençait à comprendre le sens de ce conseil. À cela s'ajoutait le fait qu'il allait être obligé de revoir lady Victoria.

Il avait décidé de limiter leurs entrevues au strict minimum. Il avait tout prévu : il prendrait connaissance des informations cachées dans les bagages de la demoiselle, et la renverrait à Londres dès que possible. Quand son honneur serait lavé, il retournerait dans son cottage de Little Longstone et reprendrait le cours de son existence. Oui, c'était un excellent plan.

3

Dans un premier temps, la femme moderne se montrera distante avec le gentleman qu'elle entend attirer dans ses filets. Les hommes aiment la chasse, le défi que représentent les faveurs d'une dame. Si votre cible est intéressée, rien ne l'empêchera de vous courtiser. En revanche, une fois que ce monsieur est pris au piège, il n'est ni souhaitable ni nécessaire de demeurer distante...

Le Guide féminin de la poursuite du bonheur personnel,

Charles BRIGHTMORE

Ayant enfin terminé son enclos, Nathan installa ses animaux dans leurs quartiers provisoires. Il encouragea Reginald de quelques tapes amicales, provoquant des grognements de protestation. Lorsque Pétunia lui donna des coups de tête dans la cuisse, il lui offrit une poignée de ses fleurs favorites.

— Surtout, pas un mot au jardinier, lui recommanda-t-il en la caressant.

Une fois assuré du confort de ses amis, il enfila une chemise et traversa le parc en direction de Creston Manor. Il était fourbu, mais il aimait cette sensation qui empêchait son esprit de vagabonder.

Comme il longeait l'imposante bâtisse, une voix féminine lui parvint. Curieux, il s'approcha.

— Les routes étaient dans un état lamentable à cause de la pluie.

Nathan s'arrêta à l'angle de la maison. S'appuyant contre le mur, il ravala un grommellement. Bien qu'il ne l'ait pas entendue depuis plusieurs années, il n'eut aucun mal à reconnaître cette voix.

Lady Victoria était arrivée.

Son cœur s'emballa. Il fronça les sourcils. Que lui arrivait-il donc ? Le manque de sommeil, sans doute. Il ne voyait pas d'autre explication à cette réaction ridicule. Il ferma les yeux et se cogna deux fois la tête contre le mur, pas trop fort cependant, car si tenté qu'il soit de s'assommer, repousser l'inévitable ne servirait à rien. Plus vite il découvrirait les informations qu'elle détenait, plus vite il pourrait renvoyer la jeune femme à Londres.

Il ne put s'empêcher d'esquisser un sourire. Lady Victoria allait s'évanouir en voyant son pantalon taché, sa chemise froissée et ses bottes crottées. Tant mieux. Il avait tout intérêt à l'encourager à quitter la région au plus vite. Certes, il aurait pu se faufiler à l'intérieur pour se changer, mais il était de son devoir d'accueillir leurs invitées puisque Colin était absent et que son père se trouvait au village.

Il s'écarta donc du mur et contourna la maison. Une voiture noire arborant le blason des Wexhall était garée dans l'allée. Deux femmes de chambre, visiblement épuisées, se tenaient près de la seconde voiture, qui transportait les bagages. Les roues maculées de boue attestaient des conditions difficiles du voyage. Les attelages attendaient patiemment pendant que Langston et Mme Henshaw, le majordome et la gouvernante de Creston Manor, supervisaient le déchargement des malles. Nathan parcourut l'assemblée du regard.

Une femme qu'il reconnut comme étant lady Delia, la sœur de lord Wexhall, discutait avec Mme Henshaw. Elle portait une veste bleu marine sur une robe de mousseline crème froissée par le voyage, et était coiffée d'une capeline ourlée de dentelle. Elle n'avait pas changé depuis leur dernière rencontre. Elle devait être très belle vingt ans plus tôt, songea-t-il. Elle l'était d'ailleurs toujours, mais avec la maturité liée à son âge.

En y regardant de plus près, Nathan repéra un chapeau ivoire dont la propriétaire était dissimulée parmi la foule de domestiques. À cet instant, lady Delia s'écarta et le profil de lady Victoria apparut. Ralentissant le pas, Nathan prit le temps de l'observer.

Vêtue d'une robe de mousseline rose et d'une veste courte vieux rose, elle évoquait une fleur tout juste éclose. La brise marine qui balayait Mont's Bay menaçant d'emporter sa coiffure, elle tendit une main gantée de dentelle pour maintenir en place cette fanfreluche ridicule, sans doute à la mode à Paris. Malgré ses efforts, quelques boucles brunes s'en échappèrent et lui caressèrent la joue. Les traits en partie dans l'ombre de son bras levé et de sa capeline, elle ressemblait à un portrait de Gainsborough. Il ne manquait plus qu'un champ de fleurs sauvages en arrière-plan pour compléter le tableau. Et un chiot en train de batifoler, peut-être.

Nathan en était à se demander pourquoi ces comparaisons stupides lui venaient à l'esprit, lorsqu'elle se tourna dans sa direction et croisa son regard. Il vacilla presque, puis s'immobilisa, frappé en plein cœur, comme lors de leur première rencontre. Le vent plaquait sa robe sur son corps aux courbes voluptueuses – un corps qu'il avait serré contre lui. Dans la lumière dorée de cette fin d'après-midi, elle apparaissait angélique, mais il n'avait pas oublié à quel point son sourire pouvait être espiègle.

À en juger par son regard, elle l'avait reconnu. Il ne parvint cependant pas à identifier la lueur qui le traversa ensuite brièvement. Quoi qu'il en soit, il était évident qu'elle se souvenait parfaitement du baiser passionné qu'ils avaient échangé. Très vite, toutefois, elle se ressaisit et ses yeux n'exprimèrent plus rien qu'une froide indifférence. Visiblement, lady Victoria n'avait pas gardé de lui un excellent souvenir. Et il n'aurait su dire s'il trouvait cela amusant ou agaçant.

La jeune femme détailla sa tenue pour le moins négligée d'un œil réprobateur, puis pinça les lèvres. Manifestement, elle le trouvait aussi attrayant qu'une mare de boue. À la bonne heure. Elle n'était arrivée que depuis quelques minutes, et il avait déjà réussi à la contrarier. Il aurait détesté être le seul à être déstabilisé.

Réprimant un sourire, il s'avança.

— Bonjour, mesdames, lança-t-il en rejoignant le groupe. J'espère que vous avez fait bon voyage.

Lady Delia porta un monocle à son œil et le dévisagea.

— Docteur Oliver, quel plaisir de vous revoir !

— Tout le plaisir est pour moi, lady Delia, répondit-il en s'inclinant poliment.

L'enveloppant d'un regard perçant, elle demanda :

— Vous serait-il arrivé quelque catastrophe ?

— Pas du tout. Ce n'est que le résultat d'un ouvrage que je viens d'achever près des écuries. Un travail quelque peu salissant, je le crains. Je m'apprêtais justement à me changer pour vous accueillir, trop tard, hélas !

— Près des écuries ? répéta lady Delia en écarquillant les yeux. Vous vous trouviez près des écuries, il y a un quart d'heure ? Un marteau à la main ?

— En effet. Si j'avais su que votre arrivée était imminente…

— Ne dites pas de bêtises, mon cher. Vous ne pouviez pas abandonner votre ouvrage pour nous.

Lady Delia le gratifia d'un sourire lumineux, puis :

— Vous vous rappelez peut-être ma nièce, lady Victoria…

— Bien sûr. Je m'enorgueillis de ne jamais oublier un visage.

Ni un baiser passionné, aurait-il pu ajouter. Il se tourna vers la jeune femme, mais n'eut droit qu'à un regard inexpressif. On était loin de l'accueil enflammé qu'il avait reçu lors de leur dernière rencontre. Après réflexion, elle avait sans doute conclu qu'il fallait être un goujat pour voler un baiser à une jeune fille, et elle regrettait certainement de ne pas l'avoir giflé. Fort bien. Leurs entrevues n'en seraient que plus limitées.

Il s'inclina pour la saluer, puis se redressa de toute sa hauteur. Victoria était un peu plus grande que la moyenne, même si elle ne lui arrivait qu'à l'épaule. De près, il remarqua que ses joues étaient roses. Légèrement empourprées, même. La chaleur dans la voiture, probablement. Cela dit, en dépit d'un voyage qui avait dû être pénible, elle ne trahissait aucune fatigue. Elle était étonnamment fraîche et pimpante. Collet monté, distinguée... Une vraie dame. Il ne doutait cependant pas que cette petite créature fragile devait défaillir pour un rien dans les salons londoniens.

Il la regarda dans les yeux, des yeux d'un bleu intense, ourlés de longs cils bruns. La dernière fois qu'il les avait croisés, ils étaient mi-clos, voilés de désir. Et sa bouche... si sensuelle et pulpeuse. Si tout dans sa tenue et son attitude était parfaitement convenable, ses lèvres étaient loin d'être aussi sages. Il se rappela instantanément leur douceur, leur saveur. Elle avait encore embelli au cours des trois dernières années, nota-t-il. Mais l'étincelle de malice avait disparu de son regard, et son sourire avait perdu son espièglerie. Qu'est-ce qui avait provoqué ce changement en elle ? Sans doute avait-elle eu la sagesse de reconnaître qu'embrasser un inconnu dans un coin sombre n'était pas raisonnable. Non pas qu'il s'en soucie. Il avait assez à faire avec ses propres problèmes. Il avait failli succomber une première fois, il ne lui donnerait pas l'occasion de recommencer. En dépit de sa beauté, il préférait de loin une fille simple, naturelle et chaleureuse, à cette pimbêche de salon.

— Comment allez-vous, lady Victoria ?

Elle leva le menton. Malgré leur différence de taille, elle parvint à le regarder de haut, comme s'il n'était qu'un domestique.

— Docteur Oliver.

Elle le toisa et plissa délicatement le nez, à cause des effluves de Reginald ou de Pétunia, à coup sûr.

— Vous êtes en tout point le même homme que dans mon souvenir, déclara-t-elle.

Sans doute aurait-il dû s'offusquer de ce sous-entendu flagrant. Ne venait-elle pas d'insinuer que, lors de leur précédente rencontre, il était sale, décoiffé et malodorant ? Il se surprit pourtant à répondre d'un ton amusé :

— Je suis honoré que vous vous souveniez de moi, milady. Notre rencontre fut si… brève.

Elle marmonna quelques paroles suggérant qu'elle n'avait pas été assez brève à son goût, puis reprit :

— Je pensais que ce serait votre père ou votre frère qui nous accueilleraient.

— Ils sont absents, mais rassurez-vous, ils seront de retour pour le dîner. En attendant, Langston et Mme Henshaw vont vous montrer vos chambres.

— Parfait. Naturellement, ma tante et moi sommes pressées de nous installer et de nous rafraîchir après ce long voyage.

— Naturellement.

Lady Victoria était impeccable, pourquoi diable éprouvait-elle le besoin de se rafraîchir ?

— Veuillez me suivre, reprit-il poliment en désignant la maison.

Victoria souleva le bas de sa robe et lui emboîta le pas en laissant échapper un soupir de soulagement à l'idée de ne plus avoir à soutenir ce regard mordoré qui semblait la transpercer de part en part. De ne plus avoir à regarder cette bouche sensuelle qui lui avait appris quels plaisirs insoupçonnés recelait un simple baiser. Elle avait trop chaud, le souffle court, et, quoi qu'elle eût aimé en rendre responsable le voyage, sa conscience lui interdisait de se mentir à ce point.

Le Dr Oliver était bien à l'origine de son trouble. Jamais elle ne s'était sentie aussi contrariée. Que diable lui arrivait-il ? Cet homme avait une allure épouvantable. Il était sale, le cheveu en bataille, et dégageait une odeur… à croire qu'il avait passé la journée à travailler aux écuries. Torse nu…

Elle jeta un coup d'œil à ses larges épaules. Elle savait désormais ce que dissimulait cette chemise froissée, du moins ce qu'elle avait pu en discerner, vu la distance. Si seulement elle avait été moins loin…

Elle chassa en hâte cette pensée dérangeante avant qu'elle ne donne naissance à quelque vision qu'elle préférait… ne pas imaginer. Depuis qu'elle avait lu le *Guide* – une bonne demi-douzaine de fois –, elle semblait de plus en plus curieuse des choses de cette « nature ». C'était d'ailleurs l'objectif affiché de cet ouvrage : changer le regard des femmes sur elles-mêmes et sur les hommes, encourager la femme moderne à prendre son destin en main et à ne pas se le laisser imposer sous prétexte qu'elle n'était qu'une femme. Victoria avait assimilé tous ces enseignements. Jusqu'à présent, elle était fière de sa prestation. Elle avait réussi à ne pas se mettre à babiller bêtement comme elle avait tendance à le faire lorsqu'elle était troublée. Et Dieu savait que cet homme la troublait !

Plus déterminée que jamais, Victoria carra les épaules. Elle était une femme moderne. En tant que telle, elle devait faire preuve de volonté, ne pas oublier à qui elle avait affaire, et mettre en œuvre son plan de vengeance. Elle n'était plus la jeune fille naïve que le Dr Oliver avait rencontrée trois ans plus tôt. Malheureusement, *lui* possédait le même charme ravageur, dut-elle admettre. Mais elle lui résisterait sans peine. Elle savait désormais quel genre de goujat il était. Et il découvrirait bientôt qu'elle n'était pas le genre de femme qu'on traitait à la légère. Elle était en tout cas rassurée à l'idée d'entrer dans la bataille avec deux armes de choix : le *Guide* et un plan à toute épreuve.

Émergeant de ses pensées, elle contempla le manoir qui se dressait devant elle. Elle devait le reconnaître, la splendeur de Creston Manor était une agréable surprise. Un double escalier de pierre s'incurvait gracieusement jusqu'aux portes de chêne massif. Les dizaines de fenêtres scintillaient au soleil, et les briques patinées par le temps ainsi que les colonnes blanches conféraient à l'ensemble un charme suranné qui plaisait à la jeune femme.

Posant la main sur la rampe de fer forgé, elle gravit les marches à la suite du Dr Oliver. Et ne put s'empêcher de l'admirer à nouveau. Il fallait être aveugle, ce qui était loin d'être son cas, pour ne pas remarquer à quel point son pantalon moulant mettait en valeur ses jambes musclées, la finesse de ses hanches. Sans parler du reste…

Pour son plus grand malheur, il était aussi beau de face que de dos. Malgré sa saleté et son odeur, il lui inspirait un tel désir qu'elle dut agripper plus fermement la rampe.

Dès le premier regard, elle avait senti son cœur s'affoler. Comme trois ans auparavant. Pourquoi donc se mettait-elle dans un tel état pour ce mufle ? De toute évidence, son voyage avait altéré sa raison. Au vu de son apparence, le Dr Oliver n'était pas plus le gentleman d'autrefois. Quand elle aurait pris un bain, se serait changée, aurait savouré un repas chaud et dormi dans un vrai lit, elle retrouverait ses esprits, cela ne faisait aucun doute.

Cela dit, elle ne pouvait nier que cet homme était toujours terriblement séduisant. Peut-être plus encore qu'autrefois. Heureusement, elle était consciente de ses défauts. Lorsque leurs regards s'étaient croisés, elle avait cependant eu l'impression que quelque chose avait changé en lui. Une lueur au fond des yeux… Comme une ombre. Une souffrance, peut-être. Ou des secrets. Pour toute autre personne, elle aurait ressenti de la pitié. Un soupçon de compassion s'était d'ailleurs insinué dans son cœur avant qu'elle ne l'en chasse vivement. S'il souffrait, il l'avait bien cherché. Quant à d'éventuels secrets, elle s'en moquait, car elle avait les siens, elle aussi.

Arrivés sur le palier, le Dr Oliver fit une pause et pivota pour attendre tante Delia qui gravissait les marches plus lentement. Victoria s'arrêta à son tour, à quelques centimètres de lui. Cette proximité la déconcerta, et ne fit qu'ajouter à son irritation Comment pouvait-il l'attirer à ce point ? Si elle-même avait été dans un tel état de saleté, personne ne l'aurait trouvée séduisante.

— Tout va bien, lady Victoria ? s'enquit-il. Vous semblez un peu rouge…

Elle afficha cet air détaché qu'elle avait longuement travaillé devant la glace.

— Je vais bien, docteur Oliver.

— J'espère que cet escalier ne vous a pas été une trop lourde épreuve, observa-t-il avec un sourire narquois.

Il se moquait d'elle ! Sans doute la prenait-il pour une créature fragile, une petite nature. Quelle arrogance !

— Certainement pas. Je me porte à merveille. Je pourrais gravir ces marches en courant sans être essoufflée.

Elle faillit mettre la main devant sa bouche. Enfer et damnation ! Elle était censée se contenter de répondre « certainement pas ».

Nathan arqua les sourcils, visiblement très amusé.

— Je suis impatient de voir cela, assura-t-il.

— C'était une métaphore, docteur. Je ne vois pas ce qui me pousserait à courir, surtout dans un escalier. Je crains que vous ne soyez jamais témoin d'une telle scène.

— Si quelqu'un vous poursuivait, vous seriez obligée de courir.

— Qui donc me poursuivrait ? Le diable en personne ?

— Peut-être. Ou un fervent admirateur.

Elle se mit à rire, et applaudit intérieurement sa suprême désinvolture.

— Aucun de mes admirateurs ne se conduirait de façon aussi cavalière. Mais admettons que cela se produise, pour une raison inexplicable, je parviendrais à le semer sans difficulté, car j'ai le pied leste.

— Et si telle n'était pas votre intention ?

— Pardon ?

— Si vous ne souhaitiez pas semer cet admirateur ?

— Eh bien, je suppose que je serais…

— …rattrapée ?

Victoria se figea face à ce regard lourd de sens qui ne s'accordait nullement à son ton badin. Elle pinça les lèvres pour endiguer le flot de paroles incohérentes qui menaçait de déferler. Aussitôt, le regard de Nathan se porta sur sa bouche. Elle sentit une onde de chaleur l'envelopper. La bouche sèche, elle dut déglutir pour retrouver l'usage de la parole.

— Je serais rattrapée, mais pas capturée.

— Vraiment ? Voilà qui sonne presque comme un défi.

Victoria jubilait. Elle qui comptait le piéger en le défiant… Parfait ! La première étape de son plan était déjà en place, alors qu'elle venait à peine d'arriver en Cornouailles ! Si elle continuait sur cette lancée, sa vengeance serait assouvie en un temps record. Peut-être pourrait-elle même regagner Londres avant la fin de la saison.

— Interprétez cela comme vous voulez, docteur, répliqua-t-elle, la tête haute.

Nathan n'eut pas le temps de répondre, car tante Delia les avait rejoints.

— Par ici, mesdames, murmura-t-il en ouvrant la porte.

« Vous pouvez montrer le chemin sous votre toit, docteur Oliver, songea Victoria, mais soyez assuré que c'est moi qui mènerai la danse, avant de m'en aller sans un mot d'explication, comme vous, il y a trois ans. »

4

La femme moderne se rebellera contre l'idée qui veut qu'une femme cache son intelligence à un homme. Au contraire, elle se cultivera et apprendra des choses nouvelles chaque jour. Réjouissez-vous de votre intelligence et ne la dissimulez pas ! Seul un homme stupide désirerait une femme stupide.

Le Guide féminin de la poursuite du bonheur personnel,

Charles BRIGHTMORE

Nathan avait pris place à la table de la salle à manger avec l'impression d'être le fils prodigue. Cinq paires d'yeux semblaient l'observer au microscope. Chaque fois qu'il regardait en direction de l'un des convives, le regard de celui-ci était déjà sur lui. Pour couronner le tout, il avait dû revêtir la tenue élégante qu'exigeait un dîner mondain. Dès la fin du repas, il s'empresserait de jeter son foulard au feu. En attendant, il n'avait d'autre choix que de prendre son mal en patience.

Il but une gorgée de vin, se retenant pour ne pas vider son verre d'une traite. Risquant un regard autour de la table, il fut soulagé de constater que, enfin, il n'était plus au centre de l'attention. Assise à sa droite, lady Delia était en grande conversation avec son père, qui occupait le bout de la table.

Il observa ensuite le trio installé en face de lui : Colin, lady Victoria et Gordon Remming, qui avait hérité de son titre depuis ce soir funeste, trois ans plus tôt, pour devenir le comte d'Alwyck. La tête blonde de Gordon était penchée vers lady Victoria. Il buvait ses paroles comme si elle était la sagesse personnifiée. Assise entre Gordon et Colin, cette dernière semblait beaucoup s'amuser. Elle souriait, bavardait, riait. Sans doute parce que les deux hommes enchaînaient les compliments. À croire qu'ils n'avaient jamais vu une jolie femme. Une jolie femme sur qui *il* était chargé de veiller. Eh bien, dès qu'il aurait rempli sa mission, il les laisserait s'occuper d'elle tout leur soul.

Son regard s'attarda sur Gordon. La culpabilité et les regrets qu'il avait tellement cherché à enfouir ressurgirent aussitôt. Si Gordon l'avait accueilli avec une certaine froideur, il avait cependant accepté la main qu'il lui avait tendue, quoique après une légère hésitation. Nathan décelait encore des soupçons dans son regard, ce qui ne l'étonnait guère.

— J'ai vu l'enclos que tu as construit, Nathan, déclara son père. Impressionnant.

— Merci, répondit-il, à la fois surpris et ravi de ce compliment.

— Bien sûr, tu n'aurais pas à te salir les mains de la sorte si tu étais convenablement rémunéré pour tes soins.

Ignorant ce dernier commentaire, Nathan répondit :

— J'aime travailler de mes mains. Cela préserve la souplesse de mes doigts.

— Ils ne resteront pas souples longtemps si tu les abîmes à coups de marteau, insista son père. Ou si une de tes bêtes te mord.

— Un enclos ? intervint lady Delia, les yeux pétillants de curiosité. Des bêtes ?

— Depuis mon installation à Little Longstone, j'ai acquis une véritable ménagerie, expliqua Nathan.

En face de lui, les conversations cessèrent, et il sentit de nouveau le poids des regards sur lui. Notamment celui d'un regard bleu intense.

— Des chiens, des chats ? s'enquit lady Delia.

— Plutôt un cochon et des poules, mais j'ai aussi un chien…

— De la taille d'un poney, précisa Colin.

— … et un chat…

— En fait, c'est un chaton, qu'on a déjà dû aller récupérer dans un arbre, ajouta Colin. Sans oublier une vache, un mouton, des canards, je ne sais combien d'oies et une chèvre incorrigible qui mange des boutons. Ils portent presque tous des noms de fleurs. Ils sont bruyants, sentent mauvais et aiment se pourchasser dans le parc, quand ils ne dévorent pas tout ce qui leur tombe sous la dent. Nathan les aime comme s'il s'agissait de ses propres enfants.

— Merci pour cette description édifiante… *oncle* Colin, railla Nathan.

Colin secoua la tête.

— Je refuse d'être l'oncle de cette horrible chèvre.

— Pétunia t'aime pourtant beaucoup.

— Elle a mangé l'un de mes boutons, ainsi que mon courrier.

— C'est parce qu'elle t'adore, assura Nathan le plus sérieusement du monde. Et tu ne te plaignais pas, ce matin, quand tu t'es régalé des œufs de Jonquille, de Tulipe et de Guenièvre.

— Guenièvre ? répéta son frère d'un ai narquois. Et je suppose que ton coq se nomme Lancelot.

— Non, mais c'est une excellente suggestion. Je songerai, dès que je serai de retour à Little Longstone, à développer mon cheptel. Trois poules pondent en moyenne deux œufs par jour. Cela signifie que pour obtenir une douzaine d'œufs par jour, il me faudrait…

— Dix-huit poules, intervint Victoria.

Tous les regards convergèrent sur elle, mais elle parut ne pas remarquer l'étonnement qu'elle avait suscité, car elle avait les yeux rivés sur Nathan.

— Vous devez beaucoup aimer les œufs, docteur Oliver.

Était-ce du sarcasme qu'il décelait dans sa voix ? Nathan lui retourna son regard.

— En fait, oui. Toutefois, je ne pourrai jamais consommer la quantité d'œufs qu'elles produiraient en une année.

Victoria battit des paupières et déclara :

— Quatre mille trois cent quatre-vingts.

Chacun s'amusa de sa vivacité d'esprit, pensant qu'elle avait cité un nombre au hasard, sauf lady Delia. Du coin de l'œil, Nathan la vit hocher la tête en signe d'approbation. Il effectua un rapide calcul mental et s'aperçut, surpris, que lady Victoria avait vu juste.

— Au rythme où Nathan collectionne les animaux, il se retrouvera avec des milliers de poulets en moins d'un an, soupira Colin.

— Pourquoi voudriez-vous une telle quantité d'œufs, docteur Oliver ? s'enquit Victoria.

— Pour les jeter sur de pauvres passants, depuis sa fenêtre, assura Colin, pince-sans-rire. Quand nous étions jeunes, j'ai été sa victime plus d'une fois. Il visait remarquablement bien.

Il se massa la nuque en grimaçant, comme s'il revivait un souvenir.

— C'est toujours le cas, lui rappela Nathan sans quitter Victoria des yeux. Et je ne te bombardais que quand tu le méritais.

— Je ne t'ai jamais bombardé d'œufs, *moi*.

— Parce que tu étais incapable de faire mouche, répliqua Nathan. Tu vises si mal que tu ne toucherais même pas l'eau si tu tombais d'un bateau. C'est d'ailleurs la raison pour laquelle je t'ai lancé des œufs, une fois. Parce que tu m'avais poussé hors de la barque.

— Et tu es tombé à l'eau.

— Évidemment.

— Ce qui prouve que je peux atteindre ma cible.

— Oui, sauf que c'est *moi* qui suis tombé du bateau, *moi* qui non seulement vise bien, mais possède aussi trois poules pondeuses.

Un sourire apparut au coin des lèvres de Colin, tandis que son regard se faisait rêveur à ces souvenirs.

— Un point pour toi, concéda-t-il. Je réfléchirai avant de te jeter à l'eau, la prochaine fois. En fait, je me suis toujours dit que c'était une excellente idée.

Les rires fusèrent autour de la table.

— Vous ne m'avez toujours pas dit pourquoi vous vouliez autant d'œufs, docteur Oliver, fit remarquer lady Victoria.

Nathan haussa les épaules.

— J'ai des voisins, des familles nombreuses, qui en feraient bon usage.

— Pourquoi diable entretiens-tu cette ménagerie ? intervint Gordon. Et pourquoi amener toutes ces bêtes ici ?

— Nous nous posons tous la question, renchérit le père de Nathan.

— J'ignorais combien de temps je serais absent, et je ne voulais pas imposer cette responsabilité à mes voisins. Je ne voulais pas non plus séparer les animaux en les casant à droite à gauche. Ils sont habitués à vivre ensemble. En outre, ils ne posent aucun problème. En fait, j'apprécie beaucoup leur compagnie.

— Ils empestent, commenta Colin. Je vous conseille de rester à distance, lady Victoria. Surtout de la chèvre. Si vous l'apercevez, partez en courant dans la direction opposée.

— En fuyant, vous lui donneriez envie de vous pourchasser, prévint Nathan en observant la jeune femme par-dessus le bord de son verre. Vous m'avez assuré avoir le pied leste, si je me souviens bien, mais je crains que vous n'ayez plus de mal à semer une chèvre qu'un prétendant trop assidu.

— J'imagine que vous avez des dizaines de prétendants assidus à semer, commenta Gordon avec un sourire chaleureux qui agaça Nathan.

Elle esquissa en retour un sourire espiègle, qui lui rappela des souvenirs troublants.

— C'est ainsi que je suis devenue une véritable marathonienne, monsieur.

Les convives s'esclaffèrent, même si le rire de Nathan était un peu forcé. Elle l'avait regardé de la même manière, trois ans plus tôt. Et ce regard avait eu pour conséquence un baiser qui le hantait encore.

— Mais la course est sur le point de se terminer, n'est-ce pas, ma chère ? fit tante Delia.

Victoria rougit légèrement, mais avant qu'elle puisse répondre, Gordon fit mine d'être touché d'une flèche en plein cœur.

— Je vous en prie, déclama-t-il sur un ton théâtral, ne me dites pas que vous êtes fiancée !

— Je ne le suis pas.

— Excellente nouvelle, répondit-il, tout sourires.

— Pas encore.

— Tout à coup, la nouvelle me semble moins excellente. Dites-nous donc qui est l'heureux gentleman auquel vous n'êtes pas encore fiancée.

— Soit lord Branripple, soit lord Dravensby.

Nathan haussa les sourcils.

— Ils sont encore en vie, ces deux-là ? fit-il.

Victoria lui adressa un regard glacial.

— Vous songez sans doute à leurs pères, car il me semble que lord Branripple a un an de moins que vous, docteur Oliver. Et lord Dravensby n'a que quelques années de plus.

— Ah. Ainsi donc, ils ont tous deux demandé votre main ?

— Ils ont tous deux approché mon père.

— Eh bien, si respectables que soient ces jeunes gens, ils ne vous ont pas encore officiellement demandée en mariage, observa Gordon. N'oubliez pas qu'il y a d'excellents partis ici, en Cornouailles.

Nathan eut toutes les peines du monde à ne pas lever les yeux au ciel. Gordon aurait pu tout aussi bien dire : il y en a un assis à côté de vous. Lady Victoria rougit, et Nathan eut la désagréable impression d'être un chat que l'on caresse à rebrousse-poil.

— En effet, renchérit Colin, une lueur caractéristique dans le regard. Il y a de beaux partis en Cornouailles.

De toute évidence, Gordon et Colin étaient tombés sous le charme de lady Victoria. Les imbéciles ! Cette perspective aurait dû l'enchanter, or il ressentait une sorte de malaise, comme une crampe à l'estomac. Pour la deuxième fois de la journée, Nathan songea qu'il fallait se méfier de ses souhaits, de peur qu'ils ne se réalisent.

Il s'empara de son verre et se perdit dans la contemplation de son vin, s'efforçant de chasser la vision de Colin et de Gordon en pleine parade amoureuse. Leur invitée était en possession d'informations dont il avait besoin. Il était temps pour lui de les récupérer afin qu'il sache exactement à quoi il devait faire face – outre une créature aussi ravissante qu'exaspérante, prétendument en danger.

À la fin du repas, la petite assemblée passa au salon pour jouer aux cartes en savourant un digestif. Quand tout le monde fut servi et installé, Nathan prétexta un mal de tête pour se retirer. Il avait en effet la migraine, à force de regarder lady Victoria badiner avec Colin et Gordon.

Une fois dans le couloir, à l'étage, il dépassa la porte de sa propre chambre, colla l'oreille contre le battant de celle de lady Victoria pour s'assurer que la femme de chambre ne s'y trouvait pas, puis il entra dans la pièce. Après avoir refermé la porte sans bruit, il s'appuya contre le panneau de chêne et balaya la pièce du regard. Mme Henshaw avait attribué à leur invitée la chambre bleue. Sa préférée. Celle qui lui rappelait la mer en été, lorsqu'elle prenait un ton indigo au large.

Lady Victoria n'était là que depuis quelques heures, mais la pièce était déjà imprégnée de sa présence. Des livres étaient empilés sur la table de chevet. Un coffret à bijoux ouvragé avait trouvé sa place sur la coiffeuse, près d'une brosse en argent et d'un joli flacon qui contenait sans doute du parfum. Un parfum dont les effluves qui flottaient dans la pièce suffirent à raviver des souvenirs troublants. Une odeur de rose, subtile et délicate, comme si elle avait simplement effleuré un pétale.

Les yeux rivés sur ces accessoires des plus féminins, il s'approcha de la coiffeuse à pas de loup. Malgré lui, il prit la brosse et glissa le pouce sur ses soies. Il se rappela aussitôt la douceur de ses cheveux sous ses doigts tandis qu'il l'embrassait à perdre haleine.

Il remit la brosse en place, souleva le flacon et le déboucha. Fermant les yeux, il étouffa un gémissement tandis que les souvenirs l'assaillaient de plus belle. Ses lèvres sur sa peau satinée, son parfum. Depuis trois ans, il ne pouvait humer une rose sans penser à elle. À ses rondeurs si sensuelles plaquées contre son corps... À ses doigts délicats sur sa nuque... À sa langue audacieuse...

Ravalant un juron, Nathan rouvrit les yeux et reboucha le flacon avant de le reposer vivement comme s'il lui brûlait les doigts. Il sortit son mouchoir pour chasser les effluves qui risquaient de lui coller à la peau, puis entama résolument ses recherches.

Deux malles étaient rangées dans un coin de la pièce, mais Wexhall avait bien précisé qu'il placerait la lettre dans la penderie.

En passant près de la table de chevet, il s'arrêta pour jeter un coup d'œil aux livres qui s'y trouvaient, curieux de connaître les goûts de lady Victoria en matière de lecture. Il lut les titres des deux premiers volumes : *Lettre à une femme d'Angleterre sur l'injustice de la subordination mentale*, de Mary Robinson, et *Du droit des femmes*, de Mary Wollstonecraft. Étrange. Il s'attendait plutôt à des romans d'amour un peu mièvres. Apparemment, lady Victoria avait tout d'un bas-bleu. Parmi les trois autres ouvrages figuraient tout de même deux romans d'amour ainsi que *La Mégère apprivoisée*, de Shakespeare. Nathan sourit. Quelle ironie !

Il remit les livres en place, intrigué malgré lui par les goûts éclectiques de la jeune femme. Lui qui la prenait pour une créature écervelée n'ayant pour seul souci que ses toilettes... Chassant cette pensée absurde, il s'approcha de l'armoire.

Lorsqu'il en ouvrit les portes, un parfum de rose s'en échappa. S'efforçant de rester concentré, il s'agenouilla et écarta une série de robes. Il découvrit une housse en cuir qu'il ouvrit pour en observer les coutures. Il constata que la doublure avait été recousue à la hâte. Wexhall perdait décidément la main s'il laissait de pareils indices. Il déchira le satin marron et glissa la main à l'intérieur. Rien.

Bon sang, où se trouvait donc ce maudit message ? Contrarié, Nathan fouilla dans la housse. Il sentit sous ses doigts un livre qu'il sortit vivement. *Le Guide féminin de la poursuite du bonheur personnel*, par Charles Brightmore, lut-il à la lueur du feu.

Même dans son village perdu, il avait entendu parler du scandale provoqué par ce traité fort explicite, et de l'influence qu'il exerçait sur les femmes. Il était fascinant d'en découvrir un exemplaire dissimulé dans les bagages de lady Victoria. Fascinant et émoustillant...

Comme il feuilletait le livre pour s'assurer que le message de Wexhall ne s'y trouvait pas, son regard accrocha l'expression « amour physique ». Il prit le temps de lire le paragraphe.

La femme moderne doit être consciente que l'amour physique ne saurait être apprécié uniquement des hommes et subi par les femmes. Soyez une participante active ! Dites à votre partenaire quels sont vos désirs, ce qui vous procure du plaisir. Soyez certaine qu'il sera ravi de répondre à vos attentes. Et n'ayez pas peur de le toucher – plus particulièrement de la façon dont vous aimeriez qu'il vous touche. Le meilleur moyen de savoir ce que vous aimez est de vous toucher vous-même ; c'est ainsi que vous apprendrez à avoir du plaisir. Après quoi, la femme moderne n'hésitera pas à faire part à son partenaire de ses découvertes. Mieux encore, elle lui en fera la démonstration.

Une vague de chaleur submergea Nathan. Malgré lui, des images érotiques dansèrent devant ses yeux. La jeune femme était nue devant son miroir, ses doigts couraient le long de son corps. Il se glissa derrière elle et referma les mains sur ses seins. Ses yeux se fermèrent tandis que, cambrée et offerte, elle murmurait : « Laisse-moi te montrer ce qui me fait plaisir... »

Nathan secoua la tête pour dissiper cette vision, mais les effets persistèrent. Il tira sur son foulard d'un geste rageur. Son sang bouillonnait dans ses veines, et jamais il ne s'était senti aussi à l'étroit dans son pantalon. Il rangea le livre dans la housse, refusant d'imaginer que Victoria ait pu lire ce paragraphe si explicite, qu'elle ait pu mettre en application ces conseils. Seul le message de Wexhall comptait. Il écarta de nouveau les robes en quête d'une autre housse. Elle devait bien être quelque part, cette satanée lettre...

— Je brûle d'entendre les explications que vous allez me fournir pour justifier cette fouille en règle de mes bagages.

5

La femme moderne sera consciente du gouffre qui existe entre ce qu'elle devrait faire et ce qu'elle veut faire. Naturellement, il y a des moments où le devoir prend le dessus. Toutefois, surtout quand un séduisant jeune homme est impliqué, elle devra savoir jeter toute prudence aux orties pour faire ce que bon lui semble.

Le Guide féminin de la poursuite du bonheur personnel,

Charles BRIGHTMORE

Les mains sur les hanches, Victoria fixait Nathan d'un regard glacial. Pétrifié, il affichait une expression indéchiffrable. Elle n'y décelait même pas l'once de culpabilité que toute personne convenable aurait éprouvée en étant ainsi prise la main dans le sac.

— Je dois avouer que j'ai rêvé de vous voir à genoux plus d'une fois, enchaîna-t-elle. Mais vous étiez agenouillé devant *moi*, et non devant une housse à vêtements.

Sans la quitter des yeux, il se redressa lentement. Loin d'être confus, il eut l'audace de lui décocher un clin d'œil.

— Ainsi, vous avez pensé à moi…

— Je vous assure que c'était sans la moindre tendresse.

— Vous me blessez, madame.

— Non, pas encore, rétorqua-t-elle en jetant un regard éloquent du côté du tisonnier. Mais cela pourrait venir.

Il secoua la tête d'un air indulgent.

— J'ignorais que vous aviez une propension à la violence, milady. Quant à m'agenouiller devant vous, je crains que ce ne soit un spectacle auquel vous n'assistiez jamais.

— Il ne faut jamais dire jamais, docteur Oliver.

Il eut un geste désinvolte.

— Je suis sûr que ce spectacle ne vous manquera guère, car vous êtes sans doute habituée à ce que vos prétendants soient à vos pieds.

Victoria se rendit alors compte qu'elle martelait nerveusement le sol du pied. Elle s'efforça de se calmer, puis riva sur Nathan un regard peu amène.

— Mes prétendants ne vous regardent en rien. Et ne croyez pas que vos grossières manigances destinées à détourner mon attention de votre comportement scandaleux ont fonctionné. Pourquoi étiez-vous en train de fouiller dans mes affaires ?

— Je ne fouillais pas.

— Ah, non ? Et comment appelez-vous ce que vous étiez en train de faire ?

— Je cherchais, rien de plus.

— Que cherchiez-vous ?

Pour toute réponse, le scélérat lança un coup d'œil entendu à la housse qui gisait à ses pieds.

— Vous dissimulez des lectures passionnantes dans vos bagages, lady Victoria.

La jeune femme sentit ses joues s'enflammer. Avant qu'elle puisse se ressaisir et lui adresser une repartie bien sentie, Nathan reprit d'une voix suave :

— Je croyais que les jeunes filles comme vous ne lisaient que des romans d'amour et des poésies mièvres.

Une fois de plus, Victoria se contint pour mieux répondre à son attaque.

— Les jeunes filles comme moi ? Seigneur, voleur, et charmant, en plus ! railla-t-elle. Au cas où vous ne l'auriez pas remarqué – ce qui ne serait pas étonnant, car votre sens de l'observation est manifestement médiocre –, je ne suis plus une jeune fille, mais une femme.

Une lueur s'alluma dans les yeux de Nathan. Il parcourut Victoria de la tête aux pieds, d'un regard appuyé qu'aucun gentleman ne se serait autorisé en présence d'une dame. Elle ressentit un picotement brûlant – l'offense, à coup sûr – des orteils jusqu'à la racine des cheveux. Leurs regards se croisèrent. Le feu qu'elle découvrit dans ses prunelles sombres lui coupa le souffle.

— Mon sens de l'observation est excellent, lady Victoria. Mais assez joué. Où est-il ? demanda-t-il en plissant les yeux.

— Où est quoi ?

— Allons, vous savez très bien de quoi je parle. Le message qui était caché dans la doublure de votre housse. Cette lettre m'est adressée. Rendez-la-moi immédiatement.

Il tendit la main d'un geste impérieux. La jeune femme dut crisper les poings pour ne pas la repousser.

— Je rêve ! Vous osez vous introduire dans ma chambre…

— La porte n'était pas verrouillée !

— … toucher à mes effets personnels…

— Très brièvement.

— … puis vous m'accusez de vous avoir volé quelque chose ! Pourquoi n'avez-vous pas récupéré cette lettre, dont vous prétendez qu'elle vous est adressée, la première fois que vous avez fouillé ma chambre ?

La main de Nathan retomba le long de son flanc.

— La première fois ? De quoi parlez-vous ?

Elle leva les yeux au ciel.

— Je croyais que vous en aviez assez de jouer, riposta-t-elle. Ne suis-je pas suffisamment claire ?

Il fut près d'elle en deux enjambées et referma les mains sur ses avant-bras.

— Ce n'est pas un jeu. Êtes-vous en tain de me dire que votre chambre a été fouillée un peu plus tôt ?

Victoria avait l'impression que la chaleur de ses mains la brûlait à travers le fin tissu de sa robe. Elle se dégagea abruptement et recula d'un pas.

— En effet c'est bien ce que je viens de dire, comme si vous l'ignoriez.

Sa colère lui fit presque oublier le trouble provoqué par le contact de ses mains. Presque…

— Vous vous comportez de la sorte avec toutes vos invitées, ou suis-je la seule à jouir de ce privilège ?

— Comment savez-vous que quelqu'un a fouillé votre chambre ? insista-t-il, ignorant son sarcasme, de même que sa question.

— Je range toujours mes affaires de manière précise. J'ai tout de suite remarqué qu'elles avaient été déplacées. Ma femme de chambre n'étant en rien responsable, j'ai d'abord cru à la culpabilité d'une domestique de Creston Manor. Jusqu'à ce que je vous prenne la main dans le sac.

— Si vous soupçonniez une domestique de Creston Manor, pourquoi ne pas nous l'avoir signalé ?

— Parce que rien n'avait disparu. Je ne voyais pas la nécessité de déclencher une enquête qui aurait abouti à des sanctions contre une employée qui s'était montrée simplement curieuse.

L'expression de Nathan demeura identique, mais elle perçut son étonnement. Déterminée à exploiter ce petit avantage, elle leva le menton.

— J'ai répondu à vos questions et j'exige la même courtoisie de votre part… bien que ce mot ne fasse visiblement pas partie de votre vocabulaire.

— Vous n'avez en rien répondu à mes questions, rétorqua-t-il en se tournant vers l'armoire. Vous ne possédez pas d'autre housse ?

— Bien sûr que si. Une dizaine.

— Où sont-elles ?

Elle prit un air pénétré et fronça les sourcils.

— Il y en a deux à Londres, et trois à Wexhall Manor. À moins que ce ne soit le contraire…

Nathan émit un grommellement agacé.

— Je voulais dire *ici*. Avez-vous apporté d'autres housses en Cornouailles ?

Victoria réprima un sourire, ravie d'avoir réussi à l'agacer, et écarquilla les yeux d'un air innocent.

— Oh, non ! Je n'en ai apporté qu'une seule.

Sans la quitter du regard, il récupéra la housse dont la doublure avait été arrachée.

— Comment est-ce arrivé ?

— C'est à vous de me l'expliquer, il me semble.

Il fit un pas en avant, et Victoria eut toutes les peines du monde à ne pas reculer. Les yeux de Nathan scintillaient à la lueur du feu et un muscle tressautait sur sa joue.

— Lady Victoria, articula-t-il, la mâchoire crispée, ma patience a des limites.

— Parfait. Je m'en voudrais d'être la seule à être irritée.

Nathan fulminait.

— Quand je l'ai trouvée, cette doublure avait déjà été arrachée et très mal recousue, dit-il en détachant chaque syllabe, comme s'il s'adressait à une enfant, ce qui ne fit qu'exacerber la colère de Victoria. Savez-vous comment c'est arrivé ?

— Il se trouve que oui.

Nathan la regarda fixement, attendant des précisions. Il était à cran. Elle se tenait face à lui, affichant un air fier et résolu. Apparemment, elle était aussi tendue que lui, ce qui semblait presque impossible vu qu'il était au bord de l'explosion. Cela ne lui ressemblait guère, et achevait de le contrarier. Mais il devait bien reconnaître que cette femme avait le don de le faire sortir de ses gonds.

Il prit une profonde inspiration et déclara d'un ton posé :

— Dites-moi ce que vous savez.

— Veuillez ne pas me parler sur ce ton, docteur Oliver, répliqua-t-elle d'un ton hautain. Peut-être que si vous formuliez plus poliment votre requête…

Elle n'alla pas plus loin, et Nathan se dit qu'il ne sortirait pas indemne de cette entrevue pénible.

— S'il vous plaît, marmonna-t-il à contrecœur.

— Voilà qui est mieux, observa-t-elle d'un air pincé. Encore que je ne sois pas certaine que vous méritiez une explication, car vous avez mis en doute mes talents de couturière.

— C'est *vous* qui avez recousu la doublure ?

— En effet.

— Quand ?

— En début de soirée.

Elle se tut, mais la lueur qu'elle décela dans son regard l'incita à reprendre sans attendre.

— Après nous être rafraîchies, ma tante et moi sommes allées faire une promenade dans le parc, qui est superbe, soit dit en passant.

— Merci. Continuez.

— Hmm. Un soupçon de politesse, enfin, malgré une certaine brusquerie. Comme je le disais, nous avons flâné dans le parc. À mon retour, je suis montée me préparer pour le dîner. J'ai tout de suite remarqué que quelqu'un était entré dans ma chambre. Des détails infimes : un pli sur le dessus-de-lit, mon flacon de parfum déplacé, la porte de l'armoire fermée, et non plus entrebâillée pour aérer mes robes, le loquet de ma malle resté ouvert… S'il n'y avait eu qu'un seul élément troublant, j'aurais incriminé une domestique. Mais il y avait de légers changements un peu partout dans la pièce. J'avais pourtant bien rangé mes affaires. Et personne n'avait de raison d'ouvrir l'armoire ou la malle.

— Alors vous avez vérifié plus avant, histoire de vous assurer que rien ne manquait.

— Oui. Et c'était le cas. Pas même dans mon coffret à bijoux. J'ai toutefois remarqué une couture mal faite dans ma housse. Cela m'a contrariée, car elle appartenait à ma mère, et j'y tiens beaucoup. En y regardant de plus près, j'ai constaté que les points étaient maladroits. Certainement pas l'œuvre d'un tailleur ou de ma mère, qui maniait l'aiguille à la perfection. Ma curiosité étant piquée au vif, j'ai arraché les points et j'ai glissé la main à l'intérieur.

— Vous avez trouvé la lettre.

Ce n'était pas une question.

— En effet.

Nom de Dieu, songea Nathan.

— Vous l'avez lue ?

Cela n'avait pas grande importance, car Wexhall avait utilisé un code.

— Franchement, docteur, la question pertinente est : comment saviez-vous qu'une lettre était cachée dans la doublure de mon bagage ?

Nathan la dévisagea un instant. Bon sang, c'était là une complication dont il n'avait pas besoin. Et dont il ne voulait pas. Il n'avait rien voulu de tout cela, du reste. Il aurait dû être chez lui, à Little Longstone, à soigner ses patients, à s'occuper de ses animaux, et à mener l'existence paisible pour laquelle il s'était battu. Et voilà qu'il se retrouvait face à une furie qui détenait une lettre des plus précieuses et ne semblait pas disposée à la lui céder.

Plusieurs mensonges lui vinrent à l'esprit, mais une soudaine lassitude l'envahit. Il en avait assez de mentir. Et pourquoi aurait-il pris cette peine, d'ailleurs ? Il n'était plus au service de la Couronne. Il n'était plus tenu au secret. Comme il serait facile et agréable de dire la vérité, tout simplement.

Il observa attentivement la jeune femme, puis déclara :

— J'étais au courant de la présence de cette lettre car elle m'était destinée.

— Et pourquoi une lettre à *votre* intention serait-elle cachée dans *mes* bagages ?

— Vous veniez en Cornouailles. C'était le moyen le plus simple de me la faire parvenir.

— Dans ce cas, pourquoi la cacher ? Il suffisait de me donner ce pli en me chargeant de vous le remettre dès mon arrivée.

— Il contient des informations secrètes qui ne doivent être lues que par moi.

— Secrètes ? À vous entendre, il s'agit d'une sorte de mission d'espionnage.

Comme il n'infirmait ni ne confirmait ses propos, Victoria plissa les yeux.

— Seriez-vous en train d'insinuer que vous êtes une sorte… d'espion ?

— Je n'insinue rien. Je l'affirme.

— Vous êtes un espion ? s'exclama-t-elle, abasourdie.

— Je l'étais, corrigea-t-il, quitte à être franc… J'ai cessé d'être un agent actif il y a trois ans, mais je viens de reprendre du service de façon temporaire.

— Vous plaisantez ! fit-elle en réprimant un gloussement.

— Je vous assure que non, répondit Nathan avec raideur.

Cette fois, elle s'esclaffa ouvertement.

— Vous n'espérez tout de même pas que je vais croire à cette histoire !

— En fait, je ne vois pas pourquoi vous ne me croiriez pas.

— Parce que, pour commencer, vous êtes dur d'oreille. Or un espion se doit d'avoir l'ouïe fine.

— J'entends parfaitement bien.

Elle émit un ricanement narquois.

— Je suis entrée dans cette chambre, je me suis approchée de vous, et vous n'avez remarqué ma présence que lorsque je vous ai adressé la parole.

Enfer et damnation. C'était ce maudit *Guide* et les fantasmes qu'il lui avait inspirés.

— J'étais… distrait.

Sans laisser à la jeune femme le temps de commenter, il ajouta :

— Il y a trois ans, j'ai été chargé d'une mission qui a échoué, et j'ai dû démissionner. Cette lettre contient des informations qui pourraient me permettre de racheter mon échec.

« Et de récupérer ce que j'ai perdu », songea-t-il.

Toujours amusée, elle hocha la tête pour l'encourager à poursuivre.

— Continuez, je vous en prie. Cette histoire est bien plus captivante que les romans mièvres que lisent les filles comme moi.

Jamais Nathan n'avait rencontré femme plus irritante. Lâchant la housse, il fit un pas en avant, prenant un plaisir pervers à voir la lueur incertaine qui s'était allumée dans son regard.

— Vous avez soif d'aventure ? fit-il d'une voix de velours. Je vais me faire un plaisir de tout vous raconter. Pour l'armée et les contrebandiers, ce domaine est un lieu stratégique. Pendant la guerre, j'ai été recruté par la Couronne pour mener diverses missions, notamment espionner les Français et récupérer des marchandises de contrebande. Il y a trois ans, j'ai été chargé de retrouver des bijoux, mais cette mission n'a pas… enfin, elle se n'est pas déroulée comme prévu, et les bijoux ont disparu. J'ai quitté mon poste peu après. Dernièrement, de nouveaux éléments quant à l'endroit où pourraient se trouver ces bijoux sont remontés à la surface. Étant le mieux informé de ce dossier, j'ai été envoyé en Cornouailles pour les retrouver. Ces informations figurent dans la lettre que vous possédez, et qui, je suis certain que vous le comprenez à présent, m'appartient.

Il croisa les bras, ravi de constater qu'elle avait retrouvé son sérieux. Elle ne semblait cependant pas totalement convaincue.

— Je pense avoir satisfait votre curiosité, reprit-il. J'apprécierais que vous me rendiez cette lettre.

— À vrai dire, vous n'avez réussi qu'à attiser ma curiosité, docteur.

— Dommage, car je n'en dirai pas plus, répondit-il en tendant la main. Ma lettre, je vous prie.

Au lieu d'obéir, Victoria se mit à faire les cent pas. Il entendait presque les rouages de son cerveau cliqueter tandis qu'elle réfléchissait. Avec un soupir résigné, il baissa la main et l'observa. À la lueur du feu, ses cheveux soyeux scintillaient presque. Sa robe de soie bronze mettait en valeur le bleu de ses yeux et la pâleur de son teint.

Il posa les yeux sur la courbe délicate de son cou que sa coiffure révélait. Cette courbe le fascinait... Soudain, il eut des fourmis dans les doigts tant il avait envie de la toucher. De goûter sa saveur, de caresser sa peau. De s'enivrer de son parfum qu'il connaissait si bien...

Elle se tourna vers lui et eut une moue délicieuse. Malgré les trois années écoulées, il se rappelait les moindres détails de cette bouche, sa texture douce, sa voluptueuse souplesse, la façon dont elle se mouvait sensuellement sous la sienne. Il avait embrassé bon nombre de femmes avant lady Victoria, mais les instants volés dans la galerie de portraits avaient effacé d'un coup toutes ces rencontres antérieures.

Il avait embrassé bien d'autres femmes ensuite, mais, à sa grande perplexité, aucune n'avait réussi à provoquer en lui un tel désir. Il n'existait pas de bouche plus envoûtante. Il en était arrivé à vouloir se prouver qu'il pouvait succomber au charme d'une autre. Ç'avait même été une véritable quête. Hélas, il n'avait pas encore trouvé celle qui lui ferait oublier ces lèvres-là.

« Peut-être as-tu cherché au mauvais endroit, lui murmura une petite voix. Peut-être n'embrassais-tu pas les femmes qu'il fallait. Peut-être ne devrais-tu pas chercher ailleurs que dans cette pièce... »

Nathan envoya cette voix au diable, et se retint pour ne pas attraper lady Victoria par le bras, l'attirer contre lui, et l'embrasser voracement. Ne serait-ce que pour se prouver qu'il avait accordé trop d'importance à un baiser anodin. Oui, il avait surestimé cet incident, et il n'existait qu'un seul moyen d'en avoir le cœur net.

Avant qu'il puisse faire le moindre mouvement, lady Victoria s'immobilisa et se tourna vers lui.

— Si votre histoire est vraie, dit-elle en posant sur lui le regard méfiant d'une souris surveillant un chat affamé, alors mon père est impliqué d'une manière ou d'une autre.

Il aurait dû se douter qu'elle saurait additionner deux et deux. Il avait espéré que, comme bien des femmes de son rang, elle ne pensait que chiffons et ragots. Mais de toute évidence, lady Victoria n'avait rien d'une imbécile. Il voulut nier, mais s'en trouva incapable. Au contraire, il était curieux d'entendre ce qu'elle avait à dire.

Elle poursuivit :

— Même si ce n'est pas mon père qui a caché cette lettre dans mes bagages, il devait être au courant de son existence. Il a tellement insisté pour que je fasse ce voyage. À la réflexion, il a bien trop insisté.

Elle secoua lentement la tête, les sourcils froncés, les yeux rivés sur les flammes, dans la cheminée.

— Cela expliquerait bien des choses... murmura-t-elle, pensive.

Nathan demeura impassible, talent qui lui restait de ses années au service de la Couronne. Au bout d'une longue minute, elle planta son regard dans le sien.

— Mon père travaille pour la Couronne.

C'était une affirmation, plus qu'une question, prononcée d'un ton neutre.

— Oui, admit Nathan, qui ne voyait pas l'intérêt d'éluder.

— Tout est clair, à présent. Les réunions nocturnes dans son bureau, ses absences répétées, son regard soucieux quand il ne se savait pas observé.

Elle laissa échapper un soupir et secoua de nouveau la tête.

— Tout au fond de moi, je savais qu'il n'était pas sincère, qu'il y avait autre chose que les parties de cartes et les passe-temps masculins qu'il prétextait, mais je ne lui ai jamais posé de questions.

Elle semblait profondément blessée. Sa peine se reflétait dans son regard désemparé, et Nathan sentit son cœur se serrer.

— Je pensais qu'il avait une maîtresse et qu'il se montrait discret pour ne pas me heurter, reprit-elle.

— Je crains que le secret ne fasse partie de la vie d'un espion.

— Le secret ? Vous voulez dire le mensonge.

Elle était en lutte contre les émotions diverses qui l'assaillaient, c'était visible. Touché, Nathan s'approcha d'elle et la prit doucement par les bras.

— Je veux dire faire le nécessaire pour garder secrète son association avec la Couronne dans l'intérêt de sa patrie, et pour garantir la sécurité de sa famille et de ses amis.

— Ce soir-là, lorsque vous êtes venu à la maison pour voir mon père... était-ce pour évoquer cette mission relative aux bijoux ?

— Oui, avoua Nathan.

— Mon père était impliqué ?

« Jusqu'au cou », songea-t-il.

— Il l'était, en effet.

Il la lâcha, puis, après une brève réflexion, décida qu'il ne servait à rien de lui cacher la vérité.

— Votre père supervisait la mission. C'est lui qui nous a recrutés.

Elle digéra ces informations, puis déclara :

— Mon père est donc plus qu'un simple espion. Il est… à leur tête ?

— Oui.

— Et qui est impliqué, à part vous ? Vous avez dit « nous ».

— Mon frère et lord Alwyck.

Elle opina lentement, les yeux rivés sur lui.

— Donc, ce soir, au dîner, j'étais assise entre deux espions et en face d'un troisième.

— D'anciens espions, en effet.

— Votre père l'était aussi ?

— Non.

— Et votre majordome ? Votre gouvernante ? Votre valet ?

— Pas que je sache, répondit-il en esquissant un sourire.

— Voilà qui est rassurant. Mais n'oublions pas mon père, cet homme distrait et sympathique que je ne connais manifestement pas du tout.

Sa voix tremblait. Elle baissa les yeux. Son désarroi était tel que Nathan sentit de nouveau son cœur se serrer. Glissant le doigt sous son menton, il lui releva la tête jusqu'à ce qu'elle croise son regard.

— Le fait qu'on le prenne pour un homme distrait et sympathique joue en sa faveur. Le travail qu'il a accompli a sauvé la vie de centaines de soldats britanniques. Mais, pour ce faire, il y avait des aspects de sa vie qu'il ne pouvait partager ni avec vous ni avec quiconque.

Elle déglutit, le regard interrogateur.

— Je peux le comprendre, admit-elle. Ce que je ne saisis pas, c'est pourquoi il vous a envoyé cette lettre par *mon* intermédiaire. Pourquoi ne pas charger un de ses espions de ce message ? Ou bien vous convoquer à Londres ?

Avant de lui répondre, il laissa son doigt glisser sous son menton. Dieu qu'elle avait la peau douce ! Il mourait d'envie de la caresser. Ce désir était si intense qu'il dut s'écarter pour ne pas céder à la tentation.

En proie à un dilemme, il s'approcha de la cheminée et fixa les flammes. Puis il se tourna vers la jeune femme.

— Votre père vous a envoyée en Cornouailles parce qu'il vous croit en danger. Il tenait à vous éloigner de Londres, en plus de me faire parvenir ces informations. Disons qu'il a fait d'une pierre deux coups.

— En danger ? répéta-t-elle, à la fois sceptique et étonnée. Quel genre de danger ? Et qu'est-ce qui lui fait croire une chose pareille ?

— Il ne l'a pas dit précisément, mais il est persuadé qu'il pourrait vous arriver malheur. Quant à savoir pourquoi, je suppose qu'il a reçu des menaces vous visant ou le visant lui. Peut-être les deux.

Victoria pâlit.

— Vous croyez que mon père est en danger, lui aussi ?

— Je l'ignore, avoua Nathan. Je suis sûr que la lettre qu'il a glissée dans vos bagages contient la réponse à vos questions, ajouta-t-il avec un regard éloquent.

— J'ai lu cette lettre. Il n'y est pas fait mention d'un quelconque danger. En fait, il…

Elle pinça les lèvres, puis reprit après une pause :

— Aucun danger n'y est mentionné.

— Pour une personne non initiée, précisa-t-il. Votre père a utilisé un code.

Un silence tendu tomba entre eux, qu'elle brisa la première en demandant d'un air préoccupé :

— Et si mon père était blessé, ou pire, pendant que je suis ici ?

L'inquiétude que Nathan lut dans son regard le perturba d'une manière inexplicable. Il aurait tout donné pour la rassurer.

— Votre père est un homme extrêmement intelligent et plein de ressources, dit-il calmement. Il a beaucoup d'hommes sous ses ordres. Il n'aura aucun mal à déjouer un complot quel qu'il soit.

La jeune femme émit une plainte étouffée.

— Cela ne ressemble guère à mon père, mais, visiblement, vous le connaissez mieux que moi.

De soucieux, son regard se fit pensif.

— Il est clair que vous êtes plus qu'un simple médecin de campagne, comme vous le prétendez.

— Je n'ai jamais prétendu être médecin. J'en suis un. Et sacrément bon, même. Il est clair que vous êtes plus que l'héritière écervelée que vous prétendez être.

— Je n'ai jamais prétendu être une héritière, rétorqua-t-elle. J'en suis une. Et je n'ai jamais été écervelée. C'est votre arrogance et vos préjugés qui vous ont fait croire cela.

— Je veux cette lettre, lady Victoria.

— Oui, je sais. Quel dommage pour vous qu'elle soit en ma possession.

— Je ne peux vous protéger sans connaître le danger qui vous menace.

— Vous ? Me protéger ? s'écria-t-elle avec dédain. Vous êtes sourd comme un pot ! Quel est votre plan ? Dresser vos poules et vos canards à attaquer quiconque mettrait ma sécurité en péril ?

Seigneur, comment avait-il pu la trouver séduisante ? Il était fou à lier. Cette pimbêche était agaçante au plus haut point. Et elle se moquait ouvertement de lui ! Elle le provoquait. Sa patience, décida-t-il, avait officiellement atteint ses limites.

— Pourquoi refusez-vous de me remettre cette lettre ? s'enquit-il.

— Je ne refuse pas.

— Dans ce cas, donnez-la-moi.

— Non… Enfin, pas tout de suite.

— Je n'ai aucune envie de jouer avec vous, lady Victoria.

— Moi non plus.

— À la bonne heure. Mais vous voulez manifestement obtenir quelque chose.

— En effet.

— Vous avez de la chance que je ne sois pas enclin à m'évanouir au moindre propos choquant. Que voulez-vous ?

— Je veux vous aider.

— M'aider à quoi ?

— À accomplir la mission que mon père vous a confiée. À retrouver les bijoux.

Nathan en demeura bouche bée. Puis il laissa échapper un rire incrédule.

— Il n'en est pas question !

— Dans ce cas, je regrette, fit-elle en haussant les épaules, mais je ne peux vous donner cette lettre.

— Pourquoi plonger tête baissée dans une affaire qui ne vous concerne en rien, mais risque de vous mettre en danger ?

— Étant donné que mon père et moi sommes peut-être menacés, et que j'ai été envoyée dans ce trou perdu pour vous transmettre cette lettre, je considère que cette affaire me concerne, au contraire. J'ai eu droit à des mensonges durant des années, et je ne les accepte tout simplement plus.

Son expression se durcit. Elle semblait furieuse, et plus résolue que jamais – ce qui avait de quoi rendre n'importe quel homme méfiant.

— Savez-vous ce que c'est que d'apprendre qu'on vous a menti, docteur ? reprit-elle.

Il le savait. Et il n'avait pas apprécié l'expérience. Il inclina la tête, lui indiquant qu'elle venait de marquer un point.

— Vous n'êtes pas stupide au point d'en vouloir à votre père d'avoir assuré la sécurité du pays en vous cachant des informations ultraconfidentielles ?

— Non, mais je me sens stupide et amère de savoir si peu de chose sur l'homme qui m'a élevée, que je croyais connaître et comprendre. Et je lui en veux terriblement de ne pas m'avoir révélé qu'il était peut-être en danger.

— Je vous le répète, il est capable de se défendre. Et plus efficacement s'il n'a pas à se préoccuper de la sécurité de sa fille. Il voulait absolument que vous quittiez Londres. Il estimait sans doute que vous ne seriez jamais partie si vous aviez eu connaissance de ces faits.

— Il ne m'a pas laissé le choix, rétorqua lady Victoria. J'ai le droit de savoir. D'avoir la possibilité de l'aider. De comprendre pourquoi il m'a envoyée si loin de chez moi, et pourquoi je suis peut-être en danger, moi aussi. J'aurais pu me préparer. Mais non. Il m'a gentiment tapoté la tête avant de m'envoyer à la campagne pour me confier à un homme que je connais à peine. Comme si, parce que je suis une femme, j'étais une incapable.

Son corps entier était tendu, exprimant une obstination têtue.

— Eh bien, il se trompe, poursuivit-elle. Je suis une femme moderne. Je ne me laisserai pas écarter de la sorte, encore moins traiter comme une demeurée. J'ai établi un plan, et je suis prête à le partager avec vous. C'est un plan très simple, que même vous n'aurez aucun mal à comprendre. J'ai votre lettre. Je vous la donnerai si vous acceptez de m'inclure dans votre mission.

— Et si je refuse ?

Elle afficha un large sourire.

— Alors vous n'aurez pas la lettre. Je vous avais dit que mon plan était simple.

S'écartant de la cheminée, Nathan se dirigea à pas lent vers la jeune femme, tel un fauve traquant sa proie. Le sourire de celle-ci s'effaça, et elle recula. Un pas après l'autre. Il avança au même rythme tout en se déplaçant de manière à l'acculer dans un coin – là où il la voulait physiquement et stratégiquement. Elle finit par heurter le mur. Étonnée, elle se redressa, les yeux écarquillés, et soutint son regard sans ciller. Si Nathan n'avait pas été aussi agacé par son attitude, il aurait admiré son cran. Elle ne baissait pas les bras. Elle était peut-être irritante, mais elle n'était pas lâche.

— Vous n'obtiendrez pas cette lettre par l'intimidation, l'avertit-elle d'une voix ferme.

Nathan appuya les mains contre le mur, de part et d'autre de la jeune femme.

— Je n'ai jamais été obligé d'intimider une femme pour obtenir ce que je souhaitais, lady Victoria.

Elle jeta un coup d'œil à ses avant-bras, si proches, puis revint à son visage.

— Vous ne la trouverez jamais.

— Je vous garantis que si.

— Non. Elle est cachée dans un endroit impossible à trouver.

Nathan masqua sa satisfaction face à cette révélation involontaire. La lettre était encore intacte, elle ne l'avait pas détruite. Il parcourut la jeune femme d'un regard tranquille, puis ses yeux se rivèrent aux siens, et il déclara calmement :

— Vous la portez sur vous. La question est de savoir si vous l'avez glissée sous votre jarretière ou…

Il plongea les yeux dans son décolleté.

—… si elle est nichée entre vos seins.

L'expression étonnée et les joues écarlates de Victoria confirmèrent ses soupçons.

— Jamais encore je n'avais été soumise à un examen aussi discourtois, dit-elle, le souffle court.

Nathan lui effleura la pommette du bout du doigt.

— Je ne crois pas une seconde que ces joues empourprées soient uniquement dues au fait que vous êtes scandalisée, lady Victoria. Ne me sous-estimez pas. Ce serait une erreur.

Elle déglutit.

— Bien sûr que je suis scandalisée ! Je vous rappelle en outre, puisque vous semblez l'avoir oublié, qu'un gentleman ne touche jamais une dame sans lui en demander la permission.

— Je n'ai jamais prétendu être un gentleman.

Il ne put résister à la tentation de lui caresser de nouveau la joue.

— Je préfère demander pardon ensuite, si nécessaire, que de demander la permission.

— Voilà qui arrange votre conscience, j'imagine – encore que je doute que vous en possédiez une.

— J'en ai une. En fait, en cet instant précis, elle me suggère de vous demander si vous m'auriez accordé la permission de vous toucher.

— Certainement pas !

— Ah ! Vous comprenez pourquoi ma méthode est préférable.

— Pour vous, oui.

— Alors je vous demande pardon.

— Refusé.

Nathan poussa un long soupir et secoua la tête.

— Vous semblez déterminée à tout me refuser, ce soir.

Il se rapprocha d'elle et se pencha au point de lui frôler l'oreille de ses lèvres. Un doux parfum de roses lui envahit les narines. Il crispa le poing sur la tapisserie.

— Vous finirez bien par enlever vos vêtements, ma chère. Et vous venez de me donner une bonne raison d'être présent à ce moment-là.

Elle en eut le souffle coupé. Il s'écarta, et faillit jurer tant le parfum de la jeune femme l'enivrait.

— Je vous assure que cela n'arrivera jamais.

— Il ne faut jamais dire jamais, lady Victoria.

6

La femme moderne doit être consciente que le savoir est un pouvoir. Il est donc essentiel de tout connaître sur un gentleman, qu'il soit ami, ennemi ou amant. Plus elle en sait, plus elle aura de pouvoir dans leur relation, et moins elle risquera d'être dupée.

Le Guide féminin de la poursuite du bonheur personnel,

Charles BRIGHTMORE

Après une nuit passée à réfléchir et à arpenter sa chambre, Victoria préféra prendre le petit déjeuner dans celle-ci. Une fois restaurée, elle enfila sa tenue d'équitation sans l'aide de sa femme de chambre, puis, après s'être assurée que la lettre si convoitée était bien cachée, elle gagna les écuries. Une chevauchée matinale lui éclaircirait les idées et améliorerait son humeur, ce dont elle avait grand besoin.

Tout était la faute de cet homme. Ce médecin qui se faisait passer pour un espion qui se faisait passer pour un médecin. Pas étonnant qu'il ne lui ait pas donné de nouvelles après leur brève rencontre, trois ans plus tôt. Ce mufle devait avoir une femme dans chaque port, enfin dans chaque village. Il n'avait vu en elle qu'une distraction passagère. En songeant à la façon dont elle s'était comportée lors de cette entrevue, Victoria se raidit. Comme il avait dû rire d'elle ! Eh bien, cela ne se reproduirait pas.

Quand le Dr Oliver avait quitté sa chambre, la veille, elle avait fermé la porte à clé et l'avait bloquée à l'aide d'une chaise pour faire bonne mesure. Puis elle avait lu et relu la lettre, y cherchant un message codé. En vain. Comment une lettre qui ne parlait que d'art, de musées et du temps qu'il faisait pouvait-elle évoquer un danger et des bijoux ? Elle avait fini par abandonner. Mais elle était décidée à ressayer dès son retour de promenade.

Il y avait cependant plus contrariant que son incapacité à déchiffrer le code : le malaise qu'elle ressentait – un malaise qui ne lui était pas familier. Jamais elle n'avait été en proie à des émotions aussi conflictuelles. Jusqu'à ce jour, sa vie n'avait été qu'une suite de réceptions mondaines, d'étés à la campagne et de vacances à Bath. À l'exception de ce baiser volé, trois ans plus tôt, il ne lui était jamais rien arrivé d'extraordinaire. Et voilà que soudain, son existence prenait la tournure qu'elle souhaitait.

Mais elle se sentait emportée par un torrent d'émotions : son inquiétude pour son père était en lutte avec l'incrédulité et le sentiment de trahison qu'elle avait ressentis en découvrant sa vie secrète. S'ajoutait à cela sa colère d'avoir été traitée comme une enfant. Des dizaines de questions se bousculaient dans sa tête, et elle se promit de demander des explications à son père dès son retour à Londres. Depuis combien de temps travaillait-il pour la Couronne ? Sa mère était-elle au courant ? Sans doute pas. Une telle révélation lui aurait donné des vapeurs.

Sous-jacents, cependant, demeuraient le plaisir et la fierté qu'elle éprouvait à s'être imposée et à avoir tenu tête au Dr Oliver. Les enseignements du *Guide* portaient leurs fruits, et même si elle devait modifier son plan pour l'adapter aux événements, elle avait au final réussi à lancer un défi à sa future victime tout en se donnant la possibilité de mener à bien sa vengeance. L'obliger à accepter son aide dans cette mission lui permettrait de passer du temps en sa compagnie et de faire en sorte qu'il l'embrasse de nouveau. Après quoi, elle rentrerait à Londres et épouserait l'un des comtes, comme prévu. Cette fois, cependant, elle se débrouillerait pour que le Dr Oliver n'oublie pas leur baiser de sitôt.

L'espace d'un instant, la veille, elle avait cru qu'il allait l'embrasser. Sa façon de l'acculer contre le mur... ses bras si puissants, son torse si large, sa proximité. Un trouble qu'elle n'avait pas ressenti depuis trois ans l'avait envahie. Son cœur s'était emballé, non de peur, mais d'excitation à le sentir si proche. Son odeur grisante, la chaleur de son corps l'avaient incitée à se plaquer contre le mur, de crainte de s'approcher davantage pour se lover dans cette chaleur. Elle s'était sentie comme enveloppée par lui. Cette sensation, ainsi que son regard intense, l'avait maintenue prisonnière bien plus que ses bras.

Et son contact... Cette douce caresse du bout du doigt sur sa joue brûlante. Ses jambes avaient bien failli se dérober. Quant à sa suggestion scandaleuse de la regarder se dévêtir... Elle n'avait fait que déclencher une nouvelle onde de chaleur. « Cela ne se produira jamais, docteur Oliver, se promit-elle mais j'ai l'intention de faire en sorte que vous en ayez envie. »

Pour l'heure, c'était elle qui menait la danse. Comme dans une partie d'échecs, elle avait mis son roi en échec. Elle devait prendre le dessus rapidement, avant qu'il ne mette au point une contre-offensive. Pour cela, elle avait besoin d'informations sur lui et sur sa mission ratée. La veille, il lui avait ouvert les yeux, et jamais elle n'avait été aussi déterminée. Plus jamais elle ne se laisserait traiter comme une enfant. Lady Victoria Wexhall était une femme moderne, avec qui il faudrait désormais compter. « Préparez-vous, docteur Oliver, l'avertit-elle en silence. Votre citadelle est sur le point d'être assiégée. »

Elle quitta la maison par la terrasse et admira le parc. À sa gauche s'étendaient les jardins, avec ses haies impeccablement taillées et ses massifs de fleurs multicolores. Il semblait aussi vaste que les jardins de Wexhall Manor, ce qui était une bonne surprise. Au-delà, une pelouse encore scintillante de rosée se déployait à perte de vue. Elle menait à un bosquet qui se découpait sur le ciel encore teinté de mauve.

S'attardant un instant sur les marches, Victoria ferma les yeux et inspira à fond. L'air sentait si bon, ici... Il y flottait un parfum d'embruns qui donnait envie de courir jusqu'à la mer.

Désireuse de se mettre en route avant que la maisonnée ne soit levée, elle allait s'éloigner quand elle perçut un miaulement. Baissant les yeux, elle découvrit un minuscule chaton, qui se frotta contre le bas de sa jupe.

— Bonjour, toi, fit-elle en s'accroupissant pour lui caresser la tête. Qu'est-ce que tu fais là, tout seul ? Où est ta maman ?

Pour toute réponse, le chaton émit le miaulement le plus pitoyable qu'elle ait jamais entendu.

— Eh bien, on est triste...

Elle le souleva et le cala contre sa poitrine, où il se mit immédiatement à ronronner.

— Tu es un charmeur, murmura-t-elle en lui grattant le menton.

Le chaton était tout noir, seule l'extrémité de ses pattes était blanche.

— On dirait qu'on t'a trempé dans un pot de peinture, observa-t-elle en riant.

Le chaton ronronna de plus belle.

— Je me demande si c'est toi qui es resté coincé dans un arbre.

— Oui, c'est bien elle, fit une voix familière, juste derrière la jeune femme.

Victoria se redressa et fit volte-face. Le Dr Oliver se tenait à quelques mètres à peine, les bras croisés. Le cœur de la jeune femme bondit. La surprise, sans doute. Et son estomac se noua. Elle avait certainement mangé trop d'œufs brouillés. L'enveloppant d'un regard rapide, elle nota qu'il avait les cheveux en bataille, et que sa chemise, à demi boutonnée, révélait son cou musclé et une partie de son torse. Son pantalon fauve moulant laissait deviner des jambes à la fois fuselées et puissantes. Quant à ses bottes de cuir noir, c'étaient visiblement ses favorites, vu leur état d'usure. Comment avait-elle pu ne pas l'entendre arriver ? Il devait se mouvoir aussi silencieusement qu'un fantôme. Un fantôme arrogant et irritant. Cela dit, elle ne pouvait nier qu'il était séduisant, dans le genre infréquentable. Au prix d'un gros effort, elle leva les yeux. De toute évidence, son examen attentif n'était pas passé inaperçu. Elle rougit. Dieu merci, les espions n'avaient pas le don de lire les pensées.

Il s'inclina de façon à la fois polie et moqueuse.

— Bonjour, lady Victoria.

Elle hocha la tête d'un air altier.

— Docteur Oliver.

— Vous avez bien dormi ?

— Merveilleusement.

— Vraiment ? fit-il, sceptique. À en juger par les cernes sous vos yeux, on jurerait que vous êtes restée debout toute la nuit. Probablement pour essayer de déchiffrer *ma* lettre.

Victoria n'aurait su dire ce qui l'agaçait le plus : le fait qu'il ait deviné la vérité, ce qui était inquiétant, ou le fait qu'il ait déclaré qu'elle semblait fatiguée.

— Merci beaucoup. Cela faisait longtemps qu'on ne m'avait fait un aussi joli compliment.

Loin d'être honteux, Nathan afficha un sourire éclatant.

— Vous vous rendiez aux écuries ?

— Oui. J'apprécie une promenade matinale à cheval.

— Je m'y rends également. Puis-je vous y accompagner ? En dépit de notre entrevue d'hier soir, nous devrions réussir à effectuer ce court trajet sans nous quereller.

— Oui… À condition de ne pas parler.

Il sourit de nouveau, puis lui désigna l'escalier d'un grand geste du bras.

— Nous y allons ?

— Volontiers, répondit-elle, ravie de cette occasion qui lui était offerte d'en apprendre davantage sur lui.

Ils foulèrent la pelouse impeccable.

— J'ai l'impression que vous avez trouvé une nouvelle amie, commenta Nathan. Regardez, elle dort comme un ange. J'ai failli me rompre le cou pour aller récupérer ce petit monstre dans l'arbre, et vous croyez qu'elle m'en est reconnaissante ?

— Bien sûr que non, fit la jeune femme en caressant le chaton. Vous avez gâché son plaisir. Je suis sûre qu'elle a reniflé avec dédain avant de s'éloigner.

Il esquissa un sourire qui creusa une fossette sur sa joue.

— Attitude typiquement féminine, murmura-t-il.

Elle préféra ignorer cette réflexion, de crainte que la discussion ne dégénère.

— Comment s'appelle-t-elle ?

— Botte.

— Botte… Comme dans *Le Chat botté*. C'est l'un de mes contes favoris.

— C'est aussi l'un de mes contes favoris, avoua-t-il, visiblement surpris.

— Un redoutable espion qui aime les contes ? fit-elle, éberluée.

— Croyez-le ou non, j'ai été un enfant autrefois. Pour mon huitième anniversaire, j'ai reçu un exemplaire des *Contes de ma mère l'Oye*, de Perrault. C'est toujours mon livre de chevet.

— Vous lisez le français ?

— Cela peut servir, quand on est censé espionner les Français.

— Je possède moi-même deux exemplaires de cette œuvre, que j'adore, mais je rêve d'avoir une édition originale.

— Le mien est une première édition.

Victoria tourna la tête vers lui, stupéfaite.

— Une première édition de 1697 ?

— Je ne vois pas en quelle autre année une première édition aurait pu être imprimée.

— Oh, je suis verte de jalousie ! s'exclama-t-elle. J'en cherche une depuis des années, sans succès. Seriez-vous disposé à me vendre la vôtre ? ajouta-t-elle en plongeant son regard dans le sien.

— Je crains que non.

— Et si je vous faisais une offre très avantageuse ?

Il afficha une expression imperturbable qui avait dû lui être très utile durant sa carrière d'espion, mais qu'elle trouva terriblement contrariante.

— Pensez-vous à une forte somme d'argent, lady Victoria ? Ou à une offre extravagante d'un autre point de vue ?

Elle rougit jusqu'à la racine des cheveux.

— À de l'argent, bien sûr.

Il secoua la tête.

— Je ne souhaite pas la vendre, quelle que soit la somme. C'est le dernier cadeau que m'a offert ma mère avant de mourir. J'y suis très attaché. Cela vous étonne, apparemment.

— En fait, oui. J'ignorais que les hommes pouvaient être sentimentaux.

— Les hommes en général ou moi, en particulier ?

Victoria haussa les épaules.

— Les deux, je suppose.

Un silence s'installa entre eux. Victoria ne put s'empêcher d'éprouver de la curiosité pour cet homme qui, à en croire son frère, avait besoin d'argent, mais qui refusait de vendre un livre précieux parce qu'il lui venait de sa mère. Elle ne s'attendait pas à apprendre sur son compte quelque chose d'aussi... charmant.

— Je m'étonne que *Le Chat botté* soit votre conte de Perrault favori, reprit-il. J'aurais cru que vous préféreriez *Cendrillon*.

— Vraiment ? Pourquoi donc ?

— Un prince charmant, un bal... Ce sont des choses que la plupart des dames apprécient.

— Oh, j'ai aimé l'histoire, surtout les fées et le romantisme du prince, mais l'astuce du Chat botté m'a enchantée. Son ingéniosité m'a fait regretter qu'il n'existe pas vraiment, pour me confronter à son intelligence. Je me souviens même avoir tenté de fabriquer des bottes pour mon chat.

— Ayant eu un aperçu de vos talents de couturière, je devine que ce ne fut pas un succès.

Victoria lui lança un regard moqueur.

— Effectivement, mais c'est surtout la faute de Bouton-d'or, qui a refusé de les porter.

— Votre chat s'appelait Bouton-d'or ? fit-il avec une moue comique.

— Vous êtes mal placé pour ironiser sur le nom de mon chat.

— Certes. Encore que, pour ma défense, je n'ai baptisé que Botte et mon chien. Mes autres animaux avaient déjà un nom.

— Vous auriez pu les rebaptiser.

— Vous aimeriez qu'on change votre nom, vous ?

— Non. Mais je ne suis pas un animal de basse-cour.

— Chut, fit-il en portant l'index à ses lèvres. Ils ne le savent pas, murmura-t-il en feignant la discrétion. Ils se prennent pour des dignitaires de la Couronne.

Victoria réprima un sourire.

— J'avoue que je comprends ce que vous voulez dire. Bouton-d'or me permet de vivre chez lui. Je lui appartiens.

— C'est ainsi que ça s'est passé avec Botte dès que je l'ai ramenée à la maison. Elle s'est installée dans mon fauteuil. On dit parfois que les chiens ont des maîtres et les chats ont des…

— … domestiques, acheva-t-elle en riant. C'est la vérité. Quelqu'un vous a donné Botte ?

— Un patient m'a proposé de me régler en m'offrant l'un des chatons que sa chatte venait de mettre au monde. J'ai tout de suite su lequel choisir.

— Je comprends que vous ayez eu le coup de foudre, répondit-elle en baissant les yeux sur Botte. Elle est adorable. Elle me rappelle mon Bouton-d'or.

— Il est noir et blanc ?

— Oh non, il est tigré. Roux.

— Je comprends que Botte vous fasse penser à lui. La ressemblance est frappante.

Victoria s'esclaffa.

— Je disais cela parce que mon chat adore aussi que je le caresse entre les oreilles. Il s'endort au bout de quelques minutes.

— Tous les animaux aiment être caressés à cet endroit, car ils ne peuvent l'atteindre eux-mêmes.

— Dites-moi, docteur Oliver, pourquoi *Le Chat botté* est-il votre conte préféré ?

— Comme vous, j'admire l'intelligence du chat. J'aime notamment ce passage où il suggère à son maître de se baigner dans la rivière et cache ses vêtements sous une pierre, avant d'aller raconter au roi que non seulement son maître est en train de se noyer, mais que des voleurs lui ont dérobé ses vêtements.

— Quel spectacle pour le roi et sa fille !

— En effet. Et un moyen astucieux de s'assurer qu'ils ne verraient pas les loques de son maître. Je me suis toujours demandé si la princesse était tombée amoureuse de ce dernier parce qu'il était séduisant dans les beaux vêtements prêtés par son père… ou parce qu'elle l'avait vu nu.

Victoria s'efforça de rire, sans y parvenir vraiment. Croisant le regard de Nathan, elle vit une lueur malicieuse y briller, mais avant qu'elle trouve une repartie appropriée, il enchaîna :

— Et je suis entièrement d'accord avec la morale de l'histoire.

Elle réfléchit quelques instants, puis déclara :

— « Il y a un grand avantage à recevoir un héritage, mais le zèle et l'ingéniosité valent davantage que des biens acquis grâce à d'autres », cita-t-elle.

Nathan parut un peu surpris.

— Elle correspond à mon statut de fils cadet, murmura-t-il. Cette morale m'a… inspiré.

Un sentiment étrange qu'elle ne sut définir envahit la jeune femme.

— Quant à l'autre morale, j'avoue que je l'ai trouvée un peu superficielle, poursuivit-il. Celle qui veut que les vêtements, l'apparence et la jeunesse jouent un rôle dans les affaires de cœur.

— Superficielle, peut-être, concéda-t-elle, mais cependant vraie. Je crois qu'il est dans la nature humaine d'être attiré par la beauté. Après tout, non seulement le maître était séduisant, mais la princesse était décrite comme la plus belle femme du monde.

— En effet. Toutefois, la beauté reste une notion très subjective. La princesse serait-elle tombée amoureuse du beau héros si elle l'avait vu en haillons ?

— Je ne sais pas, avoua-t-elle, avant qu'une petite voix diabolique l'incite à ajouter : Cela dit, je vous rappelle qu'elle est tombée amoureuse de lui parce qu'elle l'avait vu *sans* vêtements.

Il se mit à rire.

— Certes. Mais la question demeure : si les signes extérieurs de richesse et de privilèges disparaissaient, exposant la véritable personne, celle-ci serait-elle encore aimée ? Admirée ? Recherchée ? Je ne pense pas.

— C'est un point de vue plutôt cynique.

— Non, réaliste, simplement. Prenons votre exemple, lady Victoria. Votre père a reçu des offres non pas d'un comte, mais de deux. Si l'un de ces hommes perdait soudain sa richesse, son rang et son titre, envisageriez-vous encore de l'épouser ?

Le regard de défi qui accompagnait ces paroles agaça Victoria.

— À vous entendre, il serait mal pour une femme de chercher à faire un beau mariage.

— Pas du tout. Je remets simplement en cause la définition de ce qu'est un « beau » mariage. Est-ce une question de titre, de richesse et de statut, ou bien de personnalité, d'honneur et d'intégrité ?

— Ces éléments ne sont pas incompatibles. On peut être titré et riche, et posséder honneur et intégrité.

— Naturellement. Mais s'il fallait choisir... Le dilemme est intéressant. Personnellement, je crois que si la plus belle princesse du monde, celle du conte, avait vu le maître en haillons, et n'avait pas été victime d'une manigance visant à lui faire croire à sa richesse, elle ne lui aurait pas accordé la moindre attention.

— On ne peut pas reprocher cela à une princesse.

— Je suppose que non. Mais il n'en reste pas moins qu'elle a été séduite par l'apparence de cet homme, et non par l'homme lui-même. Cette histoire défend donc la théorie selon laquelle les apparences jouent un rôle dans les affaires de cœur.

Quelque chose dans le ton de Nathan éveilla la curiosité de la jeune femme, qui se demanda soudain s'il n'avait pas donné son cœur à une femme. Cette pensée la troubla d'une façon indéfinissable. Elle fronça les sourcils. S'il était engagé, ses projets risquaient d'être remis en cause.

— J'en déduis donc que, lorsque vous choisirez votre épouse, vous le ferez les yeux bandés, observa-t-elle d'un ton léger. À moins que vous n'ayez déjà fait votre choix ?

Il secoua la tête et sourit.

— Pas question d'yeux bandés – je risquerais de choisir un pot de fleurs en me disant que cette jeune fille sent bon et se montre délicieusement réservée. Et, non, je n'ai pas encore choisi. Je ne sais même pas si je me marierai un jour. N'étant pas héritier, je n'ai nul besoin de trouver une héritière pour éponger mes dettes de jeu et financer mes autres vices. Je n'ai aucune raison de me marier, sinon l'amour.

Bien que soulagée de le savoir libre, Victoria s'étonna :

— L'amour ? J'aurais cru les espions moins… sentimentaux.

— J'ignore d'où vous viennent ces idées reçues sur les espions, lady Victoria. Des romans à l'eau de rose, peut-être ? Je suis mû autant par la logique que par les sentiments. N'étant pas contraint d'engendrer un héritier ou de remplir les coffres de la famille, pourquoi m'encombrer d'une femme à moins d'être amoureux d'elle ?

— Voilà qui n'est pas très… à la mode.

— Dans les cercles que vous fréquentez, peut-être. C'est toutefois une attitude assez répandue dès que l'on s'éloigne de la haute société. D'ailleurs, je n'ai aucun goût pour la mode. Jamais je ne permettrai aux règles capricieuses de l'aristocratie de m'imposer la femme avec qui je vais passer le restant de mes jours. En fait, j'ai de la peine pour Colin, qui doit porter le fardeau des responsabilités maritales. Je jouis d'une liberté qu'il ne connaîtra jamais.

Victoria ne fut guère étonnée de l'entendre tenir de tels propos. Jamais, auparavant, elle n'avait envisagé qu'un fils cadet puisse ne pas envier l'héritier du titre de son père. Elle n'eut cependant pas le loisir de réfléchir davantage à la question, car ils arrivaient aux écuries. En découvrant l'enclos que Nathan avait construit pour ses animaux, elle ouvrit de grands yeux.

Deux canards surgirent par la grille ouverte et vinrent à leur rencontre. Ils furent bientôt suivis par une vache, un énorme cochon, et une chèvre, sur le dos de laquelle était perché un pigeon. Victoria s'arrêta net, tandis que Nathan poursuivait son chemin. Regardant par-dessus son épaule, il se mit à rire.

— Vous devriez voir votre expression, lady Victoria. Le spectacle vaut le détour.

— Ils semblent sur le point de vous attaquer.

— Pas du tout. Ils veulent simplement me saluer… avec enthousiasme, vu que c'est moi qui les nourris.

Victoria ne broncha pas, préférant les observer à distance. Fascinée, elle vit les animaux « saluer » le Dr Oliver : les canards s'attaquèrent à ses bottes, le cochon se frotta contre ses jambes et la vache se mit à meugler avant de le gratifier d'un coup de langue sur la main. La chèvre tenta de le pousser vers l'enclos tandis que le pigeon s'ébrouait.

Nathan les caressa, leur parlant comme il le ferait avec des enfants et non à des bêtes, alors qu'ils en dégageaient l'odeur.

— Venez, leur dit-il en les entraînant vers la jeune femme. Je vais vous présenter lady Victoria…

— Ce n'est pas nécessaire, assura Victoria en reculant vivement.

Elle surveillait de près la chèvre, qui semblait très intéressée par la dentelle de ses manches.

Le Dr Oliver semblait, quant à lui, fort amusé par son désarroi.

— Après votre prestation impressionnante d'hier soir, je n'aurais jamais cru que vous étiez poltronne, lady Victoria.

— Je ne le suis pas, riposta-t-elle en relevant le menton. Il se trouve simplement que je n'aime guère les animaux qui sont… plus gros que moi. Et qui dégagent une odeur… particulière.

Elle cala Botte dans ses bras.

— Je préfère les chats aux chèvres, voilà tout.

— Vous aimez les chiens ?

— Absolument.

— Tant mieux, car vous allez bientôt faire la connaissance de Glouton.

— Qui est… Ooooh !!!

Victoria fut projetée en avant par un coup dans les fesses. Dès qu'elle eut retrouvé l'équilibre, elle fit volte-face pour découvrir le chien le plus énorme qu'elle ait jamais vu. Le monstre au pelage brun foncé et à la truffe noire se tenait fièrement devant elle et l'observait de ses grands yeux sombres, à la fois vifs et pleins d'espoir. Le sommet de sa tête arrivait à la poitrine de la jeune femme, qui se força à demeurer immobile tandis qu'il reniflait l'air, les narines frémissantes.

— Lady Victoria, je vous présente Glouton.

— G… glouton ? balbutia-t-elle.

— Vous voilà prévenue, mais sachez qu'il ne dévore que les chaussures, et que c'est là son seul défaut.

— En… enchantée, bredouilla la jeune femme en reculant de quelques pas.

Comme elle heurtait une masse solide, elle s'immobilisa. De grandes mains se refermèrent sur ses bras, et elle se rendit compte que la masse en question était le Dr Oliver lui-même.

— Je croyais que vous aimiez les chiens, l'entendit-elle railler tout près de son oreille.

La chaleur de ses mains se propagea le long des bras de Victoria, contrastant avec les frissons que provoquait sa voix grave. Les omoplates de la jeune femme frôlaient son torse, et elle dut faire appel à toute sa volonté pour ne pas se laisser aller contre lui.

— J'aime les chiens, assura-t-elle, les yeux rivés sur l'énorme animal devant elle. Mais ce n'est pas un chien. On dirait un… un ours.

Nathan se mit à rire, la lâcha et vint se poster à côté d'elle. Il avait beau ne plus la toucher, elle sentait encore la chaleur de ses doigts. Glouton trottina vers son maître en remuant la queue.

Nathan lui caressa la tête.

— Allez, mon vieux, autant bien faire les choses. Assis.

Le chien obéit.

— Donne la patte.

Il leva une patte de la taille d'une assiette.

— Il aimerait que les présentations soient faites en bonne et due forme.

— Il est gentil ? s'enquit Victoria d'un air méfiant.

— Doux comme un agneau.

— Je… j'ignore tout en matière d'agneaux. Pour autant que je sache, ils sont peut-être hargneux…

— Glouton est adorable.

— Il semble capable de faire de moi une seule bouchée. Dites-moi, tous vos animaux sont aussi énormes ? Vous n'avez rien de plus petit ?

— Pas pour ce qui est des chiens, j'en ai peur, répondit-il en souriant.

Bien décidée à effacer ce sourire horripilant, Victoria rassembla son courage, et serra la patte du chien. À la vérité, c'était un bel animal, et plutôt amical, un peu trop, peut-être, à en juger par sa familiarité. Seule sa taille le rendait intimidant.

Comme d'autres effluves lui chatouillaient les narines, elle jugea qu'elle avait glané suffisamment d'informations pour la matinée, et fit quelques pas en direction des écuries, les yeux rivés sur la ménagerie du Dr Oliver.

— Si vous voulez bien m'excuser, je vais faire ma promenade.

— Vous n'oubliez rien, lady Victoria ?

Seigneur, cette maudite chèvre la regardait encore. Victoria hâta le pas.

— Euh… je ne crois pas.

À son grand désarroi, le Dr Oliver s'approcha d'elle, un sourire narquois aux lèvres. Comme si cela ne suffisait pas, ses « amis » lui emboîtèrent le pas.

— Ma Botte, dit-il.

Elle baissa les yeux vers les bottes crottées de Nathan.

— Vos bottes sont… très bien. Elles auraient besoin d'être cirées, peut-être, mais…

— Je parlais de mon chat, lady Victoria, coupa-t-il en continuant d'avancer.

Seule la vache resta en retrait pour brouter une touffe d'herbe.

— Ah ! fit-elle en s'arrêtant à contrecœur, consciente d'être ridicule.

Elle contempla le chaton endormi au creux de son bras. Soudain, une envie tenace de la garder l'envahit.

Le Dr Oliver s'immobilisa juste devant elle.

— Ils ont le don de s'insinuer dans notre cœur, n'est-ce pas ? fit-il d'un air entendu.

— Je le crains, oui.

Il tendit les mains, et elle lui remit le chaton avec précaution. Dans la manœuvre, ses doigts effleurèrent les siens, et le cœur de la jeune femme s'emballa à nouveau de façon insensée. Dès que Botte fut en sécurité, elle écarta vivement les mains. Serrant le chaton contre sa poitrine, Nathan désigna les écuries.

— Nous y allons ?

— Nous allons où ?

— En promenade. Je nourrirai les animaux le temps que Hopkins selle nos montures.

— Je ne me souviens pas de vous avoir invité à m'accompagner, docteur Oliver.

— Un oubli involontaire, j'en suis certain.

— Pas du tout. Je préférerais chevaucher seule.

— C'est fâcheux, car je vous accompagne.

— Je crains que ce ne soit impossible. Je n'ai pas de chaperon.

Nathan chassa ses paroles d'un geste désinvolte.

— Ce n'est pas comme si nous étions dans un lieu clos, une voiture, par exemple. Nous serons dehors, chacun sur un cheval. Tout le monde pourra être témoin, si tant est que cela intéresse qui que ce soit, de notre comportement irréprochable. Dites-moi, continua-t-il d'un ton détaché, avez-vous réfléchi à la possibilité de me remettre ma lettre ?

— Je vous ai fait part de mes conditions hier soir. Elles n'ont pas changé. Avez-vous pris une décision ?

— Je vous ai fait part de ma décision hier soir, lady Victoria.

— Et vous ne comptez pas revenir dessus ?

Il secoua la tête, puis sourit.

— Je préférerais attendre que vous ôtiez vos vêtements.

Victoria se sentit rougir, et s'en voulut.

— Si vous voulez bien m'excuser…

Elle fit mine de le contourner, mais il lui barra le chemin.

— Ne nous disputons pas, dit-il. C'est une journée magnifique pour une promenade. Je vais jouer les hôtes modèles et vous montrer un sentier qui mène à la plage.

— Modèle ? répéta-t-elle d'un ton incrédule. Non, merci.

— Je crains que vous n'ayez pas le choix, lady Victoria. Votre père m'a chargé de vous protéger. Puisque vous refusez de me remettre la lettre susceptible de préciser la nature du danger que vous courez, je n'ai d'autre possibilité que de vous suivre partout, de l'aube au crépuscule, de votre réveil…

Il s'approcha d'elle et lui sourit.

— … jusqu'au moment où vous vous glissez entre les draps.

7

Pour attraper un gentleman dans ses filets, la femme moderne appliquera les règles simples de la pêche. D'abord, appâter avec un morceau de choix, un décolleté plongeant, par exemple. Puis poser un leurre sous la forme d'une conversation provocante et de regards suggestifs. Ferrer la proie avec des contacts furtifs et faussement accidentels, avant de l'attirer sur la rive et de lui couper le souffle d'un long baiser sensuel.

Le Guide féminin de la poursuite du bonheur personnel,

Charles BRIGHTMORE

En voyant les joues crémeuses de lady Victoria s'empourprer, Nathan eut toutes les peines du monde à ne pas les caresser. Une lueur outrée s'alluma dans ses yeux bleus, et elle se hérissa visiblement. Un feu d'artifice sur le point d'exploser, voilà ce à quoi il pensa aussitôt.

— Si cet arrangement ne vous convient pas, ma chère, il vous suffit de me remettre la lettre. Sinon, je crains de devoir vous coller aux basques.

— N'insistez pas, j'ai compris ! De toute évidence, vous espérez qu'en ayant un comportement odieux – ce qui ne vous sera pas très difficile –, je trouverai votre compagnie si insupportable que je finirai par vous donner cette lettre.

— C'est mon vœu le plus cher, en effet.

— Dans ce cas, vous me sous-estimez. Ma détermination est sans limites.

— Au contraire. Je sais combien vous êtes entêtée.

— Il y a une différence entre détermination et entêtement.

— Je suis certain que vous le pensez. Et je serai ravi d'entendre votre théorie sur le sujet durant votre promenade. Vous devriez être rassurée que je vous accompagne, ajouta-t-il. Ainsi, vous aurez la certitude que je ne suis pas en train de fouiller votre chambre en votre absence.

Il balaya sa silhouette du regard et esquissa un sourire.

— Mais peut-être redoutez-vous que je ne trouve la lettre sur votre charmante personne.

Elle redressa la tête de cet air obstiné et hautain que, pour une raison incompréhensible, il trouvait étrangement excitant.

— Certainement pas.

— Parfait. La question est donc réglée. Suivez-moi, dit-il en se dirigeant vers les écuries.

Elle lui emboîta le pas. En l'observant du coin de l'œil, Nathan se retint de sourire. La jeune femme ne cessait de regarder par-dessus son épaule pour s'assurer que les animaux demeuraient à distance.

— Hopkins ! appela Nathan en entrant.

— Par ici, docteur ! répondit une voix étouffée.

La porte de la première stalle s'ouvrit. Un homme barbu aux cheveux roux hirsutes apparut, un seau dans chaque main.

— Bonjour, milady. Docteur Nathan… J'allais remplir les mangeoires de vos bêtes. Les poules ont donné trois gros œufs.

— Merci, Hopkins, fit Nathan. Portez-les à la cuisine et dites à la cuisinière de vous les préparer.

— Merci, docteur.

Hopkins aperçut soudain la chèvre, le cochon, la vache et les canards sur le seuil.

— Fichez-moi le camp de là, vous autres ! Je vous donne à manger tout de suite. Vous souhaitez que je selle deux chevaux, docteur ?

— Si vous devez donner à manger aux animaux, je les sellerai moi-même.

Hopkins hocha la tête et s'éloigna, suivi par la ménagerie. Il disparut, mais sa voix leur parvint :

— Arrête de me flanquer des coups de tête dans les fesses, sale bête !

Feignant de n'avoir rien entendu, Nathan annonça :

— Nous allons laisser Botte ici. Êtes-vous une cavalière chevronnée ?

Il déposa le chaton dans le foin et referma la porte de la stalle.

— Oui, répondit Victoria.

— Très bien. Honey devrait vous convenir. Elle a du caractère, mais elle est douce.

Il la guida jusqu'à une jument à la robe d'or pâle qui se mit à hennir à leur approche.

— Elle est superbe ! s'exclama la jeune femme.

Tandis que lady Victoria et Honey faisaient connaissance, Nathan sella la jument tout en écoutant la jeune femme lui murmurer des compliments. Il sella ensuite Midnight, un étalon noir, et ils quittèrent l'écurie côte à côte. Pour vérifier ses talents de cavalière, il éperonna son cheval et partit au trot en direction d'un bosquet de hêtres, évitant avec soin l'autre direction. Trop de souvenirs douloureux l'attendaient au tournant. Arrivé sous le couvert des arbres, il ralentit l'allure. L'air marin chargé d'embruns l'enivrait. Il avait parcouru ces sentiers un nombre incalculable de fois dans sa jeunesse, et malgré sa longue absence, c'était comme s'il n'était jamais parti.

Il n'aurait su dire combien de temps ils étaient demeurés silencieux lorsque Victoria déclara :

— Ce domaine est magnifique. Vous venez souvent à Creston Manor ?

Était-ce son expression nostalgique qui l'avait incitée à poser cette question ?

— Cela faisait trois ans que je n'étais pas venu.

— Depuis votre dernière mission ? fit-elle, étonnée.

— C'est cela.

— Pourquoi n'êtes-vous pas revenu ?

Il tourna la tête et la regarda droit dans les yeux. Sa tenue vert émeraude rehaussait son teint de porcelaine, et ses lèvres... Seigneur, elles ressemblaient à deux fruits mûrs dans lesquels on meurt d'envie de croquer. Cette promenade n'était peut-être pas une si bonne idée, finalement...

— Lord Nathan ? Pourquoi n'êtes-vous pas revenu ?

Bon sang, il avait l'esprit ailleurs, c'était le moins qu'on puisse dire. Il s'interrogea un instant sur la nécessité de lui avouer la vérité ou pas, puis décida que, l'opinion qu'elle pouvait avoir de lui n'ayant aucune importance, il n'y avait pas de raison de lui mentir.

— Après l'échec de la mission, je me suis brouillé avec mon père et mon frère. Mieux valait que je parte.

Intriguée, elle le scruta, puis observa d'une voix douce :

— Cet éloignement a dû être un déchirement.

Il s'attendait à de la curiosité, à du mépris, mais certainement pas à un tel commentaire de sa part. Elle lui offrait sa compassion comme si elle comprenait ce qu'il ressentait. C'était déroutant. Et perturbant. Nom d'un chien, il ne tenait pas à lui découvrir des aspects sympathiques.

— J'imagine que d'être de nouveau ici ravive de vieux souvenirs, reprit-elle.

Et voilà qu'elle devinait ses pensées !

— Oui. Ce sentier a toujours été mon préféré. À quelques centaines de mètres, il forme une fourche. À droite, il continue vers la plage, à gauche, vers un lac, en lisière du domaine.

— Cet endroit évoque donc pour vous des souvenirs heureux.

Il opina, un sourire au coin des lèvres.

— En effet.

— Cela vous ennuierait de m'en raconter quelques-uns ?

Il lui jeta un coup d'œil, mais son expression ne trahissait rien d'autre que de l'intérêt.

— Si nous bavardons, nous risquons de nous disputer.

— Nous ne bavarderons pas, répliqua-t-elle en souriant. Vous parlerez, et j'écouterai le récit de votre jeunesse dissolue. Allons, dites-moi pourquoi ce sentier était votre préféré.

Il hésita quelques secondes, se laissant imprégner par l'atmosphère nostalgique. Le chant des oiseaux, les ombres mouvantes des feuillages, l'odeur de terre humide, tout lui donnait l'impression d'être enfin chez lui.

— Les deux endroits que je préférais ici étaient le lac et la mer. Chaque jour, quel que soit le temps, j'empruntais ce sentier. J'avais souvent du mal à me décider entre le lac et la mer, avoua-t-il en riant.

— Pourquoi cela ? Il vous suffisait de vous rendre un jour au lac et le lendemain au bord de la mer. Ou mieux, d'aller aux deux.

— Certes. Mais me rendre aux deux endroits ne me semblait guère faisable, car je n'aime pas me presser, et une fois sur place, je n'avais plus envie de partir. Et puis, il fallait aussi que je tienne compte d'autres facteurs lors de mon choix. Le temps qu'il faisait, par exemple.

— En quoi le temps influait-il sur votre décision ?

— En cas de tempête, j'allais toujours voir la mer. Le spectacle des vagues déferlant sur les rochers, le grondement de l'eau sur les falaises, m'enthousiasmait. Je m'y rendais aussi tout de suite après une tempête, histoire de découvrir ce que la mer avait déposé sur la grève, et de ramasser des coquillages.

— J'adore ramasser des coquillages, avoua lady Victoria, les yeux pétillants. Je les conserve dans un bocal en verre, à Wexhall Manor. Et j'en ajoute de nouveaux chaque année, en rentrant de Bath.

— Dans ce cas, vous allez aimer notre plage.

— J'en conclus que vous vous rendiez au lac par beau temps.

— En général, car j'aimais me baigner dans le lac. Parfois, je venais seul, pour savourer ma solitude en contemplant le ciel, les nuages. Mais la plupart du temps, j'étais avec Colin et Gordon.

— Gordon... Vous voulez dire lord Alwyck ?

— Oui. Nous nous connaissons depuis toujours.

« Et nous étions les meilleurs amis du monde », songea-t-il. Il chassa cette pensée et reprit :

— Naturellement, le mercredi, nous allions au lac, quel que soit le temps.

— Pourquoi ?

— Parce que, ce jour-là, Hopkins y prenait son bain. Nous nous cachions le temps qu'il entre dans l'eau, puis nous lui dérobions ses vêtements.

Victoria écarquilla les yeux.

— Vous tourmentiez ce pauvre homme tous les mercredis ?

— Sans faute.

— Il ne se vengeait jamais ?

— Oh que si ! C'était devenu une véritable guerre. Hopkins cachait ses affaires dans des endroits différents, mais nous réussissions toujours à les trouver. Il en apportait en double, en vain. Il dissimulait une serviette dans les buissons, mais nous la lui prenions. Il retrouvait ses habits aux écuries, bien pliés, avec un petit mot disant : *À la semaine prochaine, le voleur de vêtements qui laisse les fesses à l'air.* Devant nous, il faisait semblant de ne pas savoir que nous étions les coupables. Mais quand il sortait de l'eau, nu et ruisselant, il maudissait les « jeunes gredins » que nous étions dans des termes que je n'oserais répéter en présence d'une dame.

Elle tenta d'avoir l'air grave, mais son regard exprimait son amusement.

— Hopkins n'a jamais eu le dernier mot ?

— Si. Un jour, il a rempli nos bottes de crottin de cheval.

Nathan fit une grimace, puis se mit à rire.

— Vous auriez dû voir la tête de Colin quand il a glissé le pied dans sa botte ! Jamais je ne l'oublierai ! Une autre fois, Hopkins s'est enfui avec nos vêtements. Nous l'avions bien cherché, je l'admets. Nous avons dû regagner la maison discrètement par l'entrée de service. Hélas, nous avons croisé deux femmes de chambre, les bras chargés de linge. Dans notre hâte, nous les avons bousculées. Les draps et les taies d'oreiller ont volé dans les airs. Nous étions nus et rouges de honte. Les domestiques en sont restées bouche bée. Pour couronner le tout, mon père est apparu. Nous avons écopé d'une bonne correction, et d'une interdiction de nous baigner dans le lac.

— Vous lui avez obéi ?

— Bien sûr que non, avoua-t-il en souriant. Où serait le plaisir ?

Il tira sur les rênes de Midnight.

— Voici la fourche. Quelle direction choisissez-vous ?

Comme Victoria se tapotait les lèvres d'un air pensif, il reprit :

— Vous comprenez maintenant mes hésitations. Imaginez que vos deux boutiques favorites, à Londres, offrent gratuitement leur marchandise, mais exactement au même moment. Pour laquelle opteriez-vous ?

— Je ne choisirais pas. Je me rendrais dans l'une, et j'enverrais une domestique dans l'autre, à ma place.

Nathan ne put s'empêcher de rire.

— Vous n'auriez pas le plaisir de choisir vous-même vos articles.

— J'aurais tout de même des toilettes venant des deux boutiques, objecta-t-elle. Nous sommes mercredi, et je n'ai nulle envie d'interrompre Hopkins dans ses ablutions. Je préfère la plage et les coquillages.

— À votre guise, répondit-il en s'inclinant.

Ils s'engagèrent dans le sentier. Celui-ci étant plus étroit, ils durent rester l'un derrière l'autre. Nathan ouvrait la marche, savourant à l'avance ce qui l'attendait au bout du chemin.

Au détour d'un virage, il arrêta sa monture, frappé une fois de plus en plein cœur par la vue somptueuse qui s'offrait à lui. Surplombée par un ciel d'azur semé de nuages cotonneux, la mer déroulait ses flots ourlés d'écume à perte de vue. De hautes falaises se dressaient le long de la côte, à la fois mystérieuses et inquiétantes, truffées de cachettes utilisées par les contrebandiers…

Il inspira à fond l'air frais et revigorant, qui l'apaisait tout en lui donnant soif d'aventures.

— Mon Dieu… C'est splendide, souffla Victoria.

Nathan la regarda. Elle buvait littéralement le paysage des yeux, l'air émerveillé.

— Je ne sais pas à quoi je m'attendais au juste, avoua-t-elle, le souffle court, mais certainement pas à… cela.

Fasciné, il vit un sourire naître sur ses lèvres. Et ressentit la même attirance irrépressible que la première fois qu'il avait posé les yeux sur elle.

— Je n'ai jamais rien vu de tel, murmura-t-elle en balayant le paysage d'un geste ample. La beauté des couleurs, la majesté des falaises… et ce point de vue sur la mer ! Vous auriez dû me prévenir. J'en ai le souffle coupé.

— Je crois qu'il y a des événements auxquels on ne peut se préparer, lady Victoria. Ils se produisent, voilà tout. Et ils nous coupent parfois le souffle.

Le regard de Nathan, qui s'était attardé sur les lèvres de Victoria, revint vers ses yeux.

— Chaque fois, je ressens la même émotion, reprit-il. Non seulement parce que le paysage est si beau, mais parce qu'il est inattendu.

— Oui, c'est précisément cela, reconnut-elle. Je regrette de ne pas avoir mes aquarelles avec moi. Encore que l'huile rendrait mieux ces couleurs vibrantes.

— Vous peignez ?

— Pas très bien je le crains, avoua-t-elle en rosissant. Même si c'est là un passe-temps que j'apprécie énormément. Je n'ai jamais essayé la peinture à l'huile, mais j'ai mes aquarelles dans mes bagages.

— Dans ce cas, vous devez peindre ce paysage avant de retourner à Londres.

Elle désigna la bande de sable, en contrebas.

— Comment se rend-on sur la plage ?

— Il y a un chemin, plus loin. Suivez-moi.

Victoria s'exécuta, s'arrachant à contrecœur à la contemplation du panorama qui s'étendait devant elle pour se concentrer sur le sentier. Son regard se posa sur le dos du Dr Oliver dont les muscles saillaient sous la chemise de lin blanc. Il montait à la perfection, et un frisson la traversa à la vue de ses cuisses puissantes qui enserraient sa monture. Qu'il soit à cheval ou à pied, cet homme se mouvait avec une grâce et une assurance inouïes, songea-t-elle, la bouche soudain sèche. Rien de commun avec le bon Dr Peabody, leur médecin de famille…

Elle détourna les yeux au prix d'un gros effort pour se concentrer sur ce qui l'entourait. Mais elle avait beau ne pas le regarder, elle était consciente de sa présence. Et ne pouvait s'empêcher de se demander à quoi il pensait.

Ils chevauchèrent environ un quart d'heure, puis Nathan s'arrêta près d'une mare et mit pied à terre.

— Le chemin qui mène à la plage se trouve juste là, devant. Nous allons laisser les chevaux ici.

Midnight alla s'abreuver tandis que le Dr Oliver rejoignait la jeune femme. Arrivé près de sa monture, il tendit les bras pour aider Victoria à descendre.

À son grand désarroi, son cœur se mit à battre la chamade. Par le passé, bien des messieurs l'avaient aidée à descendre de cheval, sans susciter chez elle une telle réaction. Mais la pensée des mains du Dr Oliver sur sa taille – un homme dont les caresses prouvaient qu'il n'était pas tout à fait un gentleman –, suscitait en elle un trouble qui ressemblait fort à…

De l'excitation.

La raison lui dictait de ne pas le laisser s'approcher à moins de dix mètres. Mais ce fut, hélas, une autre partie de sa conscience qui prit le dessus. Une partie qui mourait d'envie que cet homme la touche.

Elle se risqua à le regarder, et lut un mélange d'amusement et de défi dans son regard.

— N'ayez crainte, je ne mords pas, lady Victoria. Du moins pas souvent.

— Vous m'en voyez soulagée, répliqua-t-elle d'un ton léger. Mais êtes-vous certain que, moi, je ne mords pas ?

Ses yeux s'assombrirent et se rivèrent sur les lèvres de la jeune femme.

— Si mes souvenirs sont bons, je ne le crois pas. C'est toutefois un risque que je suis disposé à courir.

Le sous-entendu était flagrant, au point qu'elle faillit s'éventer de sa main gantée. Il se rappelait leur baiser, peut-être plus précisément qu'elle ne le soupçonnait. Si tel était le cas, tant mieux, car elle avait quelque peu perdu de vue son objectif.

Se penchant en avant, elle posa les mains sur les épaules de Nathan qui la saisit par la taille et la déposa à terre. Mais pas avec la vivacité et la réserve qu'on était en droit d'attendre d'un gentleman. Il prit au contraire le temps de la faire glisser le long de son corps. Dans ses yeux, elle décela une lueur malicieuse, mais aussi autre chose, qui lui fit battre le cœur à tout rompre. Quand ses pieds touchèrent enfin le sol, elle haletait presque.

Loin de la relâcher, il resserra les mains autour de sa taille. En réaction, elle crispa les doigts sur ses larges épaules. Son parfum viril l'enveloppait. Il embaumait le soleil et le santal. À peine quelques centimètres séparaient leurs deux corps. La dernière fois qu'ils s'étaient trouvés dans une telle posture, ils étaient dans la pénombre d'une galerie. Cette fois, le soleil brillait. Levant les yeux, Victoria se laissa captiver par les reflets dorés qui dansaient dans les prunelles de Nathan. Même de près, elle ne parvenait pas à déchiffrer ses pensées. Elle remarqua les quelques rides au coin de ses yeux, comme s'il riait souvent, la texture de sa peau dorée, ses pommettes saillantes, son menton décidé. Et sa bouche...

Plus que toute autre chose en lui, elle l'avait fascinée dès le premier regard. Un homme ne pouvait avoir une bouche aussi parfaite. Ses lèvres étaient à la fois fermes et douces, comme si elles étaient capables de donner des ordres et de se soumettre en même temps. Peut-être était-ce à cause de la forme idéale de sa lèvre supérieure, qui contrastait avec l'autre, plus charnue et sensuelle. C'était là une bouche qui attirait l'attention, et Victoria se doutait qu'elle n'était pas la première à succomber. D'autant que, d'après ses souvenirs, il excellait dans l'art du baiser.

Soudain, elle admit qu'elle mourait d'envie qu'il l'embrasse de nouveau. Elle voulait savoir si la magie qu'elle avait connue trois ans plus tôt n'avait été qu'une invention de son imagination fertile de jeune fille romantique. Elle était venue en Cornouailles bien décidée à partager un autre baiser, mais jamais elle n'aurait imaginé qu'elle en aurait envie à ce point. Elle fronça les sourcils. Enfer et damnation ! Cela ne faisait pas partie de son plan. C'était Nathan qui devait la désirer, pas le contraire !

Leurs regards se croisèrent, et Victoria se maudit. De toute évidence, il avait remarqué son regard scrutateur. Comble de malheur, il n'y avait pas la moindre trace de désir dans le sien. Il se contentait de la regarder d'un air impassible. Voilà qui n'augurait rien de bon pour son plan.

Le moment était manifestement mal choisi pour chercher à le séduire, car il ne semblait guère d'humeur à badiner. Tant pis. Elle aurait d'autres occasions au cours de son séjour. Il n'en demeurait pas moins qu'elle était contrariée par le fait qu'elle avait été troublée par son contact tandis que lui n'en était nullement affecté. Ses mains glissèrent de ses épaules, et elle recula de quelques pas, encore plus agacée de se découvrir les jambes flageolantes. Il la lâcha, mais elle eut l'impression de sentir encore la chaleur de ses doigts sur sa taille.

Un silence pesant tomba entre eux, puis il se racla la gorge.

— Si nous descendions jusqu'à la plage ? suggéra-t-il.

— Volontiers.

Tandis qu'elle cheminait à son côté, elle dut admettre qu'il était la courtoisie incarnée. Il lui tendait la main chaque fois que la pente était un peu abrupte, écartait les branches pour lui permettre de passer. Il la rattrapa même par le bras lorsqu'elle trébucha. Si elle s'était concentrée sur le chemin plutôt que sur sa proximité, aussi, elle n'aurait pas buté sur le premier obstacle !

En atteignant la plage, son irritation s'évanouit d'un coup. La bande de sable doré s'étendait à perte de vue, et elle eut envie d'écarter les bras et de courir. Son chapeau faillit s'envoler, et elle posa la main sur sa tête pour le retenir.

— C'est peine perdue, assura le Dr Oliver. Nous ne sommes plus protégés par les arbres et le vent peut être violent.

La main plaquée sur la tête, Victoria s'aventura sur le sable. Comme le vent semblait vouloir se calmer, elle lâcha son chapeau, qu'une bourrasque emporta presque aussitôt.

— Oh !

— Je vous l'avais bien dit, fit Nathan avec un sourire.

Sur ce, il se lança à la poursuite du chapeau, qui voletait en direction de la mer. Le voir courir ainsi donna envie à la jeune femme de l'imiter. Empoignant sa jupe, elle s'élança à son tour.

Ses bottines s'enfonçaient dans le sable humide, et le vent malmenait ses cheveux. Elle inspirait l'air marin à pleins poumons, éprouvant une sensation de liberté enivrante. Elle se mit à rire et accéléra l'allure, soulevant du sable à chaque foulée.

Par deux fois, le chapeau échappa à Nathan, qui finit tout de même par attraper l'un des longs rubans de satin vert. Il en époussetait le sable lorsqu'il vit la jeune femme courir. Il s'immobilisa pour la regarder approcher. Elle s'arrêta à quelques mètres de lui en s'esclaffant, à bout de souffle.

— Vous avez récupéré mon chapeau, souffla-t-elle, pantelante. Merci.

Il lui tendit son bien.

— Je vous en prie. Mais je vous l'aurais rapporté. Il était inutile de vous fatiguer.

— Je ne suis pas fatiguée. Je suis en pleine forme, au contraire !

Elle écarta les bras et se mit à tournoyer sur place.

— Je n'ai jamais vu d'endroit aussi vivifiant. L'air vibre d'énergie, et cependant, on éprouve une impression de... sérénité.

Elle esquissa un geste d'impuissance.

— Je crains bien de ne pas arriver à expliquer ce que je ressens.

Le regard de Nathan se fit intense tandis qu'il déclarait :

— Ce n'est pas la peine. Je comprends très bien ce que vous voulez dire. C'est un lieu qui procure une sensation d'ivresse tout en apportant la paix de l'âme.

— Oui, c'est exactement cela !

Un lent sourire apparut sur les lèvres de Nathan, et le cœur de la jeune femme s'emballa de plus belle. Son regard, ses cheveux ébouriffés, la façon dont le vent plaquait sa chemise sur son torse musclé, lui donnant un aperçu de son corps viril, tout en lui l'ensorcelait.

Déterminée à ne pas être prise en flagrant délit de contemplation, Victoria détourna les yeux. Apercevant un coquillage à demi enfoui dans le sable, elle se débarrassa de ses gants et se pencha.

— Mon premier trésor ! annonça-t-elle en brandissant un délicat coquillage nacré.

— Superbe, murmura-t-il.

Ce n'était toutefois pas le coquillage qu'il regardait, mais son corps, avec cette même expression indéchiffrable. Comment diable remplacer cette dernière par quelque chose de plus facile à interpréter comme... le désir ?

Elle ne le savait trop, mais elle mourait d'envie de le découvrir.

8

La femme moderne devra maîtriser l'art du baiser, et tout particulièrement le premier et le dernier. Le premier, parce qu'il donne le ton de l'entrevue, facteur essentiel quand il s'agit de séduire un gentleman. Et le dernier, parce qu'elle doit lui laisser un sujet de méditation et de désir... qui n'est autre qu'elle-même.

Le Guide féminin de la poursuite du bonheur personnel,

Charles BRIGHTMORE

Victoria façonna un panier de fortune en nouant les rubans de son chapeau pour former une anse. Puis, repérant un autre coquillage à quelques pas, elle se précipita en avant et s'accroupit pour le ramasser.

— Je n'en avais jamais vu de semblables, avoua-t-elle en l'examinant.

— Et nous ne sommes pas encore là où il y en a le plus.

Sa main pleine de sable en visière au-dessus de ses yeux, elle se tourna vers Nathan.

— Parce qu'il existe un meilleur site ?

— Absolument. Vous aimeriez le voir ?

— Naturellement !

— Alors venez, fit-il en lui tendant la main pour l'aider à se redresser. Vous pourrez remplir votre chapeau en chemin.

Victoria glissa sa main dans la sienne. Leurs paumes ne se touchèrent que quelques secondes, mais cela suffit pour qu'une onde de chaleur lui parcoure le bras. La main de Nathan était large, ferme et chaude. Calleuse par endroits aussi, ce à quoi elle n'était pas accoutumée, les jeunes gens qu'elle fréquentait n'ayant pas l'habitude de construire des enclos ou de monter à cheval sans gants.

Comme elle s'arrêtait sans cesse pour ramasser des coquillages, ils progressèrent lentement. Ce qui ne dérangeait personnellement pas Victoria, car elle n'était nullement pressée de quitter ce cadre idyllique.

— Je peux vous poser une question ? lâcha-t-elle soudain.

— À en juger par votre ton, elle risque de déclencher une querelle – ce qui serait dommage, vu que tout se passait bien jusqu'à présent.

— Sans aller jusqu'à la querelle, il s'agit en effet d'une question… personnelle.

— Ah… Eh bien, demandez toujours. Je verrai si je peux satisfaire votre curiosité.

— Vous avez dit tout à l'heure que votre dernière mission avait échoué, que vous vous étiez brouillé avec votre père et votre frère, et qu'il était préférable pour tout le monde que vous partiez, à l'époque…

— En effet, répondit Nathan, les yeux rivés devant lui.

Il tourna la tête et planta son regard dans le sien avant d'ajouter :

— Vous souhaitez connaître les raisons de cette brouille, je suppose.

— Je dois avouer que je suis curieuse. Mais je me demandais surtout si votre retour signifiait que vos différends étaient réglés.

Comme il se contentait de la regarder, la jeune femme se troubla et ne put s'empêcher de poursuivre nerveusement :

— Je m'interrogeais parce que je sais combien un conflit familial peut être douloureux. Ma mère était fâchée avec sa sœur. Cette situation était difficile pour toutes les deux, surtout juste avant la mort de ma mère. J'espère simplement que vous avez surmonté vos problèmes avec votre père et votre frère…

Refrénant son élan, elle se força à se taire. Nathan regardait de nouveau droit devant lui.

— Un malaise subsiste, mais nous évitons le sujet comme un obstacle dans lequel nous ne voulons pas buter. J'ignore si la plaie se refermera un jour. Quand la confiance est perdue, il est difficile de la retrouver. Et certaines paroles ne peuvent s'effacer.

— Certes, mais le pardon guérit bien des blessures, que ce soit pour celui qui l'offre ou pour celui qui le reçoit, observa la jeune femme.

— Dans ce cas, j'espère que mon père et mon frère me pardonneront un jour.

Vous pardonneront quoi ? brûlait-elle d'envie de lui demander. Elle parvint à tenir sa langue, espérant que Nathan s'en expliquerait de lui-même. Une minute s'écoula avant qu'il ne reprenne :

— Je porte la responsabilité de l'échec de ma mission. Colin et Gordon ont tous deux été blessés par balle. Ils auraient pu mourir. Les bijoux ayant disparu, le bruit a couru que j'avais trahi la Couronne pour les empocher.

— Qui a cru une chose pareille ?

— Toutes les personnes qui comptaient, à mes yeux, répondit-il d'un ton amer. Rien n'a été prouvé, mais les rumeurs m'ont fait un tort considérable.

— Avez-vous trahi la Couronne ?

Il tourna vivement la tête vers elle et la fixa d'un regard intense.

— D'après vous ?

— Je ne vous connais pas suffisamment pour répondre à cette question.

— Et moi, je ne vous connais pas suffisamment pour vous avouer avoir commis un crime, rétorqua-t-il.

Victoria nota qu'il n'avait pas clamé son innocence.

— La lettre de mon père contient donc des informations sur ces bijoux, risqua-t-elle. Des éléments qui peuvent soit vous aider à retrouver ces biens mal acquis – qui, je suppose, valent une fortune...

— Une fortune considérable.

— Soit vous permettre de laver votre honneur, ce qui est également très précieux.

— Mieux encore, je pourrais peut-être faire d'une pierre deux coups.

— Si mon père vous a adressé ces informations, c'est qu'il est persuadé de votre innocence.

— Vous croyez ? C'est là une conclusion un peu naïve, lady Victoria. Lord Wexhall peut avoir d'autres motivations.

— Qui seraient ?

— Me piéger, par exemple. Ou encore me faire récupérer les bijoux pour son profit personnel, ou pour des raisons politiques...

Il dut voir sur son visage à quel point la jeune femme était outrée par ses propos, car il ajouta avant qu'elle puisse prononcer un mot :

— Je ne porte aucune accusation. Il ne s'agit même pas d'hypothèses de ma part. J'affirme juste que les choses ne sont pas toujours aussi simples qu'elles le paraissent et qu'il existe souvent plus d'une explication à une situation donnée.

— Je vois, quant à moi, un moyen commode pour justifier vos fautes passées.

Loin de sembler offensé par cette remarque cinglante, Nathan la contempla avec une lueur de jubilation dans les yeux.

— Nous nous sommes tous rendus coupables de quelque chose, à un moment ou à un autre de notre vie. Même vous, lady Victoria.

— Je n'ai rien fait qui nécessiterait des excuses de ma part.

— Jamais ? Une aussi belle femme que vous ? Allons, allons… Aucun scélérat impudent et envoûté par vos charmes ne vous a donc volé un baiser lors d'une soirée ?

Il se tapota le menton de l'index d'un air pensif.

— Voyons… Vos prétendants, Bransby ou Dravenripple, peut-être…

— Branripple et Dravensby, corrigea Victoria d'un ton glacial qui contrastait avec ses joues écarlates. Et ma vie privée ne vous regarde en rien !

— Et je parie qu'ensuite, poursuivit-il, ignorant sa froideur, vous avez justifié votre comportement en invoquant toutes sortes d'excuses plutôt que d'en accepter la véritable raison.

— Et cette raison serait ?

— Vous trouviez ce gentleman aussi attirant qu'il vous trouvait séduisante. Vous étiez aussi curieuse de savoir quel goût avaient ses baisers que lui les vôtres.

Jamais Victoria ne s'était à ce point reproché de ne pas avoir le sens de la repartie ! Elle était d'autant plus embarrassée que Nathan avait vu juste : elle avait trouvé mille excuses à son comportement scandaleux.

Il se pencha pour ramasser un coquillage et le lui tendit.

— Vous souhaitez l'ajouter à votre collection ?

Ravie de cette diversion, elle lui tendit son chapeau.

— Il est superbe. Merci.

— Il vous fera penser à moi, commenta-t-il en déposant le trésor dans le panier de fortune.

Victoria ne voulait pas d'un souvenir du Dr Oliver. Si elle était venue en Cornouailles, c'était au contraire pour l'effacer à jamais de sa mémoire. Ce qu'elle se garderait bien de lui avouer. Pour se donner une contenance, elle observa la falaise qui se dressait devant eux.

— Nous sommes presque à l'extrémité de la plage. L'endroit dont vous me parliez est-il encore loin ?

— Non. Il se trouve juste devant nous.

— La falaise ?

Il lui sourit et lui tendit la main.

— Venez. Je vais vous faire découvrir un lieu magique.

Incapable de résister à cette invitation mystérieuse, Victoria lui prit la main. Les longs doigts de Nathan se refermèrent sur les siens, propulsant une onde de chaleur dans tout son corps. Lorsqu'ils atteignirent le pied de la falaise, elle crut qu'il allait foncer dans la paroi de pierre tant il semblait déterminé. Elle tenta de ralentir le pas, mais il l'entraîna dans son sillage. Et elle découvrit bientôt une faille cachée dans la roche, si étroite qu'ils durent s'y introduire de profil.

— Prenez garde, la prévint-il. La pierre est coupante par endroits.

Victoria foula le sable humide avec précaution. Dans le passage, l'air était plus frais. Plus ils avançaient, moins il y avait de lumière. Bientôt, le bruit des vagues ne fut plus qu'un écho lointain. Le couloir s'élargit légèrement, et ils purent cheminer l'un derrière l'autre. Les ténèbres les enveloppèrent. Nathan ne se trouvait qu'à un mètre d'elle, mais elle ne le voyait plus.

Il dut percevoir son appréhension car il murmura :

— N'ayez pas peur. Nous sommes presque arrivés.

Au détour d'un virage, la jeune femme distingua un rai de lumière. Aussitôt après, ils se retrouvèrent dans une grotte circulaire d'environ quatre mètres de diamètre. Victoria leva les yeux vers la lumière : un coin de ciel bleu apparaissait par une faille creusée dans la pierre, juste au-dessus de sa tête.

— Où sommes-nous ? s'enquit-elle.

Elle posa son chapeau et pivota sur elle-même.

— Dans l'un de mes endroits favoris. J'ai découvert cette grotte au cours de l'une de mes explorations d'enfant. Totalement par hasard. Je l'ai baptisée la grotte de cristal.

— Pourquoi ? Je ne vois pas de cristal.

— C'est parce que le soleil est caché derrière un nuage, sans doute. Passez donc le doigt sur la paroi.

Intriguée, Victoria obéit. Nathan lui prit ensuite la main et l'approcha de ses lèvres.

— Goûtez, ordonna-t-il.

Croisant son regard, elle lécha le bout de son doigt.

— C'est salé, commenta-t-elle.

— À marée haute, cette grotte se remplit d'eau. Je l'ai découvert à mes dépens et j'ai bien failli me noyer. Quoi qu'il en soit, à marée basse, le soleil fait scintiller les cristaux de sel accumulés sur la roche...

Il se tut tandis qu'un rayon de soleil pénétrait enfin dans la grotte. Victoria demeura bouche bée.

— On se croirait entouré de diamants, souffla-t-elle, impressionnée. Je n'ai jamais rien vu de tel. C'est... étourdissant.

— En effet. J'avais presque oublié à quel point.

Cessant d'admirer le spectacle, Victoria regarda Nathan, qui avait les yeux fixés sur elle. Son cœur s'emballa sans raison, comme chaque fois qu'elle se trouvait près de lui.

— J'imagine que vous, votre frère et lord Alwyck avez partagé bien des aventures, ici.

Il secoua la tête.

— Je ne leur ai jamais parlé de cette grotte.

Il s'appuya contre la paroi, affichant une expression énigmatique.

— Je n'avais jamais amené personne ici. Jusqu'à aujourd'hui.

Sa voix douce résonna dans la grotte. Sa silhouette sombre formait un contraste saisissant avec les parois scintillantes, évoquant soudain le pirate intrépide que Victoria avait vu en lui autrefois. Son cœur se mit à battre si fort qu'elle craignit qu'il ne l'entende.

— Je suppose que je devrais être flattée que vous m'ayez montré cet endroit, dit-elle en s'efforçant d'adopter un ton léger. Pourquoi ai-je cet honneur ?

Nathan observa le jeu de lumières qui enveloppait la jeune femme. En un clin d'œil, toutes ses bonnes résolutions s'envolèrent. Avec ses boucles en désordre, ses lèvres pulpeuses si tentantes, elle ressemblait à une sirène. Fasciné, il s'approcha.

— Je pourrais vous citer un tas de raisons valables, vous dire que je suis un hôte accueillant et courtois, que je pensais que ce lieu vous plairait, que j'avais très envie de venir et que je ne pouvais vous laisser seule sur la plage… Ce sont là d'excellentes raisons, mais, si je les invoquais, je ne ferais que chercher des excuses à mon comportement, au lieu d'en assumer les véritables motivations.

Quand il lui prit la main, elle tressaillit, mais ne fit rien pour l'en empêcher. Elle s'humecta les lèvres du bout de la langue, geste inconscient, de toute évidence, mais qui embrasa Nathan. Comment diable guérirait-il de ce baiser si elle avait le don de le rendre fou de désir avant même que leurs lèvres ne se touchent ?

— Quelle est la véritable raison ? murmura-t-elle.

— Vous êtes certaine de vouloir la connaître ?

Elle hocha la tête.

— Je suis curieux de savoir si vous embrasser serait aussi agréable qu'il y a trois ans.

Il posa la main de la jeune femme contre sa poitrine, là où son cœur battait follement, l'enlaça et l'attira doucement à lui.

— Êtes-vous disposée à admettre que vous le voulez, vous aussi ? demanda-t-il.

Il demeura immobile, guettant sa réaction. Allait-elle faire preuve du même courage que la veille ou bien se cacherait-elle derrière un masque de pudeur et de réserve bienséante ? Elle s'appuya contre lui, leva le visage vers lui et murmura :

— Je le veux, moi aussi.

Dieu soit loué ! Réprimant la bouffée de désir primaire qui l'incitait à la plaquer contre lui et à la dévorer de baisers, Nathan s'inclina sur cette bouche qui le hantait depuis tant de nuits. Enfin, il allait savoir s'il s'était bercé d'illusions…

Il lui effleura d'abord les lèvres des siennes. Aussitôt, elle émit une plainte étouffée. Il recommença, la titilla, la caressa de la langue. À quoi elle répondit en entrouvrant les lèvres. Incapable de réprimer un grognement rauque, il resserra son étreinte et couvrit sa bouche de la sienne. Il sut instantanément ce qui avait dû traverser l'esprit du prince charmant lorsqu'il avait glissé la pantoufle de vair au pied de Cendrillon : « Bon sang, il était temps ! »

Comme trois ans auparavant, le feu liquide du désir lui incendia les veines. Soudain, il n'y eut plus qu'elle, sa bouche tentatrice, le contact sensuel de sa langue se mêlant à la sienne, ses cheveux soyeux sous ses doigts, le doux parfum de roses de sa peau laiteuse, la sensation de ses courbes voluptueuses pressées contre lui.

Nom d'un chien, il avait l'impression d'être… affamé. Prêt à tout. Ce qui ne l'aurait pas dérangé s'il avait eu le sentiment de contrôler ses propres réactions. La dernière fois, il était conscient de la présence de son frère et de la tante de Victoria dans la pièce voisine. Mais là, ils étaient seuls…

Soulevant Victoria, il recula jusqu'à ce que ses épaules heurtent la paroi. Il écarta alors les jambes, planta fermement les pieds dans le sable, et la nicha entre ses cuisses.

Seigneur, c'en était fait de lui ! Jamais une femme n'avait produit sur lui un tel effet. Ce n'était pas seulement la façon dont elle se fondait contre lui ni son parfum délicieux qui le bouleversaient. C'était sa réponse ardente à ses baisers, à ses caresses. Qu'elle réagisse avec une fougue égale à la sienne ne pouvait que le laisser pantelant.

Comme elle gémissait en ondulant contre lui, il referma les mains sur ses fesses et la pressa contre son ventre. Son sexe durci tressaillit, et il comprit qu'il n'allait pas tarder à perdre le contrôle de la situation. Soucieux de calmer le jeu avant de se couvrir de honte, il trouva la volonté de renoncer à ses lèvres pour déposer une pluie de baisers sur sa joue, puis son cou.

Mais cela ne lui apporta pas le répit désiré. Grisé, il suivit de la langue le contour de l'oreille de Victoria qui laissa échapper un petit cri, ce dernier se transformant en gémissement lorsqu'il mordilla la peau tendre de son cou. Elle se cambra pour mieux s'offrir à lui, tout en lui caressant le torse et les épaules.

Bon sang… il fallait qu'il arrête… Hélas, toutes ses bonnes résolutions s'évanouirent quand elle crispa les poings dans ses cheveux et l'obligea à relever la tête.

— Encore, souffla-t-elle contre sa bouche.

Ce n'était pas une supplication, mais un ordre auquel se mêlait une certaine impatience.

S'il l'avait pu, il aurait ri de cette exigence, la même que trois ans plus tôt. Il n'avait pas refusé à l'époque, et ne risquait pas de le faire aujourd'hui.

Leurs bouches se fondirent en un long baiser fiévreux. Jamais Nathan n'avait éprouvé une telle soif de possession. Il enveloppa ses seins de ses mains, sentit les pointes se dresser à travers ses vêtements – des vêtements qui le gênaient. Lui ôtant son foulard de dentelle, il caressa le renflement de ses seins généreux. Seigneur, quelle douceur ! Sa peau frémit à son contact, et il enfouit les doigts dans son décolleté.

Elle recula, interrompant leur baiser.

— Qu… qu'est-ce que vous faites ? haleta-t-elle.

Elle s'attendait donc qu'il soit en état de répondre à des questions ? Il se contenta d'effleurer l'extrémité d'un sein en gémissant.

— Qu'est-ce que vous faites ? répéta-t-elle.

Nathan déglutit.

— Cela me paraît évident.

Le repoussant avec force, elle se dégagea et recula de quelques pas. Avec ses cheveux en désordre, ses joues empourprées, ses lèvres humides, elle avait tout d'une maîtresse repue qui vient de quitter les bras de son amant. Jusqu'à ce qu'il croise son regard. Il vit alors une furie sur le point d'exploser.

— En effet, c'est évident, siffla-t-elle, les yeux lançant des éclairs. Vous cherchez votre lettre.

9

Dans sa quête de la plénitude intime, la femme moderne croisera peut-être un gentleman capable de susciter son désir et de la faire défaillir d'un seul regard. Quoiqu'il soit toujours agréable de rencontrer un tel homme, elle devra demeurer en permanence sur ses gardes, car il aura un pouvoir sur elle, en raison de son attirance pour lui.

Le Guide féminin de la poursuite du bonheur personnel,

Charles BRIGHTMORE

Abasourdi, Nathan dévisagea la jeune femme. Puis il secoua la tête et se mit à rire.

— C'est ce que j'aurais dû faire, en effet. Hélas, l'idée ne m'a pas effleuré.

Elle lui adressa un regard méprisant.

— Vous n'espérez tout de même pas que je vais croire une telle chose venant d'un espion chevronné.

— Voilà trois ans que je n'ai pas fait appel à mes compétences d'espion ; je crains d'être un peu rouillé. Et vous ne rendez pas justice à vos charmes. Je vous le répète, je n'ai pas pensé un instant à cette lettre.

Il ne risquait pas ! C'était tout juste s'il se souvenait de son propre nom… Il prit une profonde inspiration et passa une main mal assurée dans ses cheveux.

— Mais maintenant qu'on en parle, j'aimerais la récupérer.

Sur ce, il fit un pas vers elle. Bien qu'ébahie, Victoria n'en carra pas moins les épaules, refusant de céder du terrain. Quand il fut assez proche, il caressa sa joue empourprée du dos de la main.

— Je vous en prie, Victoria…

Après ce qu'ils venaient de partager, il ne pourrait plus jamais l'appeler autrement que par son prénom.

— Remettez-moi cette missive. Vu ce que je vous ai raconté, vous comprenez à quel point j'en ai besoin.

— Docteur Oliver…

— Nathan. Il me semble que nous avons dépassé le stade des formules de politesse, non ?

— Nathan… je ne parviens pas à savoir si vous êtes sincère ou si vous cherchez à me manipuler. Les espions sont réputés pour leur habileté en la matière.

— Je ne nie pas qu'il m'arrive d'avoir recours à la ruse, mais, dans ce cas précis, je suis sincère.

Indécise, elle l'étudia quelques secondes, puis déclara :

— Je veux bien vous remettre cette lettre, mais uniquement si vous acceptez mes conditions. Je veux vous aider à retrouver les bijoux.

Elle s'éloigna de quelques pas, puis fit volte-face. Si elle semblait toujours aussi déterminée, ses grands yeux bleus, eux, étaient implorants.

— Nathan, reprit-elle, j'ai été choyée ma vie durant. On ne m'a jamais considérée comme autre chose qu'un bibelot. On m'admire et on m'ignore à la fois. Quand je parle, les hommes m'entendent, mais ils ne m'*écoutent* pas. Avez-vous une idée de ce que cela peut avoir de frustrant ? J'ai toujours réussi à réprimer ce sentiment, mais depuis quelque temps…

Elle laissa échapper un long soupir exaspéré.

— Depuis quelque temps, je ressens une sorte d'insatisfaction qui me pousse à ne plus accepter ce qui ne me convient pas, ou ce que je trouve injuste. Et la découverte des activités secrètes de mon père n'a fait que me conforter dans ce choix. Mon père a mené une existence aventureuse tandis que j'étais reléguée à un rôle de figuration.

Elle baissa les yeux, avant d'ajouter :

— Jusqu'à ce que vous m'ameniez ici, le seul événement marquant de ma vie a été notre baiser, il y a trois ans.

Cet aveu à peine murmuré frappa Nathan de plein fouet. S'approchant de Victoria, il lui souleva le menton et l'obligea à croiser son regard. Désemparé, et inquiet, il découvrit qu'elle avait les yeux humides.

— Vous n'allez pas pleurer, n'est-ce pas ?

— Certainement pas. Je n'ai pas la larme facile.

— Tant mieux, car je ne suis pas du genre à me laisser attendrir par les pleurs d'une femme.

Sa conscience lui reprocha aussitôt ce mensonge. Si elle l'avait injurié, s'était montrée cassante, il aurait pu lutter, mais sa vulnérabilité le désarmait. Bien entendu, il n'était pas question de le lui laisser voir.

Une lueur de colère scintilla dans le regard de Victoria, qui s'écarta abruptement.

— Et je ne suis pas femme à recourir à ce type de stratagème pour obtenir gain de cause !

— Je sais, répondit Nathan. Vous êtes plutôt du genre à exiger.

— J'en ai simplement assez d'être traitée comme une écervelée uniquement parce que je suis une femme !

— Je ne vous considère pas ainsi. En fait, je vous trouve bien trop intelligente.

Victoria parut se ressaisir.

— Merci… Je suis donc bien trop intelligente pour vous céder la lettre sans que vous acceptiez mes conditions.

— D'accord.

— Je vous préviens, je ne transigerai pas.

— Très bien.

— Ne croyez pas que je vais jouer les victimes…

Elle s'interrompit soudain, médusée.

— Qu'avez-vous dit ?

— Que j'acceptais vos conditions.

— Je peux vous aider à retrouver les bijoux ?

— En échange de ma lettre, oui. J'ai toutefois des requêtes à formuler, moi aussi.

— Lesquelles ?

— Vu que je possède une certaine expérience en la matière et vous pas, j'attends de vous que vous suiviez mes consignes.

— Tant que vous ne rejetez pas systématiquement mes suggestions, je veux bien. Autre chose ?

— Oui. Cette mission risque d'être dangereuse. Votre père vous a envoyée ici pour assurer votre sécurité, et j'ai le devoir de veiller sur vous. Je veux votre parole que vous ne prendrez pas le moindre risque ni n'agirez de votre propre chef.

— Je n'ai pas l'intention de me mettre en danger. Vous avez ma parole. Donc… Marché conclu ?

— Oui. À un dernier détail près.

— Je peux savoir lequel ? demanda-t-elle d'un air soupçonneux.

— Nous devons sceller notre accord, comme le font tous les espions.

— Fort bien, dit-elle en lui tendant la main.

— Par un baiser, précisa-t-il.

Outrée, Victoria retira vivement sa main.

— Qu'est-ce que c'est que ces sornettes ?

— Ce ne sont pas des sornettes. Les espions scellent leurs accords par un baiser. Vous voyez, ajouta-t-il d'un ton narquois. Quelques secondes à peine après notre marché vous vous rebellez. C'est moi, l'expert en matière d'espionnage. Vous devez suivre mes consignes.

Sur ces mots, il avança d'un pas. Elle recula d'autant.

— Je les suivrai volontiers quand vous cesserez de vous moquer de moi. Sceller un accord d'un baiser !

Vous voudriez aussi me faire croire que vous avez embrassé votre père, votre frère et lord Alwyck sur la bouche ?

Il avança de nouveau, elle fit un pas en arrière.

— Bien sûr que non, répliqua-t-il. Les hommes se contentent d'une poignée de main secrète. Seuls les hommes et les femmes s'embrassent. Cette pratique figure dans le guide officiel de l'espion.

— Le guide officiel de l'espion ? railla-t-elle. Vous plaisantez !

— Je suis très sérieux, au contraire. Il y a des règles à respecter en matière d'espionnage, vous savez, et il fallait bien les consigner par écrit. D'où ce guide.

— Vous en possédez un exemplaire ?

— Naturellement.

— Vous me le montrerez ?

Il sourit et se rapprocha d'elle.

— Ma chère Victoria, je serai ravi de vous montrer tout ce que vous voudrez…

Elle déglutit, recula, et heurta la paroi de la grotte.

— J'ai le sentiment qu'il s'agit là d'une ruse pour glisser de nouveau les mains dans mon décolleté.

— Si tentant que ce soit, je n'en vais pas moins vous prouver ma sincérité.

Nathan fit un pas en avant et s'arrêta à vingt centimètres de la jeune femme. Il posa les mains à plat sur la paroi, de part et d'autre de sa tête.

— Vous voyez ? reprit-il. Je ne vous touche même pas. Mes mains demeureront là où elles sont. À présent pouvons-nous sceller notre accord ?

Plaquée contre la pierre froide, Victoria s'efforça de puiser en elle assez de colère pour lui en vouloir de l'avoir piégée de la sorte. Hélas, elle ne ressentait que du désir ! Un long frisson la secoua. À peine une heure plus tôt, elle se demandait à quoi ressembleraient les yeux de Nathan s'il la désirait. Elle avait désormais la réponse. Ils brûlaient d'un mélange d'ardeur et d'excitation qui lui donnèrent l'impression d'être en feu. Il avait beau ne pas la toucher, elle sentait la chaleur qui émanait de lui. Son odeur enivrante… Elle n'était pas encore remise de leur baiser et n'était pas certaine que ses jambes ne se déroberaient pas s'il l'embrassait de nouveau. Mais la femme moderne ne perdrait certainement pas une occasion de le découvrir…

Il se pencha vers elle. Elle ferma les yeux et crispa les poings, prête à subir ses assauts.

Mais rien ne vint. Il déposa un chapelet de baisers légers sur son front, sa tempe, ses joues. Sans oublier ses paupières, la ligne de sa mâchoire, la commissure de ses lèvres. Son souffle tiède était aussi caressant que ses lèvres. Quand celles-ci se posèrent enfin sur sa bouche, son cœur battait si fort qu'elle craignit qu'il n'explose. Et cette pulsation troublante, entre ses cuisses…

Ivre d'impatience, elle se prépara à un assaut sensuel, mais, une fois de plus, Nathan la surprit en frôlant à peine ses lèvres des siennes. Il les caressa ensuite de la langue, puis l'embrassa langoureusement, en prenant tout son temps, ce qui eut le don de la faire fondre tout en la rendant folle. Elle brûlait de se presser contre le corps de Nathan, de sentir ses mains puissantes sur elle et de le caresser en retour. Une onde de chaleur la parcourut, et vint se loger dans son ventre. Elle serra ses jambes tremblantes pour apaiser la pulsation qui s'intensifiait entre ses cuisses, mais la légère friction ne fit qu'accroître son trouble. Elle en voulait davantage. C'était un besoin irrépressible. Spontanément, elle le prit par la taille pour l'attirer contre elle, mais il eut un mouvement de recul. Elle eut un gémissement de protestation, et laissa retomber ses bras le long de son corps. Seule la paroi de la grotte l'empêcha de glisser à terre, pantelante.

Elle rouvrit les yeux. Et découvrit, non sans agacement, que Nathan ne semblait guère troublé. Alors qu'elle tenait à peine debout et cherchait son souffle, il se pencha pour ramasser son foulard. Sans lui demander la permission, il glissa la dentelle délicate autour de son cou, en fourra les pointes dans son corsage, avant de rajuster celui-ci avec une aisance qui prouvait sa connaissance des subtilités d'une toilette féminine. À sa grande honte, elle ne put s'empêcher de se demander s'il était aussi habile quand il s'agissait de dévêtir une femme.

La fixant d'un regard indéchiffrable, il déclara :

— Notre accord est scellé, Victoria. Ma lettre, je vous prie.

En l'entendant prononcer son prénom d'une voix rauque, elle faillit le supplier de recommencer.

— Je vous la remettrai quand nous serons de retour à la maison, dit-elle à la place.

— Si c'est votre pudeur que vous cherchez à protéger, puis-je vous rappeler que je sais déjà ce que contient votre décolleté ?

Les joues de la jeune femme s'empourprèrent. Toutefois, elle lui fut reconnaissante d'avoir prononcé ces paroles, car elle lui rappelait – et ce n'était pas inutile – combien cet homme était un fléau arrogant qui lui gâchait la vie.

— La lettre n'est pas cachée dans mon décolleté. Je vous la remettrai dès notre retour à Creston Manor.

Il la dévisagea un instant. Victoria soutint froidement ce regard inquisiteur. Finalement, il hocha la tête.

— Très bien, alors mettons-nous en route.

Il ramassa le chapeau contenant la collection de coquillages et le glissa sous son bras. Sans un mot, Victoria prit la main qu'il lui tendait et le suivit. Dès qu'ils furent sortis de l'étroit passage, il la lâcha. Elle s'efforça de réprimer l'absurde sentiment de déception qui s'empara d'elle à cet instant. Elle aurait dû se réjouir. Elle n'était arrivée que la veille et avait déjà atteint son objectif. Elle lui avait donné un baiser qu'il n'oublierait pas de sitôt. Certes, elle devait désormais affronter le fait qu'elle non plus ne risquait pas de l'oublier. Enfer et damnation ! Cela ne faisait pas partie de son plan.

Une autre idée dérangeante lui vint soudain à l'esprit. Lui avait-elle vraiment donné un baiser inoubliable ? Il était certes évident qu'il avait été excité physiquement, mais comment être sûre qu'il n'avait pas déjà tout oublié ?

Elle l'observa du coin de l'œil tandis qu'ils remontaient la plage, et pinça les lèvres, en proie à un mélange de désarroi et d'agacement. Il cheminait comme s'il n'avait pas le moindre souci, le visage offert au soleil, les cheveux au vent. Il s'arrêta un instant pour ramasser un petit coquillage, un sourire au coin des lèvres. Il semblait indifférent, imperturbable, et certainement pas en train de se remémorer l'intermède dans la grotte.

Ce fut plus fort qu'elle.

— Je peux vous demander à quoi vous pensez ? risqua-t-elle.

Il se frotta l'estomac.

— Je me demandais ce que la cuisinière avait prévu pour le déjeuner. Un plat consistant, j'espère. Je meurs de faim.

Manger ! Ce goujat pensait à manger ! Serrant les dents pour éviter de lui poser d'autres questions dont elle ne tenait pas à connaître les réponses, elle demeura silencieuse durant tout le trajet de retour. Comme ils arrivaient en vue des écuries, elle aperçut lord Sutton et lord Alwyck à l'entrée du bâtiment. Ils les regardaient approcher, mais les yeux des deux hommes étaient plus particulièrement fixés sur elle. Seigneur, songea-t-elle, avec tout ce vent sa coiffure devait être un véritable désastre ! Sans parler des caresses de Nathan, ajouta une petite voix intérieure.

Le vent l'avait décoiffée bien avant que Nathan ne glisse les doigts dans ses cheveux, se rappela-t-elle. À la bonne heure. Cela lui éviterait de chercher une explication plausible à sa tenue débraillée.

Nathan remarqua que son frère et Gordon dévisageaient Victoria, et cela ne lui plut guère. Gordon la contemplait comme s'il s'agissait d'une friandise délectable. Quant à Colin, il semblait tout aussi captivé. Ces deux-là endosseraient volontiers la responsabilité de veiller sur la jeune femme, devina-t-il. Ses entrailles se nouèrent soudain, ce qu'il mit sur le compte de la faim…

Comme Gordon venait à la rencontre de Victoria, un large sourire aux lèvres, Nathan serra les dents.

— Que vous êtes ravissante, lady Victoria !

La jeune femme s'esclaffa.

— Soit vous êtes excessivement galant, soit terriblement myope, lord Alwyck, car je sais que je suis affreuse. Le vent a emporté mon chapeau sur la plage, et je crains que ma coiffure ne ressemble plus à grand-chose.

— Je ne suis pas le moins du monde myope, assura Colin en les rejoignant. Et je partage l'avis de Gordon, vous êtes ravissante. Avez-vous apprécié votre promenade sur la plage ?

— Beaucoup. Le paysage est à couper le souffle, et j'ai rempli mon chapeau de superbes coquillages.

— Moi aussi, j'ai apprécié, intervint Nathan, pince-sans-rire, en arrêtant son cheval près de celui de la jeune femme.

— Mais où est donc votre chaperon, lady Victoria ? s'enquit Gordon en adressant un regard désapprobateur à Nathan.

— Depuis quand faut-il un chaperon pour se promener à cheval au grand jour ? répliqua ce dernier en défiant son ami de suggérer qu'ils avaient eu une conduite fâcheuse. Cette chevauchée et cette marche sur la plage auraient épuisé lady Delia.

Gordon aida lady Victoria à mettre pied à terre. Nathan nota sombrement que ses mains s'étaient attardées un poil trop longtemps sur la taille de la jeune femme, et que celle-ci avait rougi.

Il descendit de cheval à son tour, et Colin, qui tenait les rênes de la jument, les lui tendit comme s'il n'était qu'un garçon d'écurie, ce qui eut le don de l'agacer prodigieusement. Tandis qu'il menait les chevaux vers leurs boxes, il entendit le rire de Victoria, qui appréciait visiblement l'attention de ses deux nouveaux admirateurs. Il allait devoir l'arracher à eux pour aller récupérer sa lettre. Il songea soudain que si c'était Colin qui avait emmené la jeune femme à la grotte, il aurait déjà réussi à lui dérober le document. Mais la pensée de son frère posant les mains sur elle le mit diablement mal à l'aise.

— Bonne promenade, docteur Nathan ? s'enquit Hopkins en venant à sa rencontre.

— Très… stimulante.

« Et fascinante. Et douloureusement excitante », songea-t-il en réprimant un tressaillement.

— Stimulante, hein ? répéta Hopkins en hochant la tête d'un air entendu. C'est souvent le cas lors d'une promenade avec une jolie femme.

Il désigna du menton Colin, Gordon et Victoria, en pleine conversation.

— On dirait que la concurrence fait rage, commenta-t-il.

— Je ne suis pas en lice, assura Nathan en se raidissant.

— Vous n'en avez pas besoin. Elle n'a d'yeux que pour vous.

— Que voulez-vous dire ? demanda Nathan en tournant vivement la tête vers son employé.

De toute évidence, son ton était plus tranchant qu'il n'en avait eu l'intention, car le regard de Hopkins exprima à la fois de l'étonnement et de la peine.

— Je vous demande pardon, docteur Nathan. Je ne voulais pas vous manquer de respect. Mais nous avons l'habitude de nous parler franchement.

Nathan se passa la main dans les cheveux en se maudissant intérieurement. Hopkins était au service de sa famille depuis avant sa naissance, et il l'avait toujours considéré comme un ami.

— Nous pouvons nous parler franchement, dit-il en posant la main sur son épaule. Excusez-moi. C'est juste que vos propos m'ont surpris.

— Cela m'étonne de vous, docteur. D'ordinaire, vous êtes plus observateur. Vous n'avez pas remarqué comment cette demoiselle vous regardait ?

— En fait, si. Elle semble vouloir m'embrocher pour me faire griller à petit feu.

— Oui, c'est bien ça, admit Hopkins en riant. Elle en pince pour vous, je vous le dis. Mais je me demande si elle a remarqué comment vous la regardiez, vous.

— Comme si je voulais la jeter dans la première diligence en partance pour Londres ?

— Non. Comme si elle était une pêche bien mûre, prête à cueillir.

Bon sang ! Depuis quand était-il si transparent ? Avant qu'il puisse se défendre, Hopkins ajouta en gloussant :

— Et ça n'a pas l'air de vous enchanter. Pas la peine de nier. Je vous connais trop bien.

Sur ce, il se dirigea vers la sortie. Le trio semblait s'être éloigné.

— Une belle jeune femme, cette lady Victoria. Elle a du cran, ça se voit. Et bonne cavalière, avec ça ! Enfin, pour une Londonienne gâtée… Pas le genre de femme pour qui vous avez le béguin d'habitude, docteur. Et je parierais que vous n'êtes pas non plus le genre d'homme qu'elle apprécie d'ordinaire.

— Ah non ? Et je suis quel genre d'homme, selon vous ?

— Je pensais plutôt au genre d'homme que vous n'êtes pas. Vous n'êtes pas un de ces grands seigneurs de la haute qui vont de soirées mondaines en salles de jeux. Vous êtes un homme honnête et travailleur. Sans vouloir dire de mal de cette jeune fille, je doute qu'elle ait jamais regardé à deux fois quelqu'un d'aussi humble qu'un médecin. C'est compréhensible, remarquez. Mais elle vous regarde. Et vous aussi, vous la regardez.

— Vous semblez avoir remarqué un tas de choses en bien peu de temps, commenta Nathan.

— C'est dans ma nature d'observer les gens, répondit-il en haussant les épaules.

Nathan s'apprêtait à lui répondre lorsqu'ils perçurent une certaine agitation à l'extérieur, suivie de la voix de Victoria qui criait :

— Oh ! Mais qu'est-ce que tu fais ? *Arrête !*

Nathan se rua dehors, Hopkins sur les talons. Il s'arrêta brutalement en découvrant un bien étrange spectacle. Gordon et Colin, l'air fort chagriné, étaient agenouillés devant Victoria, livide, qui tenait le bas de sa jupe. Tous trois fixaient Pétunia qui mastiquait tranquillement.

Nathan s'approcha de Victoria, alarmé par sa pâleur.

— Tout va bien ? s'enquit-il. Que s'est-il passé ?

— C'est cette maudite chèvre ! accusa Gordon d'un ton dégoûté. Non seulement elle a fait une peur bleue à cette pauvre lady Victoria, mais elle a dévoré le bas de sa jupe. Cette bête est un véritable fléau. Elle aurait pu la mordre.

Nathan se tourna vers Pétunia, qui agita la queue avant de regagner son enclos d'un pas chaloupé.

— Vous n'êtes pas blessée, au moins ? demanda Nathan à Victoria.

Elle secoua la tête.

— Je vous présente mes excuses. Pétunia a une fâcheuse tendance à dévorer tout ce qu'elle trouve. Je suis certain que les dégâts peuvent être réparés. Sinon, je veillerai à remplacer votre tenue.

— Ce n'est pas ma tenue qui m'inquiète, répondit-elle d'une voix étranglée. C'est votre lettre.

— Comment cela, ma lettre ?

— Votre chèvre vient de la manger.

10

La femme moderne ne devrait jamais laisser passer une occasion de contempler un beau spécimen de mâle, surtout s'il est dévêtu. Si une telle aubaine se produit, elle ne devrait pas permettre à la pudeur de lui faire renoncer à cette chance. Profitez du moment, regardez tout votre soûl, et préparez-vous à ce qui pourrait arriver ensuite.

Le Guide féminin de la poursuite du bonheur personnel,

Charles BRIGHTMORE

L'estomac noué par la peur et l'incrédulité, Victoria regarda Nathan plisser les yeux. Elle s'attendait qu'il hurle, au lieu de quoi il demanda d'un ton glacial :

— Je vous demande pardon ?

— Votre lettre. C'est votre chèvre qui l'a mangée.

— Dites-moi que c'est une mauvaise plaisanterie !

— Pas du tout, hélas !

Il baissa les yeux sur le tissu déchiré, qu'elle serrait encore entre ses mains.

— Vous l'aviez cousue dans votre ourlet ?

— Oui.

Il la cloua sur place d'un regard furibond.

— Vous m'avez fait croire qu'elle se trouvait dans la maison.

— Je n'ai rien affirmé de tel. J'ai dit que je vous la rendrais une fois de retour à la maison.

— Pourquoi ne pas me l'avoir simplement remise à la plage ? Connaissant vos talents de couturière, il n'aurait pas été difficile d'arracher quelques points.

Plantant les mains sur ses hanches, Victoria lui retourna son regard.

— Si certaines personnes ne jugeaient pas bon de me faire des cachotteries, de dissimuler des lettres dans mes bagages, si d'autres ne refusaient pas mon aide...

— Si vous faites allusion à votre père et à moi-même...

— Bien sûr ! coupa-t-elle. Si vous n'étiez pas aussi entêtés, je n'aurais pas été obligée de coudre cette lettre dans mon ourlet. Où elle était parfaitement à l'abri jusqu'à ce que *votre* chèvre la dévore.

— Donc, selon vous, c'est ma faute si la lettre a disparu ?

— En partie, oui. Encore que je sois prête à endosser ma part du blâme.

— Vous êtes trop bonne.

Avant que Victoria puisse répondre à ce commentaire sarcastique, lord Alwyck intervint :

— Quelqu'un veut bien m'expliquer de quoi il s'agit ? Quelle est donc cette lettre ?

Nathan lui adressa un regard d'avertissement, mais elle l'ignora pour se tourner vers Gordon.

— Mon père avait dissimulé une lettre destinée au Dr Oliver dans mes bagages. Malheureusement pour lui, je l'ai trouvée. Comble de malchance, sa chèvre a découvert qu'elle était cachée dans l'ourlet de ma jupe et l'a mangée.

Gordon lança un regard perçant à Nathan.

— Pourquoi Wexhall t'envoyait-il un message secret ?

Comme Nathan se contentait de lui retourner un regard indéchiffrable, Gordon reprit :

— Je vois... Ton retour... Un message de Wexhall... Cette affaire a un rapport avec les bijoux, lança-t-il d'un ton accusateur. Pourquoi ne m'as-tu rien dit ?

— Si Wexhall avait voulu que tu sois informé, il t'en aurait parlé lui-même, répliqua Nathan sans ciller. Ou peut-être te l'aurais-je dit moi-même, tout dépendait des instructions contenues dans la lettre. Nous ne les saurons pas. Du moins pas avant que je contacte Wexhall pour lui expliquer ce qui s'est passé. Ce délai étant, inutile de le préciser, extrêmement fâcheux, ajouta-t-il en jetant un coup d'œil à Victoria.

— Tu étais au courant ? demanda Alwyck à Colin.

— Oui. Je comptais t'en parler durant la promenade d'aujourd'hui, répondit Colin. Nathan, Gordon a le droit de savoir.

— Je n'ai jamais dit le contraire. J'aurais cependant préféré prendre connaissance des informations contenues dans la lettre de Wexhall avant de révéler quoi que ce soit.

— Apparemment, tu sais encore garder un secret, observa lord Alwyck.

Il s'était exprimé d'une voix calme, mais à en juger par son ton froid, il était furieux, devina Victoria.

— Tu n'avais aucun droit de me laisser dans l'ignorance, reprit Gordon.

— Pourquoi ? s'étonna Nathan. Ce n'est pas ta réputation qui a souffert.

— Peut-être parce que j'ai reçu une balle dans la peau lors de l'échec de la dernière mission. L'aurais-tu oublié ?

Un silence tendu tomba entre eux. Victoria fit un effort pour ne pas se mettre à babiller nerveusement.

— Non, je ne l'avais pas oublié, rétorqua Nathan d'un ton neutre.

Il se tourna vers Victoria, qui se figea en découvrant son regard. Elle eut le temps d'y déceler du chagrin et des regrets avant qu'un voile morne ne le recouvre.

— Vous avez lu cette lettre, non ? lui demanda-t-il sèchement.

— En effet.

— Bien. Vous allez m'accompagner et noter tout ce dont vous vous souvenez pendant que j'écris à votre père. *Tout de suite.*

Sans attendre sa réponse et sans un regard pour Gordon et son frère, Nathan tourna les talons et se dirigea vers la maison.

Lord Alwyck marmonna un commentaire qui contenait les mots « grossièreté » et « autocratique », avant d'ajouter à voix haute :

— Il semble que vous ayez besoin d'une escorte jusqu'à la maison, lady Victoria. M'accorderez-vous cet honneur ?

Victoria, qui regardait Nathan s'éloigner, se tourna vers lord Alwyck. Elle remarqua que si ce dernier semblait encore en colère, lord Sutton, lui, observait son frère d'un air préoccupé.

— Merci, mais je ne voudrais pas vous retarder dans votre promenade. Si vous voulez bien m'excuser, messieurs…

Sur ce, elle fila vers la maison avant que l'un ou l'autre puisse l'arrêter.

Se retenant pour ne pas courir, elle s'efforça d'y voir un peu plus clair dans ses émotions avant d'affronter de nouveau Nathan. D'un côté elle se sentait horriblement coupable à l'idée d'être à l'origine de la destruction de la lettre. D'un autre côté, elle en voulait à Nathan de s'être comporté en despote avec elle. Seigneur, un instant plus tôt, il l'embrassait…

Elle s'empressa de chasser ces pensées dérangeantes. Le moment était mal choisi pour se rappeler ce baiser. Ce baiser voluptueux, magique, sensuel…

Assez ! Elle y songerait plus tard. Elle se remémora avec agacement sa façon de la traiter comme si elle était un soldat sous ses ordres. Son agacement fut vite tempéré par la compassion qu'elle ressentit au souvenir de la tristesse qu'elle avait décelée brièvement dans son regard. La profondeur de sa souffrance l'avait bouleversée, lui avait donné envie de le prendre dans ses bras pour le réconforter. Comment pouvait-elle vouloir à la fois le consoler et le frapper ? Jamais un homme n'avait suscité en elle des réactions aussi contradictoires. Et elle n'aimait pas cela.

Dès qu'elle franchit le seuil de la maison, un valet vint à sa rencontre.

— Le Dr Oliver souhaite que vous le rejoigniez dans la bibliothèque, milady.

— Merci, répondit-elle, un peu anxieuse.

— Il a précisé que vous souhaiteriez sans doute changer de tenue, et qu'il ferait porter un repas dans votre chambre.

Victoria ne put dissimuler son étonnement face à tant de sollicitude. Elle avait en effet eu l'intention de se changer, et un repas en privé serait le bienvenu.

— Veuillez dire au Dr Oliver que je le rejoindrai dès que j'aurai terminé.

— Bien, milady.

Victoria regagna sa chambre en hâte. Et sursauta en découvrant son reflet dans la glace. Sa chevelure ressemblait à un véritable nid d'oiseau. Mais le plus frappant était son visage. Ses pommettes et son nez étaient rougis – voilà ce qu'il en coûtait de se promener en plein soleil sans chapeau ! Elle allait certainement avoir des taches de rousseur. Quant à ses yeux, ils semblaient immenses et… lumineux. Et ses lèvres…

Se penchant vers la glace, elle les effleura du bout des doigts. Il n'y avait qu'une seule manière de les décrire : elles avaient été dévorées de baisers fougueux. Victoria ferma les yeux. Aussitôt, les pensées qu'elle avait tenté de réprimer revinrent à la charge. La façon dont il l'avait étreinte, caressée, la fermeté de son corps contre le sien, la sensation délicieuse de ses mains, à elle, glissant sur son torse musclé. En dépit de tout ce qu'elle avait appris dans le *Guide*, jamais elle ne se serait attendue à ce qui s'était passé dans la grotte.

Nathan avait avoué être curieux de voir si la deuxième fois serait à la hauteur de la première. Comment imaginer que la magie qu'elle avait connue trois ans plus tôt puisse être surpassée ? Or elle l'avait été. Et, Dieu lui pardonne, elle aurait voulu que cela ne cesse jamais.

Se redressant, elle fusilla du regard son reflet dans la glace.

— Méfie-toi de cet homme et ne le sous-estime pas, conseilla-t-elle à la femme qui la regardait.

Son objectif était de se rendre inoubliable, pas le contraire. Si Nathan l'embrassait de nouveau, elle veillerait à ce que ce soit selon ses conditions à elle.

Sa décision prise, Victoria choisit de ne pas sonner Winifred, sachant que celle-ci ne manquerait pas de remarquer son trouble. Elle se débarrassa de sa tenue d'équitation et se rafraîchit. Puis elle entreprit de démêler ses cheveux, qu'elle coiffa en chignon. Enfin, elle revêtit une robe de jour en mousseline bleu pâle. Elle venait d'enfiler les souliers assortis quand on frappa à la porte.

Une jeune domestique apparut, portant un plateau d'argent qu'elle posa sur une table en merisier, près du lit.

— Dieu que cela sent bon ! s'exclama Victoria.

— C'est une spécialité de la cuisinière, milady. Une cassolette à base de fruits de mer. C'est le plat favori du Dr Nathan. Elle l'a préparé tout spécialement pour lui.

Vu que Nathan refusait de manger les animaux que ses patients lui donnaient en guise de paiement, Victoria ne s'étonna guère qu'il préfère les fruits de mer. Dès que la domestique se fut retirée, elle s'attaqua avec appétit à son déjeuner. Qui se révéla un véritable délice ! Jamais elle n'avait rien goûté d'aussi bon. Deux petits pains frais accompagnaient le plat, et elle les mangea jusqu'à la dernière bouchée. Après quoi, repue, elle quitta la chambre et descendit dans le vestibule.

Langston l'accompagna jusqu'à la bibliothèque.

Victoria s'arrêta sur le seuil et balaya du regard la pièce. Le soleil entrait par les hautes fenêtres flanquées de rayonnages en bois sombre chargés de volumes reliés de cuir. Devant les fenêtres trônait un immense bureau. Les murs tapissés de livres donnèrent à la jeune femme envie d'explorer les lieux. Le feu qui brûlait dans la cheminée en marbre baignait la pièce d'une douce chaleur. Un grand tapis bleu et bordeaux couvrait le sol. Des fauteuils moelleux étaient disposés un peu partout, tandis qu'un divan confortable attendait devant la cheminée qu'on vienne s'y installer pour lire. Fermant un instant les yeux, Victoria huma le parfum familier de cuir, de parchemin et de cire. En les rouvrant, elle se rendit compte qu'elle était seule. Où diable était Nathan ?

Elle décida de s'asseoir dans le divan pour l'attendre. Elle contourna ce dernier, et se figea en découvrant Glouton étalé sur le tapis, qui ronflait doucement. Seigneur, ce chien était monstrueux !

Sa truffe s'agita, comme s'il avait détecté une odeur inhabituelle. Il cligna les paupières, puis se redressa avec une rapidité étonnante compte tenu de sa corpulence, et la regarda fixement.

— Gentil chien, murmura la jeune femme en reculant d'un pas. Gentil, le chien-chien. Rendors-toi.

Négligeant son conseil, l'animal s'approcha. Se rappelant qu'il ne fallait jamais s'enfuir face à un molosse, car cela l'encourageait à pourchasser sa proie, Victoria demeura immobile, priant pour que Nathan ne se soit pas trompé en affirmant qu'il était gentil. Glouton s'arrêta devant elle. Après avoir reniflé sa robe, il s'assit, et lui tendit la patte.

— Tu veux me dire bonjour ? fit-elle, abasourdie. Mais… nous avons déjà fait connaissance.

De toute évidence, Glouton n'en avait que faire. Au risque qu'il lui dévore le bras, elle tendit une main hésitante et saisit l'énorme patte. Dès qu'elle la relâcha, le chien se releva et lui donna un coup de truffe sur la hanche. Puis il lui lécha le dos de la main de sa langue gigantesque.

Victoria lui caressa brièvement la tête, puis le gratta entre les oreilles. Ravi, Glouton remua la queue avec vigueur et faillit envoyer valser un vase.

— Voilà donc ce que tu aimes, murmura Victoria sans cesser de le gratter.

Désireuse d'épargner le vase, elle alla s'asseoir avec précaution sur le divan, le chien sur les talons. Dès qu'elle fut installée, elle reprit ses caresses. Le molosse ronronnait comme un chat, la langue pendante, et elle ne put s'empêcher de rire.

— Tu as l'air féroce, mais au fond, tu es aussi doux qu'un chiot.

Le chien grognonna de plus belle, comme pour dire : « Enfin quelqu'un qui me comprend ! »

Victoria était si concentrée qu'elle ne s'aperçut pas qu'elle n'était plus seule dans la pièce.

— Je vois que vous avez sympathisé.

Elle tourna vivement la tête. Nathan se tenait sur le seuil, appuyé nonchalamment au chambranle, les bras croisés. Il affichait cette expression indéchiffrable à laquelle elle commençait à être accoutumée.

— C'est à moi que vous parlez ou au chien ? s'enquit-elle sans cesser de caresser ce dernier.

— À vous, mais mon commentaire s'applique à tous les deux.

Il fit quelques pas dans la bibliothèque.

— De toute évidence, Glouton vous aime bien.

— Inutile de paraître aussi surpris, s'offusqua-t-elle.

— En fait, je le suis.

— Merci ! Jamais on ne m'avait fait si charmant compliment !

— C'en était pourtant un. Mon chien est en général plus réservé avec les inconnus.

— Peut-être parce que lesdits inconnus sont réservés vis-à-vis de lui, observa-t-elle. Sa taille peut intimider, figurez-vous.

— J'imagine, en effet. Vous vous rendez compte qu'il vous réclamera des caresses chaque fois qu'il vous verra, désormais. À vrai dire, il risque de vous en vouloir si vous arrêtez.

— De m'en vouloir ? fit-elle en souriant. Et alors ?

— Alors, il va se venger et vous couvrir de baisers baveux.

Nathan s'arrêta près du divan et caressa son chien.

— Toutes ces attentions te plaisent, pas vrai, mon vieux ?

En guise de réponse, Glouton aboya.

— Cela veut dire oui, traduisit Nathan.

Son regard se porta sur la jeune femme, qui se sentit rougir.

— Vous avez changé de tenue et vous vous êtes recoiffée.

— J'ai pensé que cela valait mieux. Sinon, le chien aurait été tenté de m'enterrer dans le jardin. En fait, je crois que mes cheveux hirsutes ont fait peur à votre majordome.

— Pas du tout. Tout le monde a la même allure après une journée venteuse sur la plage.

Elle se garda de lui faire remarquer que *lui* ne lui avait pas semblé le moins du monde hirsute. Au contraire, il lui avait paru plus viril et plus séduisant que jamais. Elle nota qu'il s'était changé, lui aussi. Il avait enfilé une chemise de lin propre et un pantalon bleu nuit. Il se moquait visiblement de la mode et avait une fois de plus fait l'impasse sur le foulard. Dans les salons londoniens, sa tenue serait jugée scandaleuse. Pourtant, elle ne pouvait nier qu'elle appréciait le spectacle troublant de cette parcelle de peau bronzée.

— Au fait, vos cheveux étaient loin d'être hirsutes.

Sa voix grave la tira brusquement de sa rêverie. Levant les yeux, elle le surprit en train de l'observer. Réprimant un frisson, elle déclara avec un rire chevrotant :

— Vous avez raison. Horrible serait probablement plus approprié pour décrire ma coiffure.

— Ce n'est pas le terme que j'emploierais, insista Nathan.

Elle poussa un soupir exagéré.

— Très bien. Je serai courageuse. Quel terme emploieriez-vous ?

— Exquise.

Ce simple mot, prononcé d'une voix douce, prit Victoria de court. Sans lui laisser le temps de répondre, Nathan caressa une dernière fois le chien, puis se dirigea vers le bureau.

— Je vous ai préparé une feuille de papier, une plume et de l'encre, annonça-t-il.

— M… merci, balbutia-t-elle en se concentrant sur Glouton le temps de se ressaisir. Et merci pour le repas que vous m'avez fait servir.

— Vous avez aimé la cassolette de fruits de mer ?

— C'était délicieux. J'ai tout dévoré avec un enthousiasme dont j'ai honte.

— N'ayez pas honte avec moi, Victoria. Jamais.

Ces paroles prononcées d'une voix rauque incitèrent la jeune femme à le regarder.

— L'air marin ouvre l'appétit, reprit-il. Personnellement, j'admire les femmes qui assument leurs appétits.

Victoria n'était plus du tout certaine qu'il parlait de nourriture. Si seulement elle trouvait une repartie pleine d'esprit ! Hélas, pour l'heure, aucune ne lui venait.

— C'est trop espérer, j'imagine, que de penser que vous avez retenu le contenu de cette lettre, enchaîna-t-il.

La lettre ? Elle cligna les yeux, puis s'éclaircit la voix.

— En fait, je l'ai longuement étudiée. Je crois pouvoir la retranscrire de façon précise.

— Excellent. Pouvons-nous commencer ?

— Volontiers.

Après une ultime caresse à son nouvel ami, la jeune femme se leva et se dirigea vers le bureau. Glouton lui emboîta aussitôt le pas.

— Je n'ai jamais vu un bureau de cette taille, commenta-t-elle en effleurant la surface en bois ciré. On jurerait deux bureaux soudés ensemble.

— C'est le cas. Il permet à deux personnes de travailler face à face. C'est très pratique pour mon père quand il étudie les comptes avec son régisseur.

Il tira un fauteuil en cuir bordeaux. Victoria y prit place et le remercia d'un murmure. Comme il posait une main sur le dossier du siège et l'autre sur l'accoudoir pour le repousser, elle eut l'impression qu'il l'enveloppait, littéralement. Elle tourna la tête pour lui indiquer qu'elle était bien installée, et se retrouva le nez à trente centimètres de son pantalon.

Son regard avide se riva sur ses cuisses musclées et son…

Oh, Seigneur !

Son corps entier s'embrasa, comme si sa robe venait de prendre feu, et son imagination se mit à vagabonder, incontrôlable. Le guide avait beau avoir décrit en détail ce qui se dissimulait sous ce vêtement si masculin, elle ne parvenait toujours pas à s'en faire une image mentale. Et voilà qu'elle avait sous les yeux ce qui était à l'évidence un spécimen parfait. Si seulement ce satané pantalon ne dissimulait pas à la vue l'objet de sa fascination…

— Vous êtes prête, Victoria ?

Elle releva la tête et s'aperçut qu'il l'observait avec intérêt. Manifestement, il l'avait surprise en train de lorgner son… ce que cachait son pantalon. Mortifiée, elle se sentit virer à l'écarlate.

— Prête ? répéta-t-elle, horrifiée par sa voix stridente.

— À retranscrire la lettre… À moins que vous ne préfériez vous livrer à quelque autre activité ?

Son ton était parfaitement innocent, mais la lueur dans ses yeux mit les sens de la jeune femme en émoi.

— Retranscrire… la lettre… D'accord.

Elle agrippa la plume comme s'il s'agissait d'une bouée de sauvetage et se pencha sur le papier.

Il laissa échapper un son qui ressemblait à s'y méprendre à un rire déguisé en quinte de toux. Victoria dut se retenir pour ne pas parler à tort et à travers. Seigneur, que lui arrivait-il ? Elle avait l'impression de se trouver sur une planche glissante, au bord d'un précipice. Jamais elle n'avait à ce point perdu ses moyens. N'ayant d'ordinaire aucun problème pour s'adresser aux messieurs, elle attribua ce comportement étrange à Nathan. Eh bien, plus vite elle aurait achevé sa tâche, plus vite elle pourrait fuir sa compagnie troublante.

Mais à peine l'eut-elle envisagé qu'elle dut admettre que la perspective de le quitter la contrariait. Elle l'attristait, même. Seigneur, elle avait perdu la tête ou quoi ? Elle n'osa exprimer ses inquiétudes à voix haute, de peur qu'il ne la prenne pour une folle.

Du coin de l'œil, elle le vit s'installer dans un fauteuil identique au sien, de l'autre côté du bureau. Plus d'un mètre les séparait, ce qui constituait une protection suffisante selon elle. Encore qu'il lui suffisait de tendre le bras pour toucher la main de Nathan…

Sa main… Elle qui ne s'était jamais intéressée aux mains des hommes se surprit à admirer les longs doigts de Nathan, à la fois puissants et rassurants. Il avait des mains parfaites, hâlées par le soleil. Même ses paumes calleuses, qu'une personne de son rang aurait dû trouver repoussantes, lui plaisaient. Elle savait combien ces grandes mains pouvaient être merveilleusement douces lorsqu'elles s'enfouissaient dans ses cheveux, lui effleuraient les lèvres. Elles pouvaient aussi se montrer fermes et exigeantes, comme il en avait fait la démonstration lorsqu'il l'avait plaquée contre son corps pour explorer ses courbes et...

Seigneur, ses pensées se remettaient à vagabonder ! Se forçant à reporter son attention sur sa feuille, elle trempa sa plume dans l'encrier et fouilla dans sa mémoire afin d'en exhumer les phrases qu'elle avait disséquées avec tant de soin la veille. Peu à peu, les mots lui revinrent : *À mon cher ami Nathan...* Elle se mit au travail, s'interrompant de temps à autre. Chaque fois qu'elle avait un doute, elle fermait les yeux et revoyait le document en pensée.

Nathan, qui était occupé à écrire au père de Victoria, fit une pause pour réfléchir. Toute pensée le déserta tandis que son regard s'arrêtait sur la jeune femme assise en face de lui. Le front plissé, elle avait fermé les yeux et se mordillait la lèvre inférieure. Il se rappela aussitôt la douceur de sa bouche sous la sienne. Quand elle s'humecta les lèvres, il l'imita machinalement. Si seulement il n'y avait pas ce maudit bureau entre eux... Cela dit, il lui suffisait de tendre le bras pour lui toucher les mains. Soudain, il eut toutes les peines du monde à se retenir de le faire.

Depuis quand était-il attiré par les *mains* des femmes ? C'était bien la première fois. Son obsession pour Victoria commençait à frôler le ridicule. Elle avait les mains blanches typiques d'une aristocrate. Et des doigts fins qui le fascinaient. Pour une raison bien simple : il savait combien ces mains pouvaient être douces quand Victoria se risquait à le toucher. Et aussi combien elles pouvaient se montrer impatientes et trembler de désir quand elle avait envie d'être embrassée.

Elle se remit à écrire, tandis que Nathan continuait de la fixer, subjugué. Comme son regard s'attardait sur son autre main, il remarqua soudain une petite cicatrice au niveau du poignet. Malgré lui, il tendit le bras et l'effleura du bout des doigts. La jeune femme se figea et releva vivement la tête. Leurs regards se croisèrent, et elle rougit légèrement.

— Comment est-ce arrivé ? s'enquit-il en passant de nouveau les doigts sur la marque.

Elle baissa les yeux sur son poignet. Sa main pâle et fine contrastait avec la sienne, puissante et bronzée. Il en fut si troublé qu'il dut changer de position sur son siège.

— Je me suis coupée, murmura-t-elle d'une voix sourde.

— Comment ? Quand ? demanda-t-il en la caressant doucement.

— Je... j'avais dix ans. Je creusais la terre et j'ai déterré une pierre tranchante.

— Vous creusiez la terre ? répéta-t-il. Vous aimez le jardinage ?

— Oui, mais je n'étais pas en train de planter quelque chose quand je me suis blessée.

— Que faisiez-vous donc ? Vous cherchiez un trésor ?

— Non. Je confectionnais un gâteau en terre.

Nathan plongea son regard dans le sien.

— Pardon ?

— Vous avez bien entendu.

— Vous voulez dire un gâteau fait avec de la terre ?

— Cela me paraît clair.

— Et qu'est-ce que la fille d'un comte saurait sur la fabrication des gâteaux en terre ?

— Pas mal de choses, en fait, vu que cela m'arrivait fréquemment. La terre du parc de Wexhall Manor était bien meilleure que celle du jardin. La meilleure de toutes étant cependant celle du bord de l'étang.

Nathan secoua la tête.

— Je ne vous imagine pas en train de jouer avec de la terre. C'est... salissant. Pourquoi faisiez-vous cela ?

Elle hésita avant de répondre :

— Je rêvais d'apprendre la pâtisserie, mais ma mère m'interdisait de traîner dans les cuisines. Je faisais donc semblant de cuisiner.

— On vous interdisait les cuisines, mais vous aviez le droit de jouer dans la boue ?

— Que non ! Ma mère serait devenue folle si elle m'avait vue. En fait, c'est le jour où je me suis coupée qu'elle a découvert mes activités. Après avoir soigné ma plaie, elle m'a infligé un interminable sermon sur la bienséance.

— Et vous n'avez plus jamais joué dans la boue ?

Une lueur malicieuse s'alluma dans ses yeux.

— Hmm… Je ne sais pas si je dois répondre à cette question.

— Pourquoi pas ?

— Vous risquez d'être choqué. En outre, je m'en voudrais de ternir l'image que vous avez de moi : une fleur de serre oisive qui ne daignerait pas se salir les mains.

— Avec ce que je vois dans mon métier, je puis vous assurer que rien ne me choque. Et vu que vous avez déjà réussi à mettre à mal l'image que j'avais de vous, autant poursuivre.

— Très bien. Alors, oui, j'ai continué à m'amuser dans la boue. Ma mère n'en a jamais rien su. Ce sont mes plus beaux souvenirs d'enfance.

En l'imaginant en train de jouer, il fut saisi d'un sentiment qu'il ne put identifier.

— Avez-vous appris à cuisiner, en fin de compte ?

— Non ! avoua-t-elle en riant. Ce n'était qu'une lubie d'enfant.

Nathan l'étudia un instant.

— Juste comme je pensais vous avoir cernée, je découvre une nouvelle facette de votre personnalité, et cela…

« M'enchante, me fascine, me subjugue », faillit-il dire.

— … me surprend.

— Je pourrais dire la même chose à votre sujet... excepté en ce qui concerne les gâteaux en terre. Mais peut-être fabriquiez-vous, vous aussi.

— Je crains que non. Cela dit, je ne manquais pas une occasion de me salir. Ayant grandi au bord de la mer, je faisais plutôt des châteaux de sable.

— Des châteaux de sable ? répéta-t-elle, intéressée. Destinés à des princesses ?

— Seigneur, non ! Des châteaux forts abritant des guerriers impitoyables. Des princesses ! railla-t-il, feignant d'être atterré.

— Eh bien, moi, si je devais construire un château de sable, riposta-t-elle avec dédain, ce serait pour une princesse.

— Voilà qui ne m'étonne pas, dit-il avec un sourire. Vous êtes si... fille.

— Je suppose que je n'y peux rien, car, cela vous a apparemment échappé, je *suis* une fille. Pour un espion, vous n'êtes décidément pas très observateur.

Elle baissa les yeux. Il avait toujours le doigt posé sur sa cicatrice, et mourait d'envie de l'effleurer d'un baiser. Une sensation étrange naquit dans sa poitrine, comme si les amarres qui maintenaient son cœur en place s'étaient distendues. Bon sang, il avait remarqué que c'était une fille dès qu'il avait posé les yeux sur elle, trois ans plus tôt ! Sauf qu'à présent, ce n'était plus une fille, mais une femme. Une femme superbe et désirable. Et que toutes les fibres de son corps le lui hurlaient.

Elle se racla la gorge, puis dégagea doucement sa main.

— Vous voulez que je transcrive cette lettre, docteur Oliver, mais vous m'empêchez d'écrire, lui fit-elle remarquer. Je ferais bien de me remettre au travail.

Elle se pencha sur sa feuille. Il l'empêchait de travailler ? *Lui ?* C'était plutôt le contraire.

— Nathan, corrigea-t-il d'un ton où perçait une certaine irritation.

— Pardon ?

— Vous m'avez appelé « docteur Oliver ». Je préfère Nathan, tout simplement.

— Très bien. Je peux me remettre à la tâche que vous m'avez confiée, à présent ?

— Oui, répondit-il, se sentant inexplicablement agacé.

Elle se pencha sur sa feuille, et Nathan l'imita en s'efforçant d'oublier à quel point elle était proche.

11

La plupart des messieurs étant férus de jeu, la femme moderne devra en tirer parti, ou bien créer une occasion d'inciter un monsieur à parier en offrant une récompense au vainqueur, mais pas sous forme d'argent. Un baiser constitue un enjeu bien plus intéressant. Non seulement les deux parties sont gagnantes, mais ce baiser pourrait aboutir à des récompenses bien plus passionnantes.

Le Guide féminin de la poursuite du bonheur personnel,

Charles BRIGHTMORE

Après avoir relu la lettre une dernière fois, et satisfaite de l'avoir reproduite mot pour mot, Victoria posa sa plume et leva les yeux pour découvrir le regard de Nathan fixé sur elle avec intensité.

— J'ai terminé, annonça-t-elle d'une voix légèrement haletante qu'elle détesta.

Elle fit glisser la feuille vers lui.

— Selon vous, dans quelle mesure ce texte est-il fidèle à l'original ? demanda-t-il en le parcourant.

— Je dirais, sans crainte de me tromper, qu'il s'agit d'une transcription parfaite. J'ai lu l'original des dizaines de fois, en en décortiquant chaque phrase. Le style m'a marquée parce qu'il était... singulier. Si je n'avais pas su que mon père en était l'auteur, je ne l'aurais jamais cru. Je l'ai souvent aidé à rédiger sa correspondance, et cette lettre-là détonnait. Quant au contenu... Mon père, qui ne s'intéresse guère aux arts, évoquait un tableau. Si vous me donnez une autre feuille, je reproduirai le croquis qui se trouvait au bas de la lettre.

— Le croquis ? fit Nathan, intrigué.

— Oui. Il est censé représenter le tableau dont il parlait. Si on en croit ce croquis, ce tableau est affreux.

— Pourquoi ne m'en avez-vous pas parlé plus tôt ?

— Vous ne m'avez pas posé la question.

Marmonnant des paroles fort peu flatteuses, il ouvrit un tiroir dont il sortit une feuille qu'il lui tendit.

— Merci, dit-elle d'un air pincé, avant de se mettre au travail.

Une demi-heure plus tard, après mûres réflexions, elle lui rendit la feuille.

— Qu'est-ce que c'est censé représenter ? demanda Nathan en fronçant les sourcils.

— Je présume que c'est le paysage que, selon lui, vous aimeriez acquérir. Encore que je ne vois pas pourquoi vous voudriez d'un tableau qui ne consiste qu'en quelques gribouillis.

Il croisa le regard de la jeune femme.

— Ce dessin ressemblait *exactement* à cela ? Même taille, même nombre de gribouillis, de la même longueur ?

— Pour autant que je me souvienne. Je ne suis pas une artiste, hélas !

— C'est le moins qu'on puisse dire.

Elle le foudroya du regard.

— Même si j'étais Léonard de Vinci en personne, je crains de n'avoir pas prêté autant d'attention au dessin qu'au texte. Vous reconnaissez ce tableau ?

— Non, mais cela n'a rien d'étonnant. De toute évidence, votre père a représenté un plan qu'il a fait passer pour un tableau. Il indique probablement l'emplacement des bijoux.

— Vraiment ? fit-elle en réprimant un frisson d'exaltation. Vous dites cela parce que les espions ont tendance à voir des plans partout, ou bien en êtes-vous certain ?

— Les plans secrets sont notre domaine, bien sûr, répondit-il avec flegme. Mais je suis sûr de moi parce que je me fonde sur ce que j'ai déchiffré de la lettre de votre père.

Elle se pencha sur le bureau.

— Vous avez déchiffré la lettre ? Si rapidement ? Comment avez-vous procédé ? Vous pouvez me montrer ? Que dit la lettre ?

Ce flot de questions lui arracha un sourire.

— Oui, je l'ai déchiffrée. Si j'ai été aussi rapide, c'est parce que je suis non seulement un spécialiste du décodage, mais aussi insurpassablement brillant.

— Hmm… Je ne crois pas qu'« insurpassablement » existe, docteur Brillant.

— Il devrait, assura-t-il. Quant à vous montrer comment j'ai procédé, je crains que ce ne soit pas possible. Il est en effet clairement dit dans le guide de l'espion que, quelles que soient les circonstances, que ce soit sous la torture, les baisers ou les cajoleries, un espion ne peut divulguer les codes utilisés par la Couronne.

— La torture ou les baisers ?

Il poussa un long soupir.

— Ça faisait partie du boulot, je vous assure. Quant au contenu de cette lettre…

Sa voix s'éteignit, et il retrouva son sérieux.

— Quoi ? fit-elle, tandis qu'un frisson de terreur courait le long de son échine.

Pour toute réponse, il poussa une feuille de papier vers elle.

— Voici le message décodé.

Victoria parcourut en hâte le texte qui disait :

J'ai enfin localisé Baylor. Les Français l'ont trouvé les premiers, il était à l'agonie. Il a fourni des informations inattendues au sujet des bijoux. Le même soir, j'ai été victime d'une tentative d'agression. Je vais bien, mais je tiens à éloigner Victoria pour la protéger. Je vous la confie. Ne la laissez pas partir sans en avoir reçu l'ordre. Voici le plan tracé par Baylor. Il indique la formation rocheuse sur votre domaine où sont cachés les bijoux. Trouvez-les et faites-les-moi parvenir. Vous serez blanchi. Soyez prudent. Veillez sur ma fille.

Le cœur battant, Victoria regarda Nathan.

— Mon père va bien, vous en êtes sûr ?

— Sûr ? Non, admit-il. Mais il affirme qu'il va bien, et je le connais. C'est le plus courageux des hommes. Au fil des années, il a déjoué bien des attentats.

Elle pâlit.

— Si vous espériez me rassurer, c'est raté.

— Je suis honnête avec vous. Il est capable de veiller sur sa propre sécurité. S'il n'a pas dit qu'il était blessé, c'est qu'il ne l'est pas.

— Qu'est-ce qui me garantit que c'est vraiment le message qu'il vous a transmis ? Que vous n'avez rien laissé de côté ?

Le regard de Nathan la transperça.

— Rien. Si vous persistez à vouloir m'aider dans cette mission, vous allez devoir me faire confiance.

Lui faire confiance ? À lui, un espion ? Un homme dont le métier était de mentir ? Un homme qui cherchait sans doute à retrouver les bijoux sans elle ? Un homme capable de lui faire perdre ses moyens d'un simple regard ? Et qui n'avait pas hésité à profiter du fait qu'ils étaient seuls ? Il fallait être folle. Pourtant... Quelque chose en lui inspirait confiance à la jeune femme. Quant à profiter de leur isolement, elle devait admettre qu'elle avait tout autant que lui tiré parti de la situation. Apparemment, son père lui faisait confiance. Sinon il ne lui aurait pas demandé de veiller sur elle.

Son regard était toujours rivé sur elle et elle finit par baisser les yeux.

— Comment diable avez-vous obtenu ce message à partir de la lettre de mon père ?

— Je vous l'ai dit. Je suis extrêmement brillant.

— Qui est ce Baylor ?

— Un opportuniste. Il a joué sur les deux tableaux et a offert ses informations au plus offrant. C'était l'un des hommes les plus rusés et les plus dénués de scrupules que j'aie jamais rencontré. Quand j'ai démissionné des services secrets, Baylor était recherché à la fois par les Anglais et par les Français.

— Comment s'est-il procuré ces informations sur les bijoux ? Se peut-il qu'il ait été impliqué dans leur disparition ?

Nathan haussa les épaules.

— C'est possible. Mais Baylor était du genre fouineur, glanant les renseignements de-ci de-là pour les vendre à qui voulait les acheter. Il a pu obtenir ces informations par inadvertance et chercher à en tirer bénéfice quand votre père l'a retrouvé.

— Ce dessin ne ressemble en rien à un plan, remarqua-t-elle en observant le croquis.

— Vous ne vous rappelez rien d'autre ?

Elle secoua la tête.

— Non. J'ai cru que cela représentait des touffes d'herbe, mais, d'après le message décodé, c'est une formation rocheuse.

— Certes, mais laquelle ? Il y en a des dizaines.

— Dans ce cas, par où commençons-nous ?

— Je vais dessiner un plan quadrillé de la propriété. Et nous fouillerons chaque zone tour à tour. N'en parlez surtout à personne.

Son ton péremptoire déconcerta la jeune femme.

— Même pas à votre frère et à lord Alwyck ?

— Personne.

— Mais pourquoi ? Ils sont au courant de l'existence du message. Ils savent que je le suis aussi.

— Parce que votre père l'exige. « Soyez prudent » est un code entre votre père et moi ; il signifie que je ne dois évoquer cette mission avec personne. Malheureusement, les circonstances étant ce qu'elles sont, vous êtes déjà informée – ce dont votre père serait fort contrarié. Il n'apprécierait pas non plus de savoir que, dès votre arrivée en Cornouailles, vous vous êtes livrée au chantage.

— Je n'ai rien fait de tel !

— Vraiment ? Vous avez bien gardé ma lettre en exigeant que j'accepte votre aide en échange, non ?

Victoria redressa fièrement la tête.

— Si je n'avais pas agi de la sorte, je me serais retrouvée une fois de plus reléguée au salon comme une créature fragile et purement décorative. En tant que femme moderne, je refuse d'être traitée ainsi plus longtemps.

— Ce sont là des paroles courageuses, mais je vous suggère de les garder pour vous lorsque vous serez de retour à Londres. Je doute que l'un ou l'autre de vos fiancés potentiels soit ravi de les entendre. La perspective d'épouser une femme moderne risque plutôt de les refroidir.

Refusant de mordre à l'hameçon, elle demanda :

— Selon vous, pourquoi mon père a-t-il exigé le secret, même envers votre frère et lord Alwyck ?

Nathan eut une expression étrange.

— Je ne peux pas savoir ce qu'il a en tête. Peut-être soupçonne-t-il quelqu'un de la région – y compris mon frère, Gordon, voire les deux – d'être impliqué dans la disparition des bijoux.

— Et vous, les croyez-vous impliqués ?

— Non, répondit-il d'un ton coupant en se passant la main dans les cheveux. Non, répéta-t-il plus doucement, mais l'important est que je ne devais parler de cette affaire à personne. Promettez-moi donc de garder le silence.

— Et si lord Sutton ou lord Alwyck me posent des questions précises ?

— Hmm... Cela risque en effet de poser un problème. Mieux vaut que vous évitiez leur compagnie. Dommage, car ils semblent vous apprécier énormément.

Plaisantait-il ou parlait-il sérieusement ?

— Éviter la compagnie de deux séduisants célibataires alors qu'ils m'apprécient énormément, comme vous dites ? L'idée ne m'enchante guère. En outre, étant invitée dans votre maison familiale, où lord Alwyck vient fréquemment, je ne vois pas comment je pourrais les éviter.

— Dans ce cas, si on vous interroge, détournez la conversation, suggéra Nathan, un peu tendu. Prétextez une migraine, des vapeurs, que sais-je ? Posez la main sur votre front et réclamez des sels.

Le goujat ! Oh, il était séduisant et merveilleusement doué dans l'art d'embrasser, mais il n'en était pas moins d'une arrogance insupportable. Avant qu'elle puisse l'informer qu'elle n'était pas sujette aux vapeurs, des voix résonnèrent dans le couloir.

— Je veux votre parole que vous ne direz rien, Victoria, chuchota-t-il d'un ton sans réplique.

— Très bien. Je resterai bouche cousue.

Le regard de Nathan s'attarda un instant sur ses lèvres.

— Ce serait un beau gâchis, murmura-t-il, si doucement qu'elle ne fut pas certaine d'avoir bien entendu.

Il rassembla en hâte les feuilles posées sur le bureau. Quelques secondes plus tard, tante Delia franchit le seuil de la bibliothèque, tout sourires, suivie du père de Nathan.

— Je n'arrive pas à croire que le duc puisse tenir des propos aussi scandaleux…

Elle s'interrompit net en découvrant Nathan et Victoria.

— Ils sont là tous les deux ! s'exclama-t-elle en se dirigeant droit vers le bureau. J'ai une merveilleuse nouvelle à vous annoncer.

Voilà qui expliquait le teint rose de sa tante, son regard pétillant et son sourire radieux, songea Victoria. Elle adorait annoncer de bonnes nouvelles.

— En revenant de notre promenade dans le parc, lord Rutledge et moi avons croisé lord Alwyck, qui regagnait son domaine, expliqua Delia. Il nous invite tous à dîner chez lui, à Alwyck Hall, ce soir. N'est-ce pas merveilleux ? Il faut absolument que tu mettes ta robe turquoise, Victoria. Tu souhaites, je n'en doute pas, être à ton avantage, et cette couleur te sied à merveille.

Elle se tourna vers Nathan.

— Si vous la voyiez en turquoise, docteur Oliver. C'est un spectacle qui vaut le détour, croyez-moi.

Victoria s'empourpra violemment. Seigneur, que racontait donc sa tante ?

— Je brûle d'impatience, répondit Nathan d'un air solennel. Mais je suis certain que lady Victoria porte bien toutes les couleurs. Comme vous, lady Delia.

Cette dernière émit un gloussement de jeune fille. Abasourdie, Victoria scruta sa tante.

— Merci, docteur Oliver !

— À propos de tenues… hasarda le père de Nathan en se raclant la gorge.

Il observa d'un air réprobateur son fils qui ne portait ni foulard ni veste.

— Si vous voulez bien m'excuser, dit Nathan en se levant, j'ai du courrier à rédiger…

— N'oublie pas ton foulard, lança son père.

— … Je vous dis donc à ce soir.

Sur ces mots, il s'inclina, et se dirigea vers la porte.

Ce soir ? songea Victoria en le regardant quitter la pièce avec la lettre et le plan. Que comptait-il faire dans l'intervalle ?

Assis dans le salon, chez Gordon, après le souper, Nathan s'efforçait de se concentrer sur l'échiquier posé entre son père et lui. Mais il n'avait eu qu'une seule pensée en tête durant toute la soirée.

Victoria.

Son calvaire avait débuté trois heures et dix-sept minutes plus tôt, à l'instant où elle avait descendu l'escalier pour rejoindre le hall où il se tenait, seul, attendant les autres pour se rendre chez Gordon. Elle portait une robe en mousseline turquoise aux manches bouffantes et au profond décolleté carré. Avec ses boucles soyeuses rassemblées en un chignon souple orné de rubans, elle ressemblait à une nymphe tout droit sortie d'un tableau de Botticelli. Pour couronner le tout, elle se mouvait avec une grâce aérienne. Sa tante avait eu raison en lui promettant un spectacle de choix.

Leurs regards se croisèrent. Elle hésita, l'une de ses mains gantées reposant sur la rampe en chêne, tandis que l'autre volait jusqu'à son estomac, comme si elle était prise d'un malaise soudain. Était-ce le même trouble que celui qui avait saisi Nathan ? Il n'était pas doté d'une imagination débordante, pourtant, il aurait juré en cet instant qu'un courant était passé entre eux. Un courant chaud et intime, chargé d'un désir qu'il ne pouvait ni expliquer ni nier.

Elle prit une profonde inspiration, et le regard de Nathan fut attiré par le creux délicat situé à la base de son cou… cette parcelle de peau fascinante qui, il le savait, était aussi douce qu'un pétale de rose et tout aussi parfumée. Elle battit des paupières, rompant le charme, et poursuivit sa descente. Elle n'avait pas fait deux pas que la voix de Colin s'éleva derrière Nathan – à peine un murmure :

— Exquise, non ?

S'efforçant de demeurer impassible, Nathan ne prit pas la peine de se retourner. Il ne tenait pas à voir l'étincelle de pure admiration qui, à coup sûr, brillait dans les yeux de son frère. De même qu'il ne tenait pas à ce que ce dernier voie la lueur de désir qui devait s'attarder dans son propre regard.

— Exquise, acquiesça-t-il dans un souffle, car à quoi bon nier l'évidence.

— Dommage qu'elle ait des prétendants, à Londres. Bien sûr, il en faudrait davantage pour me retenir...

À ces mots, Nathan pivota. Colin fixait la jeune femme, fasciné.

— Te retenir de quoi ? demanda Nathan, la mâchoire serrée.

— De chercher à obtenir ce que je veux, rétorqua Colin en regardant enfin son frère. Coûte que coûte.

Il gagna le pied des marches et tendit la main à Victoria.

— Lady Victoria, vous êtes tout bonnement ravissante.

La soirée commençait mal. Le calvaire avait continué durant le trajet. Victoria était assise entre sa tante et Colin, tandis que Nathan et son père se trouvaient en face. Colin avait passé tout le voyage à raconter une histoire dont Nathan ignorait le sujet. Elle devait être drôle, à en juger par les rires de ces dames, mais il était trop occupé à essayer – sans succès – de ne pas remarquer les sourires que Victoria adressait à Colin. Ni son rire mélodieux qui saluait les propos de son frère. Ni la cuisse de ce dernier qui était pressée contre celle de la jeune femme, ou son épaule, qui effleurait la sienne à chaque ornière.

Ce sentiment désagréable qui lui nouait l'estomac était ni plus ni moins que de la jalousie, il le savait. Il n'avait pas ressenti cela depuis fort longtemps, et cela l'ennuyait d'autant plus que son rival n'était autre que son propre frère. Certes, ils avaient été en compétition dans leur jeunesse, comme tous les frères. Mais il s'agissait de comparer leurs talents de cavaliers ou de joueurs. Ils ne s'étaient jamais battus pour une femme, car ils n'avaient pas les mêmes goûts dans ce domaine. Colin avait toujours été attiré par les aristocrates tandis que Nathan préférait celles qui ne prenaient pas de grands airs, et parlaient d'autre chose que de mode et de ragots. En vérité, une soirée à bavarder avec un bas-bleu sympathique était plus plaisante, à ses yeux, que d'échanger des banalités avec la plus belle femme de la réception.

Jusqu'à ce jour, semblait-il.

Avec son rang, ses toilettes élégantes, sa beauté, ses nombreux prétendants qui buvaient ses paroles, Victoria était aux antipodes de l'idée qu'il se faisait de la femme idéale. Et pourtant, il ne parvenait pas à la quitter des yeux. Il pensait à elle en permanence, n'arrivait pas à chasser le souvenir de leurs baisers de sa mémoire, était incapable de maîtriser le désir fou qu'elle lui inspirait.

L'épreuve de Nathan s'était poursuivie durant le repas. En pire, car s'y était ajouté Gordon, qui semblait tout aussi entiché que Colin. Victoria paraissait du reste particulièrement flattée par l'attention qu'il lui portait. Et tandis qu'elle savourait son succès, tante Delia et son père s'étaient lancés dans une conversation animée, ce qui avait permis à Nathan d'observer à loisir ce qui se passait tout en goûtant des mets supposés délicieux, mais qu'il trouvait insipides.

Naturellement, après ce repas interminable, les convives étaient passés au salon, où le supplice avait continué. Nathan songeait à invoquer quelque prétexte pour rentrer quand son père lui avait proposé de boire un cognac en faisant une partie d'échecs pendant que les autres jouaient au whist. À la fois étonné et ravi, Nathan avait accepté aussitôt. Il n'était pas d'humeur à jouer aux échecs, mais un cognac serait le bienvenu, de même que cette occasion de dissiper le malaise qui persistait entre son père et lui.

Il fixait donc l'échiquier, en buvant son deuxième cognac, tout en écoutant les rires qui fusaient à l'autre extrémité de la pièce. Abandonnant tout espoir de se concentrer sur le jeu, il avança une pièce.

À en juger par le haussement de sourcils de son père, la manœuvre était malavisée, ce qui se confirma quelques secondes plus tard.

— Tu as perdu ton talent pour ce jeu, Nathan, semble-t-il.

— Euh... pas du tout. Je suis en train de vous tendre un piège auquel vous ne pourrez échapper.

Son père parut sceptique. Un rire cristallin fusa de nouveau, et Nathan jeta malgré lui un regard aux joueurs de whist. Comme il reportait son attention sur l'échiquier, il remarqua que son père s'intéressait, lui aussi, à l'autre groupe.

— Une femme remarquable, murmura-t-il.

Nathan réprima son envie de lever les yeux au ciel. Apparemment, Victoria venait de faire une nouvelle conquête.

— Vous trouvez ? fit-il avec une indifférence feinte. Je la trouve plutôt... fatigante.

Jamais il n'avait menti de façon aussi éhontée. Son père lui décocha un regard surpris avant de regarder les autres joueurs.

— J'ignorais que tu passais assez de temps en sa compagnie pour te forger une telle opinion.

Il ne l'avait que trop côtoyée pour sa tranquillité d'esprit. Et avant que son séjour en Cornouailles se termine, il serait amené à la voir encore beaucoup. Et, bon sang, il brûlait d'impatience...

— Inutile de passer des semaines avec une personne pour se forger une opinion, père. La première impression est souvent la bonne.

Dérouté, il se rappela soudain que sa première impression de Victoria avait été très positive. Il l'avait trouvée trop innocente pour lui, trop aristocratique, mais charmante.

— Je suis tout à fait d'accord, répondit son père.

— Vous êtes d'accord ? Avec quoi ? s'enquit Nathan en s'ébrouant.

— Avec ce que tu viens de dire. Qu'il n'est pas nécessaire de connaître une personne depuis longtemps pour se rendre compte qu'il s'agit de quelqu'un de… particulier.

— J'ai dit cela ?

Seigneur, il devait arrêter de boire du cognac. Immédiatement.

— Peut-être pas en ces termes, mais c'était l'idée générale, oui.

— Il ne faut peut-être pas passer beaucoup de temps avec elle, mais une conversation en privé est indispensable, père.

— Là encore, je suis de ton avis. Nous avons eu une délicieuse conversation ce matin, dans le parc, puis à nouveau cet après-midi, à l'heure du thé. Cela faisait une éternité que je n'avais pas passé un aussi bon moment.

— Je pensais que vous étiez avec lady Delia, ce matin, fit Nathan, déconcerté.

— En effet. Comme je l'ai dit, c'est une femme remarquable.

— Vous trouvez que *lady Delia* est une femme remarquable ?

Son père le dévisagea avec curiosité.

— Oui. Qu'avais-tu donc compris ? Aurais-tu perdu l'ouïe en même temps que ton talent aux échecs ?

Non, mais ses capacités mentales n'étaient visiblement plus ce qu'elles étaient.

— Je pensais que vous parliez de lady Victoria, marmonna-t-il.

Son père le fixa durant quelques secondes.

— Je vois. Il faudrait être aveugle pour ne pas remarquer la beauté de lady Victoria.

— Je n'ai jamais prétendu le contraire.

— Non. Tu as dit qu'elle était fatigante. Cette enfant ne me donne pas cette impression. De toute évidence, ni ton frère ni Alwyck ne la trouvent désagréable.

Il scruta son fils par-dessus le bord de son verre.

— Ce n'est pas le genre de femme qui t'attire, d'ordinaire.

Depuis quand son père devinait-il ses pensées ?

— J'ignorais que qualifier une femme de fatigante signifiait qu'on la trouvait en réalité attirante, répliqua Nathan d'un ton qui se voulait léger.

— En général, non. Mais parfois…

Son père se tut un instant, puis il reprit :

— Une femme de son rang conviendrait mieux à Colin. Ou à Gordon.

Nathan ne put contenir son amertume.

— Mieux qu'à un fils cadet dénué de titre, un humble médecin de campagne à la réputation douteuse, vous voulez dire. Je partage votre opinion.

Le regard de son père se durcit.

— Je ne critique pas ton choix de carrière. La médecine est un métier respectable pour un homme dans ta situation, et bien préférable à l'activité si dangereuse d'espion. En revanche, je ne comprends ni n'approuve ton choix quant au lieu et à la façon dont tu vis depuis que tu as quitté la Cornouaille.

— Little Longstone est un village charmant et très calme…

— Où les patients te paient à l'aide d'animaux et où tu vis dans une cabane.

— Une chaumière, rectifia Nathan. Et tout le monde ne me rétribue pas avec des animaux. D'ailleurs, si je me souviens bien, je suis parti parce que vous me l'avez ordonné.

Un silence crispé s'installa entre les deux hommes.

— Soyons francs, Nathan, fit Rutledge à voix basse. Nous avons tous deux prononcé des paroles dictées par la colère. Oui, je t'ai dit de partir, mais tu n'es pas homme à agir contre ton gré.

— Je ne suis pas non plus homme à rester là où je ne suis pas le bienvenu.

— Regarde la vérité en face. Tu voulais partir. Fuir cette situation intenable engendrée par tes actes. Je t'ai peut-être dit de quitter Creston Manor, mais c'est toi qui as décidé de fuir.

— Je n'ai jamais fui, se défendit Nathan en rougissant. De toute ma vie.

— Je sais. C'est pourquoi je ne comprends toujours pas ce qui t'a poussé à partir. Tu te trouvais dans une situation difficile, mais au lieu de te battre, tu es parti.

— Je suis parti pour trouver ce dont j'avais besoin : un endroit paisible où personne ne murmure dans mon dos ni ne me regarde d'un air soupçonneux.

Un nouvel éclat de rire attira l'attention de Nathan. Victoria souriait à Gordon d'une façon qui l'irrita prodigieusement. Revenant à son père, il croisa son regard déconcerté.

— Si tu crois qu'une femme comme lady Victoria s'adapterait à ta vie rustique alors qu'elle pourrait être comtesse et avoir tout ceci, déclara celui-ci en accompagnant ses paroles d'un geste ample, tu vas au-devant d'une grosse déception.

— Étant non seulement d'accord pour reconnaître que je ne suis pas un parti acceptable pour une femme de son rang, mais aussi qu'une jolie créature de salon comme lady Victoria serait un choix déplorable pour moi, je suis à l'abri de toute déception. Maintenant que l'affaire est réglée, pouvons-nous reprendre notre partie ?

— Volontiers, répondit son père en déplaçant son fou. Échec et mat.

Nathan dut s'avouer vaincu. Levant les yeux de l'échiquier, il croisa le regard de Victoria, qui l'observait par-dessus ses cartes. Ce regard lui fit l'effet d'un direct à l'estomac, et il craignit soudain d'avoir été vaincu à plus d'un titre.

12

La femme moderne sera consciente de l'importance de la mode dans sa quête de l'épanouissement personnel. Il y a des moments pour porter une robe de bal, d'autres pour enfiler un négligé, et d'autres encore où il convient de ne rien porter du tout…

Le Guide féminin de la poursuite du bonheur personnel,

Charles BRIGHTMORE

Le lendemain, Victoria quitta sa chambre de bon matin, déterminée à localiser Nathan. Cette fois, il ne s'échapperait pas, comme la veille, lorsqu'il avait quitté la bibliothèque, puis le salon de lord Alwyck, un peu plus tard. Elle n'avait pas eu l'occasion d'avoir une conversation en privé avec lui depuis qu'il avait emporté le message et le plan. Cette situation la contrariait au plus haut point. Lorsqu'elle l'avait aperçu, seul dans le hall, juste avant de se rendre chez lord Alwyck, son cœur avait bondi dans sa poitrine. Et certainement pas parce qu'il était terriblement séduisant en tenue de soirée, ni à cause de la lueur passionnée qui brillait dans son regard ! Non. C'était juste qu'elle allait enfin pouvoir lui demander à quoi il avait consacré son après-midi. C'était là l'unique raison de son émoi.

Hélas, lord Sutton était apparu, suivi de tante Delia et du père de Nathan. Ni durant le trajet ni au cours du souper ou ensuite, au salon, elle n'avait eu la possibilité d'interroger Nathan. Et tandis qu'elle feignait d'apprécier les attentions que lui prodiguaient lord Alwyck et lord Sutton, elle n'avait qu'une envie : entraîner Nathan dans une alcôve et l'embrasser. Euh, lui tirer les vers du nez.

Il avait quitté le manoir de lord Alwyck avant le reste du groupe. Prétextant un mal de crâne tenace, il avait souhaité rentrer à pied, affirmant que l'air frais le soulagerait. Elle n'avait pu s'empêcher de compatir, car il semblait effectivement mal en point. À cause de sa conversation avec son père ? s'était-elle interrogée. Très vite, cependant, elle avait nourri des doutes quant à ce prétendu mal de tête. Et si ce n'était là qu'une ruse pour chercher les bijoux sans être dérangé ? Peut-être était-il en train de fouiller le domaine en ce moment même, songea-t-elle soudain. Sans elle. Le gredin ! Elle fonça dans le couloir au pas de charge, pénétra dans la salle à manger, et se figea.

Nathan était en train de déguster des œufs brouillés en lisant son journal. Il s'interrompit.

— Ah, c'est vous, Victoria ! En entendant ces pas décidés, dans le couloir, j'ai cru à une invasion militaire.

Très drôle. Comble de malheur, elle ne trouva aucune repartie cinglante à lui opposer. C'était d'autant plus agaçant qu'il était à couper le souffle. Avec sa chemise blanche ornée d'un foulard visiblement noué à la hâte, son gilet crème et sa veste marron un peu froissée, il n'aurait pas dû sembler aussi… parfait. Surtout qu'il avait l'air de s'être coiffé avec ses doigts. Hmm. Quelle était la couleur de son pantalon ? Elle se hissa sur la pointe des pieds pour satisfaire sa curiosité. Hélas, la table en acajou lui masquait la vue. Fauve, sans doute, décida-t-elle. Sentant ses pensées dériver vers des territoires audacieux, elle s'efforça de se ressaisir.

— Il semblerait que nous soyons les seuls à nous être levés aux aurores, observa Nathan. Je vous en prie, servez-vous. Thé ou café ?

— Café, s'il vous plaît.

Aussitôt, un jeune valet se matérialisa pour la servir. Il posa également devant elle une assiette garnie d'œufs brouillés, de jambon et d'un petit pain frais très alléchant.

— Vous avez bien dormi ? s'enquit Nathan en portant sa tasse à ses lèvres.

— Très bien, mentit-elle.

Elle n'avait cessé de se tourner en tous sens dans son lit. Lorsqu'elle ne se demandait pas s'il cherchait les bijoux, elle se remémorait ses baisers fougueux, le contact de son corps ferme contre le sien. En désespoir de cause, elle avait fini par sortir son *Guide*. Mais ses propos si explicites n'avaient fait qu'alimenter son imagination déjà fertile.

— Et vous ? demanda-t-elle.

— Non.

— Oh ? Et pourquoi cela ?

« Parce que vous sillonniez les bois à la recherche des bijoux, monsieur l'espion ? » ajouta-t-elle mentalement.

— Vous tenez vraiment à le savoir, Victoria ?

Sa voix de velours, son regard direct lui mirent les nerfs à fleur de peau.

— Oui, affirma-t-elle en croquant dans son pain pour masquer son émoi.

Il congédia le valet d'un signe de tête, puis, dès que la porte se fut refermée, se pencha en avant en tenant sa tasse à deux mains.

— J'ai mal dormi, cette nuit, parce que j'avais trop de choses en tête.

— Vous étiez donc dans votre chambre ?

— Bien sûr. Où vouliez-vous que… ?

Il s'interrompit et s'adossa à sa chaise.

— Je vois. Vous me soupçonniez d'être en train de chercher les bijoux sans vous…

Ces paroles reflétaient si parfaitement ses pensées que Victoria en rougit de honte.

— Chercher, n'est-ce pas ce que les espions font le mieux ?

— Je ne nie pas être doué pour cela, mais sachez que ce n'est pas ce que je fais le mieux.

— Et que faites-vous le mieux ?

Il lança un regard aux lèvres de la jeune femme, puis la gratifia d'un sourire espiègle.

— Excellente question. Êtes-vous certaine de vouloir en connaître la réponse, Victoria ?

Cette dernière fut submergée par une onde de chaleur. Seigneur, oui, elle le voulait. Désespérément. D'autant que la lueur dans son regard suggérait que cette réponse la laisserait pantelante. Mais elle se garda de le lui avouer. Mieux valait jouer son jeu.

— Vous me proposez de me le dire, Nathan ? demanda-t-elle doucement en le regardant droit dans les yeux.

— Vous répondez toujours aux questions par une autre question ?

— Et vous ?

Il se mit à rire.

— Parfois. Surtout quand je cherche à gagner du temps. Est-ce là votre but ?

— Certainement pas, répondit-elle d'un ton chargé de dédain.

— Pour ce qui est de ce que je fais le mieux, je serais ravi de vous le révéler. Et plus ravi encore de vous en faire la démonstration…

Une nouvelle onde brûlante la submergea. Elle s'efforça d'afficher son expression la plus guindée, mais n'aurait pas juré qu'elle y était parvenue. Comment paraître guindée quand des visions sensuelles dansaient dans sa tête ?

— Ici ? fit-elle. Dans la salle à manger ?

— Ce n'est certainement pas le lieu le plus classique, mais si tel est votre désir, je suis disposé à oublier les conventions.

Un ricanement peu féminin lui échappa.

— Vous ? Disposé à oublier les conventions ? Heureusement que je ne suis pas sujette aux vapeurs, car cette dernière remarque m'aurait fait défaillir.

Il eut un geste magnanime.

— Ne vous gênez pas. Étant médecin, je vous remettrai sur pied immédiatement.

— Immédiatement ? Dans ce cas, ce que vous faites le mieux, c'est soigner les malades.

Il esquissa un sourire narquois.

— Non. Soigner les malades, c'est ce que je fais quand je ne fais pas ce que je fais le mieux.

Mon Dieu, songea-t-elle. Il ne pouvait faire allusion à… Mais si, à en juger par son expression diabolique. En dépit des connaissances que lui avait procurées sa lecture du *Guide*, elle se sentit soudain peu apte à poursuivre cette conversation. Cherchant à reprendre le dessus, elle adopta ce ton glacial qui ne manquait jamais de remettre les gens à leur place.

— Tant mieux pour vous. Bien, quel est le programme d'aujourd'hui ?

— Le programme ?

— Pour localiser les bijoux.

— Je n'en ai pas la moindre idée.

Victoria posa sa fourchette.

— Vous n'en avez pas la moindre idée ? Après y avoir réfléchi toute la nuit ?

— Qu'est-ce qui vous fait croire que j'ai passé la nuit à penser aux bijoux ? demanda-t-il.

— Cela me paraît normal. Si j'étais restée éveillée toute la nuit, c'est à cela que *moi* j'aurais songé.

« Menteuse ! hurla la petite voix de sa conscience. Tu étais parfaitement réveillée, et les bijoux étaient les cadets de tes soucis. » Elle se figea. Nathan aurait-il nourri les mêmes pensées sensuelles qu'elle-même ? Dans ce cas…

Seigneur, il faisait si chaud dans cette pièce… Elle faillit s'éventer avec sa serviette.

— Il est regrettable pour nos recherches que vous ayez si bien dormi, répliqua Nathan d'un ton sec. J'ai étudié le dessin et la lettre sans rien découvrir de plus. J'ai aussi tracé un plan quadrillé du domaine. Je suggère que nous commencions par l'angle nord-est. Dans la lettre que j'ai adressée à votre père hier, je lui ai expliqué, sous forme de message codé, comment vous aviez perdu le message et…

— Vous voulez dire comment votre chèvre a mangé le message.

— … Je lui ai demandé de m'envoyer un autre croquis. Hélas, vu la distance qui nous sépare, il faudra deux semaines pour qu'il reçoive mon courrier et me réponde. J'espérais que l'affaire serait réglée en moins de temps.

— Pour pouvoir rentrer chez vous à… où est-ce, déjà ? Little Longstone ?

— Oui, répondit-il en avalant le reste de son café. Je suis sûr que vous aussi êtes impatiente que cette histoire soit réglée afin de retrouver Londres, vos réceptions, vos boutiques, vos prétendants et, bien entendu, de choisir un mari et d'organiser un mariage somptueux.

— C'est en effet ce que je souhaite, admit-elle.

En prononçant ces paroles, elle ressentit une sensation bizarre au creux de l'estomac, mais poursuivit :

— À vous entendre, ce serait mal de nourrir de telles ambitions.

— Pas du tout. Si tel est votre désir… répondit-il en haussant les épaules.

Victoria sentit ses joues s'enflammer. Ce goujat s'était débrouillé pour qu'elle ait l'impression d'être… superficielle. Toute jeune fille ne rêvait que de soirées mondaines, de boutiques, de prétendants et de mariage, non ? En tout cas, toutes celles qu'elle connaissait.

Avant qu'elle ait le temps de l'en informer, Nathan enchaîna :

— Dites-moi, mon frère ou Gordon vous ont-ils interrogée, hier soir, à propos de la retranscription de la lettre ?

— Oui. Tous les deux. Après votre départ.

— Vous étiez ensemble tous les trois ?

— Non. Lord Alwyck m'a posé la question alors que nous étions seuls.

Nathan plissa les yeux.

— Comment se fait-il que vous vous soyez trouvés seuls ?

Se sentant en position de force, Victoria dégusta une bouchée d'œufs brouillés avant de répondre :

— Il me faisait visiter le salon de musique.

— Où se trouvaient les autres ?

— Ma tante et votre père jouaient au backgammon. Votre frère prenait l'air sur la terrasse.

— Que vous a demandé Gordon, exactement ?

— Il voulait savoir ce dont je me souvenais et ce que vous aviez réussi à décoder.

— Et qu'avez-vous répondu ?

— Comme promis, je n'ai rien révélé. J'ai joué les écervelées en gloussant comme une dinde.

— Il vous a crue ?

— Sans l'ombre d'un doute. De toute évidence, il est accoutumé aux écervelées gloussant comme des dindes.

— Et mon frère ? Je suppose que vous vous êtes retrouvée seule avec lui aussi.

— Brièvement, oui. En arrivant ici. J'ai usé du même stratagème.

— Et quelle a été sa réaction ?

Victoria réfléchit quelques secondes avant de déclarer :

— Il m'a crue, lui aussi, c'est certain. Mais il m'a paru plutôt... soulagé. Naturellement, ces messieurs me prennent désormais pour une gourde évaporée.

— Au contraire, je suis certain qu'ils voient en vous une ingénue tout à fait charmante.

— Ce qui ne les empêche pas de me prendre pour une gourde évaporée, marmonna-t-elle. Et vous, ils vous ont interrogé ?

— Oui. Je leur ai affirmé que vous étiez une écervelée et une gourde évaporée, que vous aviez tout oublié, et que les recherches étaient interrompues jusqu'à ce que je reçoive des nouvelles de votre père.

De peur de se montrer désagréable, Victoria se concentra sur son petit-déjeuner. Elle goûta un toast à la confiture de myrtilles, et ferma les yeux de délice.

— Je n'ai jamais goûté de confiture aussi savoureuse, déclara-t-elle. Et je m'y connais.

Elle se régala en silence un moment, puis entendit Nathan s'esclaffer.

— Vous aimez les sucreries, apparemment, et vous avez un sacré appétit.

Victoria rougit de s'être laissée aller ainsi. En général, elle prenait son petit-déjeuner seule, car son père se levait tard ; elle savait néanmoins qu'une dame ne se goinfrait pas en présence d'un monsieur.

— Je le crains, admit-elle.

— Ne prenez pas cet air contrit. Ce n'était pas un reproche. Au contraire, vous regarder manger est très… stimulant. Cela m'a d'ailleurs donné une idée.

La fourchette en l'air, elle regarda Nathan, qui l'observait d'un air songeur en se tapotant les lèvres du bout de l'index. Elle ne savait trop quelle idée elle lui inspirait, mais la vision de ses lèvres à *lui* faisait naître en elle une idée précise. Plusieurs même.

— Quel genre d'idées ? s'enquit-elle d'une voix un peu essoufflée.

— Un pique-nique. Je vais demander à la cuisinière de nous préparer un repas à emporter afin que nous n'ayons pas à interrompre nos recherches. Ce programme vous convient ?

Toute une journée à explorer la campagne en compagnie d'un homme qui avait le don de la faire frissonner ? Un homme qui l'attirait, l'agaçait et la défiait comme aucun autre avant lui ? Voilà qui était très tentant. Émoustillant, même. Sa raison lui rappela qu'il valait mieux éviter de se retrouver seule avec lui, mais son cœur la fit taire aussitôt. Elle cherchait une occasion de l'embrasser de nouveau – selon ses propres conditions – et il lui en offrait l'occasion.

À en croire sa brève conversation avec sa tante, la veille, elle n'avait pas à s'inquiéter que celle-ci émette une objection. « Profite de ce beau temps tant que tu le peux, lui avait-elle déclaré. Ce n'est pas parce que je n'aime guère monter à cheval que tu devrais te priver de ce plaisir. En province, les règles de la bienséance sont moins strictes qu'à Londres. Les promenades en plein jour sont parfaitement acceptables. »

— Cela me semble tout à fait convenable.

— Parfait. Je vais donner des ordres à la cuisinière pendant que vous enfilez une tenue d'équitation. Nous nous retrouverons aux écuries dans, disons, une demi-heure ?

— Très bien.

Nathan se leva et quitta la salle à manger non sans s'être incliné.

Victoria laissa échapper un profond soupir.

Il portait effectivement un pantalon fauve. Et celui-ci lui seyait à merveille.

Assis sur un tabouret, dans la vaste cuisine, Nathan grignotait un biscuit encore tiède tout en regardant la cuisinière emballer la nourriture dans une sacoche en cuir. Des souvenirs de l'époque où il s'installait à la même place pour dévorer une part de gâteau refirent surface. Lorsqu'il était enfant, la cuisine était son refuge favori, pas seulement pour les gourmandises qu'il y chipait, mais aussi parce qu'il y bravait un interdit. Colin et lui n'avaient pas le droit d'y entrer. Selon leur père, ce n'était pas un lieu pour les enfants.

— C'est comme dans le bon vieux temps, hein, docteur Nathan ? lança la robuste cuisinière avec un grand sourire.

Gertrude travaillait au service de la famille depuis vingt-cinq ans.

— C'était ce que j'étais en train de me dire, avoua-t-il. Je ne connais pas d'autre endroit en Angleterre où l'odeur soit aussi exquise.

— C'est sûr ! répondit-elle, ravie. C'est une honte que vous soyez resté aussi loin d'ici pendant si longtemps. Mais vous êtes de retour, et j'ai préparé un véritable festin pour vous et votre jeune dame.

— Lady Victoria n'est pas ma jeune dame, dit-il, ignorant le trouble que ces mots faisaient naître en lui. C'est simplement une invitée. Et elle a très bon appétit.

— Oh, mais ça c'est une bonne chose, docteur Nathan. Une femme qui ose manger à belles dents devant les autres sans prendre de grands airs, c'est tellement agréable ! Je ne supporte pas ces pimbêches qui chipotent dans la salle à manger et vont ensuite se goinfrer dans leur chambre. Ce ne sont que des hypocrites ! C'est à sa façon de manger qu'on juge une femme. Cette lady Victoria a un solide appétit, dites-vous ? Alors il faut la garder, croyez-moi !

— Elle ne semble pas facile à « garder », comme vous dites.

— Aurait-elle du caractère ? s'enquit la cuisinière.

— Beaucoup ! Et elle est obstinée.

— Ce sont là aussi des qualités, pour sûr. Vous vous lasseriez vite d'une gourde qui serait toujours de votre avis, docteur Nathan.

— Peut-être. Mais je ne serais pas mécontent qu'elle soit d'accord avec moi au moins *une fois*, marmonna-t-il.

Gertrude s'esclaffa.

— La jeune dame a réussi à vous contrarier, on dirait !

— Elle est si agaçante...

Et adorable, amusante, charmante, désirable...

La cuisinière secoua la tête d'un air entendu.

— C'est exactement ce que mon William pensait de moi, au début. On n'arrêtait pas de se chamailler ! Mais en vingt-trois ans de mariage, on ne s'est jamais ennuyés.

— Et j'en suis heureux pour vous, assura Nathan en s'essuyant les doigts sur un torchon. Mais je vous rappelle que lady Victoria n'est pas ma femme. En fait, plus vite elle s'en ira d'ici, mieux je me porterai.

La cuisinière haussa les épaules, une lueur malicieuse dans les yeux.

— Vous savez ce qui est le mieux pour vous, docteur, commenta-t-elle en refermant la sacoche. Tenez. Et j'espère bien que vous me la rapporterez vide.

Nathan fit mine de crouler sous le poids de son fardeau.

— Vide ? Il y a de quoi manger pour une semaine.

— Mais non ! Une promenade à cheval ouvre toujours l'appétit.

Gertrude affichait un air innocent, mais Nathan la connaissait suffisamment pour savoir qu'il n'en était rien. Il feignit d'être contrarié, mais elle l'ignora superbement.

— Merci pour ce repas, fit-il en glissant la bandoulière sur son épaule.

— Je vous en prie, docteur Nathan. Bonne promenade !

— J'en doute, grommela-t-il en sortant. Mais au moins, je ne mourrai pas de faim.

La mine soucieuse, il quitta le manoir. Bon sang, il se sentait totalement désemparé, et cela ne lui plaisait pas du tout. À Little Longstone, il menait une existence paisible, mais depuis son retour en Cornouailles, c'était l'exact opposé. Il avait l'impression d'être tiraillé de toutes parts. Sa raison lui intimait de ne pas passer la journée seul avec Victoria, tandis que son cœur s'emballait à cette perspective. Il aurait dû la fuir comme la peste, il le savait, mais il la désirait si violemment qu'il craignait d'en perdre tout son bon sens. Les chances de retrouver les bijoux et de laver son honneur avaient beau être minces, il se sentait tenu d'essayer. Et même si une partie de lui avait envie de rentrer à Little Longstone, une autre était heureuse d'être ici. Creston Manor lui avait manqué, il ne pouvait le nier.

Chassant sa mélancolie, il se dirigea vers les écuries. À sa grande surprise, Victoria se tenait près de l'enclos. Elle lui tournait le dos. En lui donnant rendez-vous, une demi-heure plus tôt, il ne s'attendait pas qu'elle soit à l'heure, et encore moins en avance. Le cœur battant, il hâta le pas.

Comme Victoria se retournait enfin, Nathan s'immobilisa. La jeune femme était en compagnie de Pétunia. Elles semblaient se disputer ce qui ressemblait à un morceau de tissu blanc. Un mouchoir, apparemment. Ayant lui-même eu quelques accrochages de cet ordre avec la chèvre, il savait d'avance qui en sortirait vainqueur.

Nathan s'élança au pas de course. Comme il approchait, il entendit Victoria souffler, en plein effort.

— Ah non ! Pas cette fois, fit-elle entre ses dents serrées. Tu m'as volé la lettre, tu n'auras pas mon mouchoir préféré. Tu ne peux donc pas manger de l'herbe, comme toutes les chèvres ?

Nathan posa sa sacoche et s'avança vers les lutteuses. Apercevant son maître, Pétunia lâcha prise et trottina vers lui dans l'espoir d'avoir une friandise. Victoria, qui ne s'y attendait pas, poussa un cri, et tomba à la renverse.

Nathan se précipita vers elle et s'accroupit.

— Tout va bien ? s'enquit-il.

Elle tourna la tête vers lui. Elle avait les joues en feu et le front moite, son chapeau était de travers et une mèche échappée de son chignon lui barrait le front. Bien qu'essoufflée, elle affichait un air triomphant.

— J'ai gagné ! s'exclama-t-elle en brandissant sa main gantée d'où pendait un mouchoir à demi déchiré.

— Je ne suis pas certain que la personne échevelée assise dans la poussière puisse être déclarée vainqueur, observa-t-il d'un air narquois, mais je m'incline cependant.

Elle souffla pour écarter de son visage la mèche folle, mais celle-ci retomba aussitôt.

— Peu importe qui est à terre. C'est celui qui possède le trophée qui a gagné, affirma-t-elle en serrant son mouchoir sale dans son poing.

— Vous êtes blessée ?

— Seulement dans ma fierté. Mais j'ai bien peur que mon mouchoir ne s'en remette pas.

— Que diable faisiez-vous ?

— Cela ne se voit pas ? riposta-t-elle. Je tentais de récupérer mon bien.

— Comment Pétunia a-t-elle réussi à vous le subtiliser ?

— Elle s'est approchée sournoisement. Je donnais du pain aux canards quand j'ai senti un contact furtif. Je me suis retournée, et j'ai découvert la chèvre en train de manger mon mouchoir.

— Une bête de plus de soixante-dix kilos vous a prise au dépourvu ?

— Elle est particulièrement discrète, répliqua Victoria d'un ton hautain.

— Mais pourquoi donniez-vous à manger aux canards ? Je croyais que vous n'aimiez pas... quelle était votre expression, déjà ? Ah oui, mes sales bêtes !

— Je n'ai jamais dit que je n'aimais pas les canards. Je n'aime pas les animaux qui sont plus gros que moi.

Et vous avez sans doute remarqué que vos canards étaient bien plus petits.

— Où avez-vous trouvé ce pain ?

— Dans la salle à manger.

— Je vois. Vous avez dérobé du pain dans ma maison pour corrompre mes canards.

La jeune femme rougit légèrement, mais Nathan ne put s'empêcher d'être touché à l'idée qu'elle ait cherché à sympathiser avec ses canards. Loin cependant de paraître confuse, elle se redressa fièrement.

— Personnellement, j'aurais trouvé une manière plus délicate de décrire les événements, mais, pour résumer, c'est ce qui s'est passé. Et sachez que les canards et moi étions en très bons termes jusqu'à l'apparition de « qui vous savez ».

Victoria semblait si indignée que Nathan dut réprimer un sourire.

— Vous ne vous moquez pas de moi, j'espère ! lança-t-elle d'un air pincé.

— Jamais de la vie, assura-t-il en toussotant pour dissimuler le fou rire qu'il sentait monter.

— Parce que si c'est le cas, vous risquez de le regretter. Et de le regretter *amèrement*.

— Ah bon ? Et que comptez-vous faire ? Me projeter à terre ? Me frapper à coups de mouchoir déchiré ?

— Ce sont deux solutions très tentantes. Toutefois, il ne faut jamais révéler un plan de vengeance, surtout à la personne contre qui ladite vengeance doit s'exercer. Un espion devrait le savoir.

— Ah oui ! Il me semble que c'est indiqué dans le guide officiel de l'espion.

Marmonnant des paroles peu flatteuses, elle lui lança un regard noir, que la mèche qui pendait sur son nez atténua quelque peu, et s'efforça de se relever. Nathan lui tendit une main secourable qu'elle repoussa. Une fois debout, Victoria désigna Pétunia d'un index rageur.

— Cette chèvre est un véritable danger !

— Elle est adorable, en réalité. Son unique défaut est son insatiable curiosité.

— Et son affligeant manque de discernement quand il s'agit de grignoter.

— En effet.

Victoria examina la tenue de Nathan d'un œil suspicieux.

— Comment se fait-il qu'il ne vous manque aucun bouton et que je ne voie aucun accroc sur vos vêtements ?

— J'ai vite appris la leçon. Si Pétunia aime les vêtements, elle préfère tout de même les carottes et les pommes. Mon guide de l'espion explique clairement qu'il faut toujours offrir à l'ennemi ce qu'il veut.

— Donc, vous avez sauvegardé vos vêtements grâce à...

— Des pommes et des carottes.

Elle épousseta sa robe maculée de poussière.

— Vous auriez pu me donner ce conseil avisé plus tôt.

— Vous ne m'avez rien demandé. De plus, j'ignorais que vous arriveriez ici avant moi.

— Je voulais être certaine que vous ne chercheriez pas à filer sans moi.

Cet aveu fit à Nathan l'effet d'une douche froide.

— Nous avons conclu un accord. Et je suis un homme de parole, lui rappela-t-il froidement.

Un silence tomba entre eux. Victoria glissa la mèche rebelle sous son chapeau et regarda Nathan dans les yeux.

— Dans ce cas, je suppose que je vous dois des excuses.

Il inclina la tête et attendit. Le silence se prolongea.

— Je ne suis pas ravie de voir mon mouchoir dans cet état, lâcha-t-elle enfin.

Il la fixa, déconcerté, puis secoua la tête.

— Ce sont là les pires excuses qu'on m'ait jamais faites, déclara-t-il.

— Que voulez-vous dire ? J'ai admis que je vous devais des excuses.

— Vous avez dit que vous le *supposiez*.

— Exactement. Que voulez-vous de plus ?

— Ce ne sont pas des excuses tant que vous n'avez pas prononcé les mots qui conviennent, Victoria.

Il croisa les bras d'un air déterminé. Elle le dévisagea longuement, affichant une expression étrange.

— Je suis désolée, Nathan, dit-elle enfin. Nous avons conclu un accord et vous ne m'avez donné aucune raison de douter de votre parole...

Elle s'interrompit abruptement, et Nathan ne put s'empêcher de s'esclaffer.

— Vous avez failli dire « jusqu'à présent », pas vrai ?

— J'ai eu du mal à ne pas le dire, en effet.

— Eh bien, j'accepte vos excuses. Et je vous présente les miennes, dans un souci d'équité. Je regrette que ma chèvre ait dévoré votre mouchoir. Je sais que ceci ne le remplacera pas, mais...

Il sortit de la poche de sa redingote un carré de lin qu'il lui tendit avec emphase.

— Je vous prie d'accepter le mien en échange.

— Ce n'est pas nécessaire...

— J'insiste, coupa-t-il en lui fourrant le mouchoir dans la main. Et réjouissons-nous que Pétunia n'ait pas mordillé vos bottines, car je n'aurais pu vous offrir mes propres bottes en remplacement.

— En effet, fit-elle.

Elle glissa le mouchoir dans la poche de sa veste, puis lui tendit la main.

— Nous faisons une trêve ?

Il serra la main qu'elle lui tendait, puis quelque démon en lui le poussa à la porter à ses lèvres. Frustré de ne sentir que le cuir de son gant, il la retourna et effleura la peau délicate de son poignet sans la quitter des yeux. Il regretta aussitôt son geste.

Une délicate odeur de roses le submergea, et il fut pris d'une furieuse envie de presser son visage contre sa peau, de la respirer jusqu'à plus soif. La jeune femme retint son souffle, avant d'exhaler un long soupir, et une flambée de pur désir incendia les veines de Nathan. Elle le contemplait, les pupilles légèrement dilatées, les lèvres entrouvertes. Elle avait l'air… excitée. Bon sang, l'effet que lui faisait cette femme… C'était absurde. Elle avait le pouvoir de le mettre à genoux d'un simple regard. Alors s'il lui venait à l'esprit de le séduire…

Il aurait dû faire en sorte qu'elle demeure fâchée contre lui. Se débrouiller pour conserver une certaine distance entre eux. Il aurait été plus facile de lui résister si elle ne lui parlait pas. Ne le défiait pas. Ne le regardait pas avec ses grands yeux bleus. Mais non, il avait fallu qu'il accepte cette trêve.

Et maintenant, il était sur le point de passer toute une journée en sa compagnie, là où avait eu lieu la pire nuit de sa vie.

Lui aurait-on demandé qu'il n'aurait su dire ce qu'il redoutait le plus, de la journée à venir ou de sa conclusion.

13

La femme moderne mérite de vivre une grande passion au cours de sa vie. Malheureusement, toutes n'ont pas la chance de rencontrer un homme qui inspire un tel désir ! Si toutefois elle croise un gentleman qui lui fait battre le cœur plus que de raison et lui arrache des frissons irrépressibles, elle ne tolérera pas qu'un quelconque obstacle l'empêche de saisir ce bonheur à pleines mains.

Le Guide féminin de la poursuite du bonheur personnel,

Charles Brightmore

Comme ils approchaient d'un tournant, sur le chemin forestier, Nathan tira sur les rênes de Midnight pour qu'il ralentisse.

— C'est ici ? s'enquit Victoria, qui montait Honey.

— Juste après cette courbe.

Il prit une profonde inspiration et rassembla ses forces, mais à peine eut-il passé le virage que les souvenirs qu'il s'efforçait de tenir à distance l'assaillirent. Les démons du passé firent le siège de la forteresse qu'il avait bâtie pour contenir la culpabilité et les remords qui menaçaient de le consumer. Il savait qu'un jour il devrait revenir sur les lieux du drame, mais il avait prié le ciel pour que les images aient perdu de leur force. Ce ne fut pas le cas. Il eut au contraire l'impression de recevoir un coup de poignard en plein cœur.

Il arrêta sa monture et son regard se porta vers l'endroit où il avait trouvé Gordon, avant de se déplacer jusqu'à la haie d'où il avait sorti Colin. Accablé, il ferma brièvement les yeux. La culpabilité était intacte. La gorge nouée, il scruta le sol. Le temps avait naturellement effacé toute trace de sang, et il regretta qu'il n'ait fait de même avec sa mémoire.

Sentant soudain qu'on lui touchait le bras, il tourna la tête.

— Tout va bien, Nathan ? demanda Victoria d'un air soucieux.

« Non, ça ne va pas, voulut-il répondre. J'ai perdu tout ce à quoi je tenais. Ici même. Et je ne peux m'en prendre qu'à moi-même. »

— Oui, ça va, murmura-t-il à la place.

— Vous avez une mine épouvantable.

— Merci, répliqua-t-il avec un sourire forcé. Mais méfiez-vous. Vos compliments risquent de me faire enfler la tête.

Nullement amusée, elle le scruta durant ce qui lui parut une éternité.

— Vous retrouver sur le lieu du drame est douloureux, dit-elle calmement.

Craignant que sa voix ne le trahisse, il se contenta de hocher la tête.

— Me raconterez-vous ce qui s'est passé ?

Il faillit répondre par la négative, mais le regard et la voix de Victoria étaient si pleins de compassion qu'il en fut touché. Soudain, il ne voyait plus aucune raison de ne pas tout lui avouer.

— Grâce aux renseignements d'un informateur, j'ai récupéré les bijoux à bord d'un navire amarré à Mount's Bay, commença-t-il.

— Comment avez-vous procédé ?

— Disons simplement que je suis bon nageur et que je sais utiliser un couteau, répondit-il en haussant les épaules.

Impressionnée, la jeune femme écarquilla les yeux. Avant qu'elle ne puisse l'interroger davantage, il enchaîna :

— Je devais livrer les bijoux ici, ce soir-là. J'arrivais tout juste que des détonations ont retenti. J'ai aperçu Gordon allongé dans l'allée. Je me dirigeais vers lui quand j'ai reçu un coup par-derrière qui m'a fait lâcher les bijoux. Le temps que je retrouve mes esprits, mon agresseur s'était évaporé avec le butin.

— Vous ne l'avez pas poursuivi ?

— Non.

— Pourquoi ?

— Parce que vérifier que Gordon était encore vivant m'a paru plus important. Puis j'ai découvert que Colin avait été également touché.

— À qui deviez-vous remettre ces bijoux ?

Il hésita. Il ne l'avait jamais dit à personne, même s'il n'était plus tenu de garder le silence. Si son instinct lui intimait de conserver encore le secret, il lui assurait aussi qu'il pouvait faire confiance à cette femme. Et qu'elle avait le droit de savoir.

— Donnez-moi votre parole que vous ne répéterez pas ce que je vais vous révéler.

— Vous l'avez.

— Je devais remettre les bijoux à votre père.

— Mon père ? répéta-t-elle, déconcertée. Je ne comprends pas. Il était ici ? En Cornouailles ?

— Oui. En entendant les coups de feu, j'ai cru qu'il était tombé dans un piège. J'ai été stupéfait de tomber sur Colin et Gordon.

— Pourquoi ?

— Parce qu'ils ne savaient rien de cette mission. Les seuls à être au courant étaient votre père et moi. À ce jour, ni Gordon ni Colin ne savent avec qui j'avais rendez-vous. Et je tiens à ce que cela continue. Du moins pour l'instant.

— Mais pourquoi n'étaient-ils pas impliqués dans cette mission ? Et que faisaient-ils là ?

— Votre père, qui était responsable de l'opération, ne voulait qu'un seul agent. Si c'est moi qu'il a choisi, plutôt que mon frère ou Gordon, c'est parce qu'une forte récompense était proposée pour la restitution de ces bijoux. En tant qu'héritiers, Colin et Gordon n'avaient pas à se soucier de leur avenir financier. Je ne pouvais, hélas, en dire autant. En me confiant cette mission, votre père m'offrait l'occasion d'assurer ma sécurité matérielle, en quelque sorte.

— Je… je vois, souffla Victoria. Et qu'était-il arrivé à mon père ? Avait-il été blessé, lui aussi ?

— Je me suis beaucoup inquiété pour lui, bien sûr. Je venais de panser les blessures de Colin et de Gordon quand j'ai reçu un message codé m'informant qu'il avait été attaqué alors qu'il quittait son auberge. Il voulait savoir ce qui s'était passé. Je lui ai envoyé des explications. Il m'a répondu qu'il comptait retourner à Londres et m'ordonnait d'en dire le moins possible à Colin et à Gordon. Je ne devais divulguer son rôle sous aucun prétexte. J'avais réussi à éluder les questions de Colin et de Gordon pendant que je m'occupais de leurs blessures, mais je savais que ça ne durerait pas. Quand ils ont exigé des réponses, mes explications très vagues ne les ont pas convaincus. Des rumeurs sur les bijoux disparus et ma culpabilité ont commencé à circuler – des domestiques avaient dû surprendre des bribes de conversations. Très vite, je me suis retrouvé officiellement suspect. Rien n'a jamais été prouvé contre moi, mais il était évident que peu de gens croyaient à mon innocence. Chaque jour naissaient de nouveaux ragots. J'avais droit à des regards méfiants et à des murmures, y compris sous mon propre toit.

— Votre famille vous croyait coupable ?

— Ni Colin ni mon père ne m'ont jamais accusé ouvertement, mais ils n'ont pas clamé mon innocence, non plus. Il aurait fallu être aveugle pour ne pas lire dans leurs yeux qu'ils avaient des doutes.

La vision de Colin à terre, le regardant d'un air soupçonneux, lui revint douloureusement en mémoire.

— Quant à Gordon, reprit-il, mon meilleur ami, il m'a carrément accusé.

— Sur la base de quelles preuves ?

— Aucune. Il n'en existait pas. Ce n'étaient que des sous-entendus et des hypothèses, ce qui est tout aussi néfaste, malheureusement. Gordon, parmi d'autres, trouvait suspect que j'aie été le seul à m'en tirer sans une égratignure.

— Comment avez-vous répondu à cette accusation ?

— Je n'y ai pas répondu. Il était évident que rien de ce que je pourrais dire n'y changerait grand-chose.

Et ça lui avait fait un mal de chien. Presque autant que les doutes de Colin. En observant Victoria, il devinait le cheminement de ses pensées. Elle n'allait pas tarder à lui demander si son père à elle le croyait coupable. Et combien de temps lui faudrait-il pour comprendre que si seuls son père et lui étaient impliqués, et qu'il n'était pas coupable…

— Vous dites que votre frère et votre père n'ont pas clamé votre innocence. Et vous-même ?

Nathan regarda au loin.

— Je leur ai dit que je n'avais pas trahi mon pays, mais autant s'adresser aux murs. Colin se sentait trahi et mes cachotteries le rendaient soupçonneux. Et mon père, très choqué d'apprendre que ses fils avaient travaillé pour la Couronne, m'a rendu responsable de la blessure de Colin. Il m'a dit que mon frère aurait pu mourir. Comme si je ne le savais pas… Comme si je n'allais pas me le reprocher ma vie durant. Nous avons eu une terrible querelle. Des paroles blessantes ont été prononcées. Mon père et mon frère avaient le sentiment d'avoir été dupés, et moi…

Il se tut.

— Qu'avez-vous ressenti ? demanda-t-elle doucement.

— De la culpabilité. Des remords. De l'écœurement. Mon père m'a prié de partir, et c'est ce que j'ai fait.

— Cela a dû être terrible.

Il se tourna de nouveau vers elle, cherchant dans son regard des traces de reproche, mais il n'y lut que de la compassion. Et, d'une certaine manière, ce fut pire que si elle l'avait condamné.

— C'est le moins que l'on puisse dire. Après avoir vagabondé pendant deux ans, j'ai fini par découvrir Little Longstone. Là-bas, tout le monde m'accepte en tant que Dr Oliver. Nul n'est au courant de mes liens familiaux, de mon passé d'espion, de ma réputation ternie. J'exerce un métier que j'aime, je mène une vie simple, paisible. Comme je l'ai toujours souhaité.

— Paisible peut-être, mais vous n'avez pas vraiment trouvé la paix de l'esprit.

Il faillit nier, mais la sympathie, la douceur qu'exprimait le regard de la jeune femme l'en empêchèrent.

— Je le lis dans vos yeux, Nathan, insista-t-elle. J'y vois des ombres. De la douleur. Dès que je vous ai vu, j'ai su que vous n'étiez pas le même homme qu'il y a trois ans.

Comment diable avait-elle réussi à passer outre à ses défenses ? Il se sentait soudain… vulnérable. Et il n'aimait pas cela.

— Je suis sûr que vous êtes animée des meilleures intentions en disant cela, fit-il un peu sèchement.

— Je voulais juste dire que j'avais perçu un changement en vous. Maintenant, je sais lequel. Et je suis désolée de ce qui vous est arrivé.

— Parce que je vous ai plu à ce point lors de notre première rencontre ?

Le sarcasme était évident, mais Victoria le prit de court en lui répondant avec le plus grand sérieux :

— Oui.

Elle s'autorisa un sourire avant d'ajouter :

— L'espion que vous êtes s'en est sûrement rendu compte. Je crois que moi aussi je vous ai plu.

« Et comment ! » songea-t-il. Il avait aimé sa beauté, ses yeux pétillants, son sourire charmeur, son innocence teintée d'espièglerie, l'odeur de sa peau, la saveur de leur baiser. Jamais une femme ne l'avait à ce point embrasé, ni ne l'avait ému aussi profondément.

— Oui, Victoria, avoua-t-il dans un souffle, vous m'avez plu.

Et elle lui plaisait encore. Bien trop… Elle s'empourpra légèrement, et Nathan crispa les mains sur les rênes pour s'empêcher de la toucher.

— Vous… ce soir-là… c'était mon premier baiser, vous savez.

— Je n'en étais pas certain, admit-il, le cœur gonflé d'émotion, mais je le suspectais.

Embarrassée, elle détourna les yeux.

— Mon inexpérience a dû vous sembler ennuyeuse.

Ennuyeuse ? Elle devait plaisanter. « Si seulement ç'avait été le cas ! » songea-t-il. Sa gêne pourtant indiquait qu'elle était sincère. Si la raison de Nathan lui dictait de la laisser croire ce qu'elle voulait, sa conscience refusait d'accepter qu'elle se méprenne à ce point. Il lui prit le menton avec douceur et l'obligea à tourner la tête vers lui.

— Vous ne m'avez en rien ennuyé, Victoria, assura-t-il en la regardant droit dans les yeux. Vous…

« Vous m'avez ensorcelé, séduit, envoûté, captivé, aurait-il pu lui dire. Vous êtes parvenue à vous rendre inoubliable avec un unique baiser. »

— Vous étiez délicieuse.

Il crut déceler une lueur de soulagement dans ses prunelles d'azur. Elle esquissa un sourire tremblant.

— Je pourrais en dire autant de vous, murmura-t-elle.

— Vous pourriez le dire ou vous le dites ? s'enquit-il d'un ton léger, avant de s'apercevoir qu'il brûlait de le savoir.

— Êtes-vous certain de vouloir connaître la réponse ? fit-elle sur le même ton, non sans espièglerie, car il lui avait déjà répondu de cette façon à plusieurs reprises.

Lui lâchant le menton, il sourit.

— En fait, l'espion chevronné que je suis connaît déjà la réponse. À en juger par votre réaction enthousiaste, vous avez trouvé notre entrevue aussi délicieuse que moi.

Elle acquiesça d'un hochement de tête, puis haussa les épaules.

— J'ai appris que les hommes versés dans l'art d'embrasser sont accoutumés aux réactions enthousiastes.

Que diable voulait-elle dire par là ? s'interrogea-t-il, tandis que la jalousie le transperçait. Mais pourquoi se posait-il cette question ? De toute évidence, elle ne pouvait avoir appris une telle chose que d'une seule façon : en embrassant d'autres hommes.

Bon sang, il avait passé la nuit à se tourmenter à cette idée. Enfin, pas toute la nuit, car il avait aussi rêvé qu'il l'embrassait, qu'il la caressait, qu'il la faisait sienne de mille façons, explorant chaque parcelle de son corps avec sa bouche, ses mains, sa langue. Bref, il avait passé une partie de la nuit à combattre des visions de Victoria partageant une telle intimité avec un autre. L'un de ces maudits comtes qu'elle épouserait dès son retour à Londres. Ou, pire encore, Gordon ou Colin. Le vrai problème étant cependant le désir grandissant qu'il éprouvait pour elle.

— Mon père vous croyait-il innocent ? demanda-t-elle.

— Oui. Il me l'a dit.

— Moi aussi, je vous crois innocent, même si cela ne change rien.

Le cœur de Nathan tressaillit dans sa poitrine. Ces quelques mots l'avaient ému au plus profond de lui-même. L'opinion de Victoria n'aurait pas dû avoir une telle importance. Il ne le voulait pas. Mais il devait admettre qu'elle en avait.

— Merci, dit-il.

— Je crois aussi à l'innocence de mon père, ajouta-t-elle, lui faisant ainsi savoir qu'elle avait parfaitement compris la situation. Il doit y avoir une autre explication, et je suis déterminée à la trouver. Dans la mesure où ce sont ces bijoux qui nous donneront la clé du mystère, que diriez-vous d'entamer nos recherches ?

— Volontiers, répondit Nathan, qui commençait à se demander s'il n'avait pas déjà trouvé un trésor dont il ne soupçonnait pas l'existence.

Après presque trois heures de recherches infructueuses parmi d'énormes pierres, au sein de la première zone de quadrillage, ils parvinrent au bord d'un ruisseau.

— Voici la limite nord du domaine, expliqua Nathan. Je propose que nous déjeunions pour permettre aux chevaux de se reposer et de s'abreuver.

— Si vous voulez.

Fatiguée, affamée et assoiffée, Victoria se réjouissait de cette pause, mais elle s'efforça de rien trahir de son soulagement.

Nathan mit pied à terre et récupéra la sacoche, puis il donna une tape sur la croupe de son cheval, qui fila vers le ruisseau. Il aida ensuite Victoria à descendre de sa monture. Son geste demeura cependant impersonnel, et dès que ses pieds touchèrent le sol, il la lâcha. Elle en éprouva une curieuse déception. D'autant qu'il avait à peine parlé au cours des trois dernières heures.

Elle se massa les reins, puis s'étira en grimaçant.

— J'aurais dû vous proposer de vous arrêter plus tôt, fit-il, désolé. Pourquoi n'avez-vous rien dit ?

— Pour que vous m'accusiez d'être une fleur de serre ? Non, merci ! En outre, nous nous entendons si bien quand nous sommes silencieux. Je ne voulais pas troubler cette paix. De toute façon, il fallait poursuivre les recherches. Nous avons beaucoup de terrain à couvrir. Je n'imaginais pas que le domaine était aussi vaste.

— Il est immense, reconnut-il en sortant deux pommes de la sacoche qu'il lui lança. Si vous donniez à manger aux chevaux pendant que je prépare le pique-nique ?

— Très bien.

Ses pommes à la main, Victoria gagna le bord du ruisseau où les chevaux s'abreuvaient. Lorsqu'elle retourna auprès de Nathan, quelques minutes plus tard, elle le découvrit à l'ombre d'un hêtre, près d'un plaid sur lequel il avait disposé une quantité impressionnante de nourriture.

— Madame est servie, annonça-t-il en s'inclinant.

— Dieu du ciel, comment tout ceci peut-il tenir dans une simple sacoche ? s'étonna-t-elle en contemplant les tartes, tourtes et pâtés.

— La cuisinière est une experte.

— Il y a de quoi nourrir une demi-douzaine de personnes ! s'exclama-t-elle en riant. Nous attendons des invités ?

— Non. Il n'y a que nous deux.

Leurs regards s'aimantèrent. En effet, il n'y avait qu'eux deux...

— La cuisinière m'a informé qu'elle ne voulait pas de restes, reprit-il. Pas question de rentrer avant d'avoir tout mangé.

Seigneur, songea-t-elle, ce pique-nique allait durer... des heures.

S'efforçant de masquer son émoi, elle sourit et répondit :

— Dans ce cas, nous avons intérêt à commencer sans tarder.

Elle s'assit sur le plaid, et disposa les plis de sa robe autour d'elle. Nathan s'installa à côté d'elle et garnit une assiette à son intention. Il se servit ensuite, remplit deux chopes de cidre et lui en tendit une.

— À nos recherches, dit-il en levant sa chope, le regard indéchiffrable. En espérant qu'elles seront couronnées de succès.

Victoria trinqua avec lui, et but avec bonheur une longue gorgée de cidre, avant de s'attaquer avec appétit à son déjeuner.

— Dieu que l'air sent bon, commenta Nathan en dévorant à belles dents. J'aime beaucoup Little Longstone, mais on n'y trouve pas cette odeur de bord de mer qui flotte un peu partout ici. Même chose à Londres. Comment pouvez-vous passer autant de temps dans cette ville ?

— Il y a les boutiques.

— Et la foule, souligna-t-il avec une moue de dégoût.

— Les soirées fabuleuses.

— Les conversations assommantes avec des inconnus ennuyeux.

— L'opéra.

— Des gens qui s'époumonent sans qu'on comprenne un traître mot.

Victoria s'esclaffa.

— Je crains que nous n'arrivions pas à trouver un terrain d'entente. Et vous ? Comment supportez-vous de vous enterrer à la campagne à longueur d'année ? Vous ne vous sentez pas trop isolé ?

— Non. Je mène une vie paisible.

— Il n'y a rien de palpitant.

— C'est tranquille.

— Pas de rues commerçantes.

— Dieu merci !

— C'est la solitude.

— Parfois, admit Nathan. Mais j'ai mes livres, mes animaux et mes patients.

— Aucune femme n'attend votre retour avec impatience ? lança-t-elle d'un ton qui se voulait enjoué alors que son cœur battait à tout rompre.

— Non. Enfin, pas à ma connaissance, répondit-il avec un sourire narquois. Qui sait ? j'ai peut-être des admiratrices qui se languissent de moi en ce moment même... J'imagine que Branripple et Dravensby attendent votre retour avec impatience.

Elle se rendit compte, effarée, qu'elle avait failli demander : Qui ?

L'attendaient-ils vraiment avec impatience ? Il était plus probable qu'ils sortaient tous les soirs. Et que quantité de jeunes filles devaient leur adresser des œillades, badiner et danser avec eux. Peut-être même les embrasser... Perspective qui ne lui faisait ni chaud ni froid.

Victoria n'en revenait pas. Elle aurait pourtant dû éprouver quelque chose. De l'inquiétude. De l'agacement. De la jalousie. Or elle ne ressentait... rien.

Elle se tourna vers Nathan, qui l'observait d'un regard intense, et soudain, elle ressentit quelque chose. Un frisson la parcourut tout entière. La pensée qu'une autre femme puisse embrasser Nathan lui était intolérable. Elle se sentait prête à tuer toute créature qui se permettrait une telle chose.

— Vous allez bien, Victoria ? Vous avez l'air tout à coup tellement... féroce.

Elle chassa de son esprit ces images violentes qui témoignaient d'une jalousie aussi indéniable que déconcertante. Que lui arrivait-il donc ?

— Je vais très bien, assura-t-elle avant de boire une gorgée de cidre.

— Tant mieux, fit-il en reposant son assiette vide. C'était succulent. Mais voici le meilleur moment du pique-nique.

— Le dessert ?

— Mieux encore, répondit-il en se débarrassant de sa redingote.

Il la roula en boule, s'allongea sur le plaid et la glissa sous sa tête. Poussant un soupir d'aise, il ferma les yeux.

Victoria le fixa, abasourdie. Les rayons du soleil accrochaient des reflets dorés dans ses cheveux en bataille et dessinaient un fascinant motif d'ombres et de lumière sur son visage, son torse puissant, ses épaules, ses mains croisées sur son ventre, et ses cuisses moulées dans son pantalon. Les chevilles croisées, il semblait parfaitement détendu.

Seigneur, venait-elle de clamer qu'elle allait bien ? Elle devait être folle. Cet homme était allongé devant elle tel un mets de choix, et elle avait désespérément envie d'y goûter.

Depuis quand un corps masculin la fascinait-il autant ? À l'évidence, elle subissait l'influence de son précieux *Guide* qui était on ne peut plus explicite lorsqu'il s'agissait de décrire l'anatomie masculine. Jamais elle n'avait rien ressenti de tel. Jamais elle n'avait eu envie de toucher ses soupirants londoniens. De leur ôter leurs vêtements…

Les yeux rivés sur lui, elle déglutit avant de se risquer à demander :

— Qu… qu'est-ce que vous faites ?

— Je savoure l'ultime phase du pique-nique.

— Je ne pense pas qu'une sieste soit une bonne idée, Nathan.

Dieu qu'elle devait lui sembler guindée, alors que, en réalité, elle se consumait de désir.

— Je ne fais pas la sieste. Je me détends. Vous devriez en faire autant. C'est excellent pour la digestion.

— Je suis parfaitement détendue, merci.

Honteuse de son mensonge flagrant, elle sentit les mots se presser au bord de ses lèvres, comme chaque fois qu'elle était nerveuse.

— Dites-moi, qu'est-ce qui vous a incité à devenir médecin ?

Sa voix était un peu haletante, mais, au moins, sa question était sensée, constata-t-elle, soulagée.

— J'ai toujours voulu soigner mon prochain. Quand j'étais petit, je m'occupais des oiseaux blessés, des chiens, des chats. Ce penchant, combiné avec mon amour de la science et ma curiosité pour tout ce qui touchait au fonctionnement du corps humain, a fait que je n'ai jamais songé à suivre une autre voie.

Fascinée, elle contemplait ses lèvres tandis qu'il parlait. De peur de succomber à la tentation de les effleurer d'une caresse, elle enroula les bras autour de ses jambes repliées. Dans cette position, elle ne risquait pas de se ridiculiser.

— Et si vous n'étiez pas devenu médecin, qu'auriez-vous fait ?

— Pêcheur.

— Vous plaisantez !

— Quel mal y a-t-il à être pêcheur ?

— Aucun. Mais ce n'est pas très…

Elle n'alla pas plus loin. Soudain, elle se sentait stupide.

— Pas très quoi ?

— Disons, pas vraiment digne d'un gentleman.

— Possible, mais c'est un travail honnête. Et bien plus utile que le jeu ou la chasse à courre, activités auxquelles s'adonnent les gentlemen. Il faut dire que j'ai toujours suivi mes propres règles. Je n'ai jamais compris pourquoi je devrais passer ma vie à faire des choses désagréables uniquement parce que c'est ce que l'on attend d'un homme de mon rang. Je crois que j'aurais fait un excellent pêcheur. Mount's Bay regorge de poissons. C'est une baie protégée, même en cas de tempête, ce qui se produit souvent. J'ai toujours aimé la pêche, surtout en été. Au mois de juillet, j'attendais avec impatience la grande pêche au pilchard.

— Qu'est-ce que le pilchard ?

— Un poisson local. On lance d'énormes filets depuis un bateau pour encercler un banc de poissons. C'est un peu comme faire entrer un troupeau de moutons dans un enclos. Des dizaines de personnes attendent sur la plage. Plus jeune, j'étais parmi eux. Nous tirions les filets pleins de poissons sur le rivage, puis nous remplissions des seaux et des paniers. C'était une tâche à la fois épuisante et stimulante. L'événement le plus attendu de la saison.

— Et que faisiez-vous, le reste de l'été ?

— Je me promenais sur la plage, je ramassais des coquillages, je lisais, je faisais des bêtises avec Colin, des pique-niques, j'observais les étoiles, j'attrapais des crabes et des homards.

— Vous les attrapiez vous-même ?

— Oui, répondit-il avec un sourire. Ils ne grimpent pas tout seuls dans nos assiettes, figurez-vous.

Victoria sourit à son tour, imaginant un jeune homme au teint hâlé, marchant sur le sable, cheveux au vent. Le contraste avec sa propre jeunesse était saisissant.

— Pendant que vous faisiez tout cela, je prenais des leçons de danse, de broderie et de français, dit-elle, songeuse. Vous passiez vos journées au bord de l'eau, tandis que moi, j'ai été élevée à Londres. Même notre maison de campagne ne se trouve qu'à trois heures de route de la capitale. Vous jouiez avec votre frère. Le mien se serait tiré une balle dans la tête plutôt que de passer une minute avec moi. Vous rêviez de devenir médecin, alors que je n'avais d'autre projet que de me marier pour assurer mon avenir. Difficile d'imaginer des existences plus différentes.

— Votre père et votre frère ne vous laisseraient pas sans un sou.

— Mon père se chargera de ma sécurité financière, mais je ne peux, hélas, pas compter sur mon frère. De toute façon, je veux fonder une famille, avoir des enfants.

Nathan roula soudain sur le flanc et s'appuya sur le coude, le visage reposant sur sa main.

— Si vous n'aviez pas été la fille d'un comte, qu'auriez-vous aimé être ? demanda-t-il, le regard grave.

— Un homme, répondit-elle sans l'ombre d'une hésitation.

Elle s'attendait à le voir sourire, mais il demeura de marbre.

— Quel genre d'homme ? Un comte ? Un duc ? Un roi ?

— Juste... un homme. J'aurais ainsi été libre de mes choix. Mon avenir n'aurait pas été déterminé par mon sexe. J'aurais pu décider d'être médecin, pêcheur ou espion. Vous n'imaginez pas la chance que vous avez.

Nathan la considéra pensivement, puis hocha lentement la tête.

— Je n'avais jamais considéré les choses sous cet angle, avoua-t-il. Parlez-moi de votre enfance...

Victoria posa le menton sur ses genoux et réfléchit un instant. C'était là une question que personne ne lui avait jamais posée.

— J'ai eu une enfance solitaire et calme. Surtout après la mort de ma mère. Si je n'avais pas aimé la lecture, je crois que je serais devenue folle. Vous aviez de la chance d'avoir un frère à qui parler, avec qui partager des activités. Edward a dix ans de plus que moi. J'aurais pu tout aussi bien être fille unique.

— Je n'imagine pas ma jeunesse sans Colin, même si nous n'avions pas les mêmes goûts – pour Colin, les sciences étaient un véritable pensum, et il aurait préféré se pendre plutôt que d'étudier le latin. Et puis, les responsabilités liées à son titre lui prenaient beaucoup de temps, si bien que j'ai été pas mal seul, moi aussi.

Il la dévisagea un instant avant d'ajouter :

— Il semble que nous ayons un point commun, finalement.

— Dieu que c'est choquant ! s'écria Victoria en faisant mine d'être outrée. Sachez toutefois que je n'ai jamais rêvé d'être pêcheur.

— Tant mieux. Les cordages auraient abîmé vos mains si délicates.

Il assortit ses paroles d'un regard appuyé sur ces dernières, et elle crispa les doigts.

— Je dois avouer, Victoria, que même si je comprends les raisons qui font que vous auriez préféré être un homme, je me réjouis que vous n'en soyez pas un.

— Pourquoi ? Parce que j'aurais pu vous surpasser au billard ?

— Pas du tout. Je suis un joueur hors pair. Je me réjouis que vous ne soyez pas un homme parce que sinon je ne pourrais pas faire ceci...

Il laissa courir le doigt sur le dos de sa main, puis, doucement, la porta à ses lèvres. Comme il y déposait un baiser, elle cessa de respirer. Il la libéra et se redressa en position assise. Le feu qui brûlait dans son regard l'hypnotisait, et son parfum, mélange de santal et de savon à barbe, mettait ses sens en émoi. Seigneur, elle mourait d'envie de toucher sa mâchoire rasée de près !

— Et je ne songerais jamais à faire ceci...

Du pouce il lui caressa la joue, puis glissa les doigts dans ses cheveux, avant de la prendre par la nuque. Victoria laissa échapper un long soupir de volupté.

Il se pencha et l'attira doucement vers lui. Leurs lèvres se frôlèrent.

— Et ceci serait totalement exclu...

Sa bouche frôla la sienne, une fois, deux fois, juste pour la titiller. Il déposa ensuite un chapelet de baisers légers sur la ligne de sa mâchoire, suivit de la langue le contour de son oreille. Ses lèvres sensuelles s'attardèrent sur la peau sensible de son cou.

— Comment se fait-il que vous embaumiez la rose ? chuchota-t-il tout contre sa peau, lui arrachant un délicieux frisson.

Elle ferma les yeux et inclina la tête pour lui offrir son cou.

— Je parfume mon bain à l'eau de rose, avoua-t-elle dans un souffle.

Lorsqu'il s'écarta d'elle, elle faillit pousser un gémissement de protestation. Rouvrant brusquement les yeux, elle prit de plein fouet son regard brûlant, et se figea.

— Donc vous sentez bon… partout.

Ce n'était pas une question, mais une affirmation énoncée d'une voix rauque. La réponse de la jeune femme demeura prisonnière de sa gorge comme Nathan lui caressait le visage. Il parut soudain dérouté, comme s'il cherchait à résoudre une énigme.

— On doit vous répéter dix fois par jour que vous êtes belle.

Elle eut un petit rire essoufflé.

— Pas du tout. Mais je ne peux nier qu'on me l'a déjà dit.

— Quelqu'un vous l'a dit, aujourd'hui ?

— Pas jusqu'à présent.

— Vous êtes belle, murmura-t-il en lui caressant la lèvre inférieure.

— Merci. Toutefois…

— Quoi ? Vous préférez « exquise » ? Pas de problème.

— Non. C'est juste que… cela ne signifie pas grand-chose.

— Quoi donc ?

— Être belle. Du moins, cela ne devrait pas signifier grand-chose.

— Que voulez-vous dire ?

— On ne peut influer sur sa beauté. Être belle n'a rien d'un exploit ou d'une réussite, comme être médecin. Cela ne demande aucun talent particulier, aucun effort. La beauté ne rend ni bon ni honnête. Pourtant, c'est ce pour quoi l'on m'admire le plus. C'est peut-être même la seule qualité que l'on me trouve. Enfin, avec la fortune de mon père… Encore un élément qui ne dépend pas de moi, qui ne requiert ni talent ni effort.

Nathan parut encore plus perplexe.

— Je suis étonné de vous entendre parler ainsi. J'aurais cru que vous accordiez une grande importance à la beauté.

Victoria retint un soupir. N'apprendrait-elle donc jamais à tenir sa langue ? Cela dit, au point où elle en était, elle ne voyait aucune raison de ne pas continuer.

— Je ne nie pas que j'aime les jolies toilettes, que je soigne mon apparence. Ce qui est heureux, j'imagine, car, vu mon rang, c'est ce que l'on attend de moi. Mais je garde dans mon cœur une image de ma mère… ma mère qui était si belle qu'on se retournait sur elle. Pourtant, en dépit de sa beauté, elle n'était pas totalement heureuse.

Elle se remémora la sublime femme brune qui riait gaiement devant les invités, mais pleurait dans la solitude de sa chambre.

— Après ma naissance, elle a perdu deux bébés et ne s'en est jamais remise. Elle est morte à quarante ans à peine. Et elle était toujours aussi belle. Mais à quoi cela lui avait-il servi ? Tout ce que moi, je voulais, c'était ma mère. Peu m'importait qu'elle soit belle ou laide. J'aurais tout donné pour passer une journée de plus avec elle. Voir l'un de ses rares sourires.

Victoria sentit les larmes perler et les chassa d'un battement de paupières.

— Ce que je suis en train de vous dire, c'est que la beauté me semble plutôt… inutile.

Il la regardait d'un air étrange, comme s'il la voyait pour la première fois, et elle en éprouva de l'embarras. Une fois de plus, elle en avait trop dit.

— Vous ne cessez de me surprendre, Victoria, dit-il en cherchant son regard. Et je n'aime pas beaucoup les surprises.

— Merci beaucoup, fit-elle, sarcastique. C'est très gentil !

— Je suis désolé. Ce n'est pas ce que je voulais dire. Vous me pardonnez ? demanda-t-il en écartant une mèche de sa joue.

L'irritation de la jeune femme retomba comme un soufflé. Nathan semblait si sincère, si sérieux... quoique encore déconcerté. Il existait peut-être une femme capable de ne pas céder à cette requête, mais ce n'était pas elle.

— Vous êtes pardonné, murmura-t-elle.

Il jeta un coup d'œil à ses lèvres, et elle se raidit dans l'attente d'un nouveau baiser. Au lieu de quoi, il se leva abruptement.

— Il est temps de reprendre nos recherches.

Elle baissa la tête pour masquer sa déception. Sa raison approuvait la décision de Nathan. S'embrasser et échanger des confidences sur un plaid n'était pas prudent. Son cœur, en revanche, aurait volontiers passé la journée entière sur ce même plaid.

Les sentiments ne faisaient pas partie de son plan. Mais comment les réprimer ? Deux jours plus tôt, elle se voyait partir sans un regard en arrière, libérée du souvenir de Nathan et pas le moins du monde émue par leur rencontre. Et voilà qu'à présent, elle se sentait tout sauf libre, et totalement bouleversée. Si Nathan pouvait réduire à néant ses projets en deux jours, que ferait-il en deux semaines ?

Dieu lui vienne en aide, elle était incapable de dire si cela l'effrayait ou l'émoustillait.

14

La femme moderne doit savoir que les hommes disent souvent une chose tout en en pensant une autre. Par exemple : « Aimeriez-vous faire une promenade au clair de lune en ma compagnie ? » signifie « J'ai envie de vous embrasser. » Toutefois, quand un homme déclare : « J'ai envie de vous », il n'y a pas de méprise possible. La question est de savoir si la dame a envie de lui, elle aussi.

Le Guide féminin de la poursuite du bonheur personnel,

Charles BRIGHTMORE

À leur retour à Creston Manor, Nathan laissa Victoria au salon, avec sa tante. Trois heures plus tard, il arpentait toujours sa chambre. Ses pensées formaient un véritable écheveau. Il aurait dû se concentrer sur les bijoux, voire les chercher. S'il s'était engagé à ne rien faire sans Victoria, passer davantage de temps avec elle n'était pas une bonne idée. Il était au bord de perdre tout contrôle sur lui-même. Bon sang, elle avait le don de l'embraser rien qu'en s'asseyant sur un plaid. La regarder manger était une véritable torture. Dix fois, au cours du pique-nique, il avait failli la prendre dans ses bras. Il en était venu à s'allonger et à fermer les yeux pour ne plus la voir. En vain.

Il fourragea dans ses cheveux et soupira. Diable, il savait ce qu'était le désir, mais *cela*… cette passion intense qu'elle lui inspirait... Il se considérait comme un homme capable de maîtriser ses appétits, de faire preuve de patience, pourtant, dès qu'il était en sa présence, il lui prenait des envies de la dévorer, de lui arracher sa robe, de la plaquer contre le mur et de s'enfouir en elle. Il ne pensait qu'à lui faire l'amour avec ardeur, puis de recommencer. S'il lui disait ne serait-ce que la moitié de ce qu'il avait envie de lui faire, elle ne s'en remettrait pas...

Quand ce désir était devenu intolérable, il y avait cédé, quoique en se retenant, se contentant de la toucher à peine. Si seulement il avait pu prolonger ce pique-nique au bord de l'eau... Mais il avait atteint les limites de sa résistance. Un simple baiser aurait suffi à mettre le feu aux poudres.

Il s'arrêta devant la fenêtre de sa chambre pour contempler le paysage. D'ordinaire, ce spectacle l'apaisait. Mais pas aujourd'hui. Il était tendu comme un arc, les nerfs à fleur de peau. Nom de Dieu, tout était la faute de Victoria !

Il grommela et se frotta le visage. Avait-il vraiment cru pouvoir lui résister ? Il y serait peut-être parvenu s'il s'était agi d'une attirance purement physique, s'il était trouvé en présence d'une jeune écervelée.

Mais quelle chance avait-il face à une femme qui possédait mille autres facettes aussi irrésistibles que sa beauté ? Chaque moment partagé avec elle lui révélait un aspect inattendu de sa personnalité, qui ne faisait qu'accroître son désir.

Victoria ne craignait pas de lui tenir tête. Elle était amusante, pleine d'esprit, intelligente... Elle lui avait offert compassion, gentillesse et compréhension. Elle avait cru en son innocence, sympathisé avec ses canards. Elle aimait son chat et son chien, qui l'appréciaient également. Malgré sa richesse, elle avait souffert de la solitude et aurait renoncé à tout pour un jour de plus avec sa mère...

Il ne s'attendait pas à une telle… humanité. Victoria avait réussi à toucher son cœur. Il ne voulait pas éprouver pour elle ces sentiments troublants, obsédants, car cette femme ne serait jamais à lui. Dans quelques semaines, elle serait même fiancée à un comte.

Il tenta de chasser de son esprit l'image torturante de Victoria embrassant un autre homme. Assez ! Il fallait qu'il l'efface de son esprit, qu'il oublie son parfum, pour se concentrer sur sa mission afin de pouvoir rentrer chez lui et reprendre le cours de sa vie.

Quelques longueurs dans l'eau fraîche du lac lui feraient du bien, décida-t-il. Cela rafraîchirait ses ardeurs et lui remettrait les idées en place.

Soulagé d'avoir un but, il sortit de sa chambre.

— Où sont les autres ? demanda-t-il à Langston, dans l'entrée.

— Votre frère est parti pour Penzance ; il a prévenu qu'il rentrerait tard, répondit le majordome. Votre père, lady Victoria et lady Delia prennent le thé sur la terrasse.

Parfait. Il lui serait facile de s'éclipser discrètement.

— Si on me demande, répondez que vous ne m'avez pas vu. Je rentrerai pour le dîner.

— Bien, docteur Nathan.

Victoria mit un morceau de sucre dans sa troisième tasse de thé. Elle hochait la tête d'un air distrait à tout ce que disait sa tante Delia. De toute façon, celle-ci discutait avec lord Rutledge comme si elle n'était pas là. Elle avait songé à les laisser en tête à tête, mais elle aimait la lumière de cette fin de journée. Et puis, elle ne tenait pas à se retrouver seule avec ses pensées. Elle aurait le temps de ressasser toute la nuit…

Elle était heureuse de voir sa tante si gaie. Lady Delia ne manquait pas de prétendants, mais elle ne voyait en eux que des amis. Jamais Victoria ne l'avait vue rougir ainsi. Elle riait de tout ce que disait lord Rutledge, qui semblait apprécier beaucoup sa compagnie.

Entendant un cliquetis sur les dalles, Victoria se retourna. C'était Glouton, le chien de Nathan. Il vint poser sa grosse tête sur sa cuisse, la truffe frémissante.

— Tu sens les biscuits, pas vrai ? murmura-t-elle.

Son regard pétillant d'intelligence le lui confirma. Attendrie, elle lui en tendit un, qu'il avala d'une bouchée, avant de la contempler avec adoration.

— Hmm. J'ai l'impression que tu as la reconnaissance du ventre. Et que tu en veux encore.

Pour toute réponse, Glouton se lécha les babines.

— Tu crois que je vais partager avec toi ?

Le chien leva la patte.

— Tu as réponse à tout ! s'exclama-t-elle en riant. Tu as de la chance d'être irrésistible, tu sais.

Elle venait de lui offrir un dernier biscuit quand elle aperçut une tache blanche au loin. Plissant les yeux, elle vit un homme pénétrer dans les bois, derrière les écuries, et eut la certitude qu'il s'agissait de Nathan. Elle se leva d'un bond.

— Tout va bien, Victoria ? s'inquiéta lady Delia.

Elle quitta les bois des yeux pour regarder sa tante.

— Euh, oui. Je... j'ai eu peur d'une abeille, mentit-elle, agitant les bras pour faire bonne mesure. Elle est partie. Mais puisque je suis debout, je crois que je vais aller faire un tour, si cela ne vous ennuie pas.

— Pas du tout, assura tante Delia.

— Profitez du beau temps, renchérit lord Rutledge avec un sourire. Mais le soleil va bientôt se coucher. Veillez à rentrer avant la nuit.

Victoria les rassura, puis, se rappelant sa promesse de ne pas sortir seule, elle appela Glouton et s'éloigna d'un pas décidé. Elle était déterminée à savoir où se rendait Nathan. Oh, certes, il se promenait peut-être simplement dans les bois, mais il y avait quelque chose de furtif dans sa manière de se déplacer, comme s'il ne souhaitait pas être vu. Elle ne pouvait l'accuser, sans en avoir la preuve formelle, de chercher les bijoux sans elle.

— J'espère que ton maître n'est pas parti seul à la chasse au trésor, dit-elle au chien, sinon...

Elle se tut, car aucun châtiment assez fort ne lui vint à l'esprit.

— Sinon, j'aurai la preuve que c'est un menteur. Un individu malhonnête et dépourvu de parole.

Cela dit, ce serait peut-être mieux. De découvrir qu'il n'était pas honorable tuerait sûrement le désir qu'elle éprouvait pour lui. Jamais elle ne pourrait être attirée par un homme malhonnête, si beau et charmant soit-il.

— Allez, viens, fit-elle en hâtant le pas. Voyons ce que fabrique notre espion.

En entrant dans les bois, elle emprunta le chemin favori de Nathan. À la fourche, elle s'arrêta et se pencha vers Glouton.

— Tu sais de quel côté il est parti ?

Le chien renifla, puis se dirigea sans hésiter vers le lac. Victoria sourit et le suivit en scrutant les alentours. Ils approchaient d'un tournant quand Glouton fila soudain. Quelques secondes plus tard, elle entendit un choc dans les sous-bois.

— Glouton ! appela-t-elle, se gardant d'élever trop la voix.

Où diable était-il passé ? Sans doute pourchassait-il un lapin, ou un écureuil. À moins qu'il n'ait repéré Nathan. S'il la surprenait, elle n'aurait qu'à prétendre qu'elle se promenait.

Au détour du virage, elle aperçut un sentier qui bifurquait vers la droite. Elle l'emprunta. Une minute plus tard, les eaux scintillantes du lac lui apparurent entre les arbres. À gauche, elle aperçut le chien, langue pendante, qui remuait la queue à côté d'une forme sombre.

— Te voilà enfin ! lança-t-elle.

Elle s'approcha, méfiante, et jeta un regard soupçonneux sur la forme. Plissant les yeux, elle reconnut…

Une botte !

Se redressant vivement, elle fit quelques pas. Et découvrit l'autre botte sur une pile de vêtements. Elle aurait reconnu les bottes usées de Nathan entre mille. Et si ses vêtements étaient par terre, cela signifiait qu'il était…

Nu.

Victoria eut soudain affreusement chaud. Il devait se baigner, car il ne cherchait certainement pas les bijoux… dans le plus simple appareil.

Elle risqua un regard en direction du lac. Sa surface ressemblait à une paroi de verre sur laquelle se reflétait le soleil couchant. Pas trace de Nathan. Enfer et damnation… euh, à la bonne heure, rectifia-t-elle. Elle pourrait s'esquiver sans se faire remarquer. Mais tandis qu'elle regardait de nouveau les vêtements, une idée lui traversa l'esprit.

Elle jeta un coup d'œil autour d'elle afin de s'assurer qu'elle était seule, puis fixa de nouveau les vêtements, qui semblaient l'implorer : Prends-nous… Prends-nous…

Non. Elle ne pouvait pas. Et pourquoi pas ? lui chuchota une petite voix espiègle. Nathan avait l'habitude de ce genre de plaisanteries. Il le lui avait avoué. Consciente qu'une pareille occasion ne se représenterait sans doute jamais, Victoria ramassa les vêtements en hâte puis, après un dernier regard au lac, pivota sur ses talons. Et se figea.

Nathan se tenait devant elle, ruisselant.

Dieu du ciel…

« Son visage, s'ordonna-t-elle. Regarde son visage. » Mais ses yeux refusaient de lui obéir. Ils étaient rivés sur le torse puissant scintillant de milliers de gouttelettes, sur la ligne de poils qui descendait…

Dieu du ciel…

Elle en demeura bouche bée. Seigneur, il était… superbe. Elle n'avait guère d'éléments de comparaison, mais, de toute évidence, Nathan était parfaitement constitué et, euh, généreusement doté. Le reste de son corps était tout aussi parfait. Que conseillait le guide de l'espion à une voleuse de vêtements pétrifiée et fascinée par le spectacle d'un homme nu et trempé ? se demanda-t-elle fugitivement.

— On se croirait dans *le Chat botté*, vous ne trouvez pas ?

Sa voix grave et amusée la tira de sa stupeur. Elle leva enfin les yeux vers son visage. Une lueur diabolique dansait dans ses prunelles. Une fois de plus, la jeune femme se trouva à court de repartie.

— Co… comment ? balbutia-t-elle.

— *Le Chat botté*. Vous savez, le conte de Perrault. Sauf qu'aucun roi n'est là pour m'offrir un manteau. Il n'y a que vous. Et je doute que vous ayez envie d'enlever votre robe…

Seigneur, elle ne demandait pas mieux. Elle avait si chaud, tout à coup, qu'elle avait l'impression de se consumer. Fort heureusement, la raison eut le dessus.

— Certainement pas, répliqua-t-elle d'une voix stridente qu'elle ne reconnut pas.

— Pas même au nom de l'esprit sportif ? Ainsi nous serions à égalité.

— Je ne vois pas en quoi le fait que nous soyons nus tous les deux nous mettrait à égalité.

— Ah non ? Je me ferai un plaisir de vous le démontrer.

— Je crois en avoir vu…

« Je suis loin d'en avoir vu assez », songea-t-elle.

— … largement assez, merci.

— Vous pourriez peut-être m'expliquer votre présence ici. Vous m'aviez promis de ne pas vous éloigner de la maison seule.

— Je n'étais pas seule. J'étais avec Glouton…

Sa voix s'éteignit lorsqu'elle se rendit compte que le chien avait disparu. Elle scruta les alentours. Le lâche ! Il l'avait abandonnée. Elle n'était pas près de lui offrir des biscuits.

— Il était là il y a quelques secondes à peine, je vous le jure ! De toute façon, je savais que je ne serais plus seule une fois que je vous aurais retrouvé.

Nathan esquissa un sourire espiègle.

— Donc, vous étiez à ma recherche. J'en suis flatté. Vous espériez vous baigner en ma compagnie ?

— Bien sûr que non. Je vous ai vu filer discrètement dans les bois, alors...

— Une fois encore, vous m'avez soupçonné de chercher les bijoux sans vous ?

Une onde de chaleur désormais familière la submergea.

— Pas exactement, bredouilla-t-elle, honteuse. En réalité, je voulais surtout me prouver que vous ne cherchiez *pas* les bijoux sans moi.

— Eh bien, comme vous le voyez, ce n'est pas le cas.

— En effet. Vous étiez en train de nager. L'eau n'est-elle pas un peu froide, à cette époque de l'année ?

— Si. Elle est même très froide.

— Vous aimez l'eau froide ?

— Pas du tout.

— Alors, pourquoi vous baigner ?

— Êtes-vous certaine de vouloir le savoir ?

Seigneur, elle n'était plus certaine de rien ! Pourquoi restait-elle plantée là, à discuter avec un homme nu ? Et ruisselant ?

Elle déglutit.

— Pourquoi me posez-vous sans cesse cette question ?

— Parce que je vous soupçonne de ne pas vouloir *réellement* connaître la réponse. Ni que vous soyez préparée à l'entendre. À entendre la vérité pure et simple qu'elle recèle. Vous êtes plus habituée aux propos hypocrites qui s'échangent dans les salons londoniens.

— Je vous assure que je suis tout à fait prête à entendre les raisons qui vous poussent à vous baigner, rétorqua-t-elle.

— À votre guise. Je suis venu me baigner parce que je n'arrêtais pas de penser à vous. J'avais envie de vous caresser, de vous embrasser, de vous faire l'amour. J'en devenais fou. Je me suis dit qu'une baignade dans l'eau froide calmerait mes ardeurs. Comme vous pouvez le constater, je me trompais.

Il baissa les yeux, et Victoria suivit son regard.

Dieu du ciel…

— Vous rougissez, Victoria.

— Vraiment ? fit-elle en relevant vivement la tête. Vous avez sans doute raison. Je, euh, c'est la première fois que je vois un homme nu.

— Pourquoi seriez-*vous* embarrassée ? Ce serait plutôt à *moi* de l'être.

— L'êtes-vous ?

— Non. Ce n'est pas de l'embarras que je ressens. De toute évidence.

De toute évidence, en effet !

— Tant mieux, dit-elle. Parce que, pour autant que je sache, vous n'avez pas de raison d'être embarrassé.

— Merci. Vous non plus. Je vous ai dit qu'il ne fallait pas être gênée, en ma présence, Victoria.

Oui, il le lui avait dit. Mais son embarras n'avait rien à voir avec la réaction de Nathan, et tout avec la sienne. Avec le fait que, au lieu de se détourner, elle ne pouvait s'empêcher de le regarder fixement. Elle avait tellement envie de le toucher qu'elle en tremblait. Que ressentirait-elle à caresser cette peau lisse ? À y poser les lèvres ? Elle s'était toujours considérée comme une jeune fille convenable, or les pensées qui lui venaient n'avaient rien de sages.

Elle avait trop chaud, soudain, et sa robe lui semblait si serrée qu'elle avait du mal à respirer. Ses seins pointaient douloureusement sous l'étoffe et elle sentait entre ses cuisses une pulsation troublante.

— Vous allez bien, Victoria ? s'enquit Nathan.

— Et vous ? répliqua-t-elle en s'humectant les lèvres.

— Voilà que vous recommencez à répondre à mes questions par une autre question !

— Je ne le fais jamais, en général. C'est votre faute. Vous me faites…

Elle se tut abruptement. Nathan fit un pas vers elle, et son cœur s'emballa.

— Je vous fais quoi ?

« Trembler, vibrer, avoir des pensées indécentes », fut la réponse qui lui vint immédiatement à l'esprit.

— Vous me faites dire des choses que je ne dirais pas en temps normal.

— C'est peut-être une bonne nouvelle. Peut-être découvrez-vous de nouveaux aspects de votre personnalité dont vous ne soupçonniez pas l'existence ou que vous dissimuliez.

— Pourquoi ferais-je une telle chose ?

— Pour un tas de raisons. Les contraintes imposées par la société. Parce qu'on ne vous a pas laissé libre de découvrir votre véritable nature. Par conséquent, vous faites ce que l'on attend de vous au lieu de suivre les élans de votre cœur. Dire ce que l'on pense, suivre ses impulsions peut être très libérateur, vous savez.

— On ne peut pas toujours dire ou faire ce que l'on veut.

— Pas souvent, admit-il, et pas avec tout le monde. Mais parfois… c'est possible.

Il fit un nouveau pas vers elle.

— Sentez-vous libre de me dire, ou de faire, tout ce que vous voulez.

Une demi-douzaine d'idées vinrent instantanément à l'esprit de la jeune femme, qui s'empourpra violemment. Une lueur espiègle apparut dans le regard de Nathan.

— Y a-t-il une chance que vous me fassiez la même proposition, milady ?

Oh oui…

— Non.

— Voilà qui est… décevant. Cela dit, mon offre tient toujours.

Il fit encore trois pas dans sa direction.

— S'il y a une qualité que j'admire chez vous, c'est bien votre courage. Vous n'avez rien à craindre. Nous sommes dans un endroit très isolé. Alors dites-moi, Victoria… qu'aimeriez-vous faire ?

Seigneur, il y avait tant de choses. Mais, au fond, elles se résumaient à une seule.

— Je veux vous toucher.

Les mots étaient sortis malgré elle. Sans hésiter, il s'empara du paquet de vêtements qu'elle tenait encore serré contre elle et le jeta à terre. Puis, sans lui laisser le temps de réagir, il lui prit les mains et les plaqua contre son torse.

— Alors allez-y, touchez-moi.

Le feu qui brûlait dans ses yeux eut raison des doutes de Victoria. Et de sa pudeur. Soudain pleine d'audace, elle regarda ses mains pâles qui se détachaient sur la peau bronzée de Nathan. Celui-ci lui lâcha les poignets, et elle déploya spontanément les doigts en éventail sur sa poitrine. Dieu qu'il était chaud ! Et ferme. Et tellement doux.

— Votre cœur bat très fort, murmura-t-elle.

« Presque aussi fort que le mien », songea-t-elle.

— Cela ne vous surprend pas, j'en suis sûr.

Elle secoua la tête, mais toute son attention était concentrée sur ses mains qui glissaient lentement sur le torse de Nathan. À en juger par le souffle rapide de ce dernier, il appréciait ses caresses. Ce qui l'encouragea à se montrer plus hardie encore.

— Vous êtes très fort, chuchota-t-elle en promenant les mains sur ses épaules, puis le long de ses bras.

— En temps normal, je serais d'accord avec vous, fit-il d'une voix sourde. Pour l'heure, cependant, mon armure est en train de se... fêler.

Elle sentit ses muscles se tendre sous ses doigts tandis qu'elle lui caressait de nouveau la poitrine et en éprouva une satisfaction inouïe. Fascinée, subjuguée, elle s'aventura plus bas, l'explorant à loisir, savourant ces frémissements qui le secouaient. Elle laissa ses mains courir sur ses hanches, puis s'accroupit pour caresser ses cuisses fermes. Son sexe se dressait entre eux. Attirant au possible. Nathan semblait avoir cessé de respirer, et elle leva les yeux vers son visage.

Ce qu'elle vit dans ses yeux la bouleversa. Si elle doutait encore de produire sur lui le même effet que lui produisait sur elle, ce regard la convainquit qu'elle avait tort. Elle effleura son érection du dos des doigts.

Nathan ferma les paupières et inspira profondément. Elle poursuivit ses caresses, frappée par la chaleur qui émanait de sa peau. Il émit un gémissement rauque. Elle promena d'abord une main sur toute la longueur de son sexe, puis les deux. De haut en bas. De bas en haut. Les gémissements de Nathan s'intensifièrent, et son corps entier se crispa tandis qu'il s'efforçait de demeurer immobile. Envoûtée, elle enroula les doigts autour de lui et exerça une légère pression.

— Victoria...

Sa voix était si rauque qu'elle en était presque inaudible. Victoria le serra de nouveau tout en caressant du pouce l'extrémité veloutée.

— Arrêtez !

Le mot était sorti de sa gorge tel un cri étranglé. Il lui agrippa les poignets pour qu'elle le lâche.

— Arrêtez, bon sang ! Je n'en peux plus !

Avant qu'elle ait le temps de comprendre ce qui lui arrivait, il la tira contre lui et écrasa sa bouche sur la sienne. Rien n'aurait pu la préparer à l'ardeur de ce baiser. S'il l'avait à peine touchée durant le pique-nique, il semblait cette fois en contact avec tout son corps. Il l'étreignait si fort qu'elle percevait sa chaleur, sa force à travers ses vêtements. Il semblait sur le point de la dévorer, et elle se cramponna à ses épaules, offerte, impatiente, grisée par la saveur de sa langue qui explorait sa bouche avec fièvre.

Il l'embrassait encore et encore, comme s'il ne pouvait se rassasier d'elle. Elle avait l'impression d'être un frêle esquif dérivant en pleine tempête, et qui tentait de ne pas sombrer.

Totalement perdue, elle se plaqua contre lui, enfouit les doigts dans ses cheveux humides, pressa ses seins contre son torse, ivre de désir, vibrante.

Comme elle se frottait contre lui, Nathan se fit moins fébrile, plus langoureux, l'emportant dans un tourbillon de pure sensualité. Ses mains s'égarèrent sur ses hanches, ses flancs, ses seins. Elle se cambra dans une supplique tacite à laquelle il répondit aussitôt en glissant la main dans son décolleté. Il frôla à peine les pointes durcies de ses seins qu'une onde de plaisir brûlant la traversa de part en part.

Abandonnant sa bouche, il promena les lèvres sur son cou. Victoria sentit soudain de l'air frais, et se rendit compte qu'il avait soulevé sa robe jusqu'à la taille. Il insinua le genou entre ses jambes, et elle les écarta spontanément. Les mains de Nathan se refermèrent sur ses fesses rondes, puis il l'incita à chevaucher sa cuisse musclée dans un lent mouvement de va-et-vient.

Rejetant la tête en arrière, Victoria laissa échapper un long gémissement de plaisir. Elle était à peine consciente de sa bouche dans son cou, de ses mains, à elle, agrippées à ses épaules, tant elle était concentrée sur cette sourde palpitation entre ses cuisses, sur les sensations inouïes qui la secouaient à chaque mouvement de ses hanches. Nathan accéléra le rythme, et elle se mit à onduler contre lui en gémissant, le souffle court, se rapprochant dangereusement de... elle ne savait trop de quoi...

Et soudain, elle eut l'impression de tomber dans le vide, d'être aspirée dans un tourbillon de sensations. Des spasmes de plaisir la parcoururent, lui arrachant un cri de surprise qui se mua en gémissement voluptueux tandis qu'elle tremblait de tous ses membres. La marée qui l'avait emportée reflua lentement, et elle se laissa aller contre Nathan, en proie à une délicieuse langueur. Les yeux clos, elle enfouit le visage au creux de son cou, se repaissant du parfum si troublant de sa peau.

Quand son souffle se fut calmé, elle leva la tête et plongea les yeux dans les prunelles aux reflets dorés de Nathan. Seigneur, il produisait sur elle un effet... La description du plaisir féminin qu'elle avait lue dans le *Guide* était loin d'approcher la réalité de l'expérience qu'elle venait de vivre. Et il ne l'avait même pas touchée intimement ! Qu'aurait-elle ressenti, alors ? Elle n'imaginait pas que ce puisse être encore plus merveilleux.

Elle éprouvait le besoin urgent de parler, de mettre des mots sur ce qui venait de se produire, mais aucun ne lui semblait approprié.

— Nathan, se contenta-t-elle de murmurer.

Il esquissa un sourire plein de douceur.

— Victoria, fit-il en glissant derrière son oreille une boucle échappée de son chignon. Tout va bien ?

Elle ferma brièvement les yeux et poussa un long soupir.

— Tout va... merveilleusement bien. À part mes genoux.

Il sourit de nouveau.

— Je ne vous ai pas fait mal ?

— Non, souffla-t-elle en lui caressant la joue. Vous m'avez juste... éblouie. Et coupé le souffle.

— Vous aussi, assura-t-il avant de déposer un baiser sur le bout de son nez. Il se fait tard, je vais m'habiller.

Il la lâcha doucement. Sa robe retomba à terre, tel un rideau après la représentation. Victoria savait qu'elle aurait dû se retourner pour lui accorder un peu d'intimité le temps qu'il enfile ses vêtements, mais elle ne parvenait pas à s'arracher à la contemplation de son corps. Elle aurait dû en avoir honte, mais ne ressentait que de la joie. Si elle avait un regret, c'était que cet intermède soit terminé.

Comme il passait son pantalon, elle ne put ignorer son état d'excitation.

— Vous m'avez accordé bien des libertés avec votre corps, dit-elle.

— Ce fut un plaisir.

— Pour moi aussi.

— Tant mieux, dit-il en enfilant sa chemise.

— Vous… euh, vous n'avez pas pris autant de libertés avec moi.

— C'est un effort qui m'a beaucoup coûté, croyez-moi.

— Puis-je vous demander pourquoi vous… avez fait un tel effort ?

Il s'interrompit et son regard se fit acéré.

— Êtes-vous en train de me demander pourquoi je ne vous ai pas fait l'amour ?

— Je me demande juste pourquoi vous ne m'avez pas touchée comme je vous ai touché, rectifia-t-elle en rougissant.

— Ce qui revient au même, vu que si je vous avais touchée ainsi, nous aurions fait l'amour.

— Et vous ne le vouliez pas.

— Au contraire, fit-il. Je crois que c'était évident. Si je ne vous ai pas fait l'amour, c'est parce que j'ai d'abord pensé à vous, et non à moi.

Il franchit la distance qui les séparait, et lui enserra doucement les poignets.

— Victoria, vous vous rendez sûrement compte que si nous faisions l'amour, vous avez tout à perdre, ce qui n'est pas mon cas. Quoi que vous puissiez penser de moi, je ne suis pas homme à prendre mon plaisir sans songer aux conséquences. Pour dire les choses plus brutalement, ce n'est pas dans le feu de l'action que l'on peut réfléchir à de telles décisions. Quand je vous touche, il se passe quelque chose en moi… À vrai dire, il suffit que je me trouve dans la même pièce que vous pour que cela arrive. Je perds toute maîtrise de moi. Vous me privez de toute raison.

Cet aveu arracha un frisson de plaisir à Victoria.

— Je ne nierai pas qu'il se passe le même « quelque chose » en moi, souffla-t-elle.

L'expression contrariée de Nathan lui suggéra que cette confession ne lui faisait pas plaisir.

— Dans ce cas, vous allez devoir réfléchir sérieusement. Il vaut mieux que nous rentrions à la maison, maintenant.

Il la lâcha et acheva de se rhabiller. De son côté, elle remit un peu d'ordre dans sa tenue. Après quoi, Nathan lui indiqua le chemin d'un geste. Lorsqu'elle passa près de lui, toutefois, il lui attrapa la main et la porta à ses lèvres.

— Sachez, Victoria que, quelles que soient les décisions qui seront prises, j'ai l'intention de me venger de la torture délicieuse que vous venez de m'infliger, et ce, au moment où vous vous y attendrez le moins.

Sur ce, il la précéda dans l'étroit sentier, s'attendant visiblement qu'elle le suive. Ce qui se révéla difficile dans la mesure où elle avait les jambes en coton, et le cerveau à peu près dans le même état. Elle se ressaisit cependant et lui emboîta le pas. Il l'attendait au détour d'un virage. Ainsi donc, il croyait pouvoir lui assener des avertissements provocants, puis la planter là. Eh bien, elle allait lui montrer…

— Victoria ! hurla-t-il.

Presque simultanément, elle sentit un bras puissant s'enrouler autour d'elle. La lame d'un couteau scintilla un instant devant ses yeux avant de se poser sur sa gorge.

15

Dans sa quête du bonheur personnel et de l'aventure, la femme moderne se retrouvera peut-être dans une situation potentiellement dangereuse. Dans ce cas, elle devra garder son calme et demeurer concentrée sur son objectif : se sortir de ladite situation. Quand toutes les tentatives diplomatiques auront échoué, un coup bien placé fera l'affaire.

Le Guide féminin de la poursuite du bonheur personnel,

Charles BRIGHTMORE

— Un cri, un geste, grommela l'homme à l'oreille de Victoria, et vous le regretterez.

Terrifiée, elle cessa de se débattre, sans quitter Nathan des yeux.

Ce dernier s'élança en avant, puis s'arrêta net comme l'homme appuyait la lame sur son cou. D'un regard, il indiqua à la jeune femme qu'elle devait obéir à son agresseur.

— Un pas de plus et je lui tranche la gorge ! menaça celui-ci.

— Lâchez-la ! ordonna Nathan d'une voix glaciale que Victoria ne lui connaissait pas.

— Dès que j'aurai obtenu ce que je veux.

— Je vous donnerai ce que vous voulez. *Après* que vous l'aurez relâchée.

— Désolé, je ne marche pas dans la combine, et vu que c'est moi qui tiens la lame… À propos de lame, sortez donc la vôtre de votre botte, lentement, et jetez-la au loin. Un geste suspect, docteur, et c'est la dame qui paiera.

— Vous savez donc qui je suis, fit Nathan.

— Je sais qui vous êtes *et* qui vous étiez, répliqua l'autre en resserrant sa prise sur Victoria. Faites ce que je vous dis.

Osant à peine respirer, Victoria regarda Nathan, dont les yeux demeuraient rivés sur le malfrat, sortir de sa botte un couteau qu'il lança au loin.

— À présent, lâchez-la, intima-t-il.

— Dès que vous m'aurez remis la lettre.

— Quelle lettre ?

D'un geste sec, le bandit entailla légèrement le cou de Victoria, qui étouffa un cri. Elle sentit un liquide chaud couler sur sa peau et faillit s'évanouir en comprenant qu'il s'agissait de son propre sang.

— À cause de votre question stupide, la dame a désormais une cicatrice. Une autre question, et elle perdra une oreille. Et si vous prétendez ne pas avoir ce que je veux, c'est la vie qu'elle perdra. C'est clair ?

— Très clair, répondit Nathan.

— Je veux la lettre qui se trouvait dans le sac de la dame. Tout de suite. Vous me la donnez gentiment, et je pars.

Seigneur, elle allait mourir ! Nathan n'avait pas la lettre sur lui. Il tenterait de la sauver, elle le savait, mais que pouvait-il faire sans arme et sans monnaie d'échange ? Sa vie allait s'achever. Elle succomberait de la main de cet ignoble gredin, qui avait sans doute prévu de tuer Nathan également. Un flot de terreur l'envahit, et elle se sentit défaillir.

— Qu'est-ce qui me garantit que vous la laisserez partir quand je vous aurai donné ce que vous souhaitez ?

— Vous allez devoir me croire sur parole, répondit le malfrat avec un ricanement répugnant. Mais ne vous inquiétez pas, docteur, ma parole vaut bien la vôtre. L'honneur des voleurs, vous connaissez.

Retenant son souffle Victoria vit Nathan se baisser et tirer une feuille de papier de sa botte. La lettre ! Il l'avait ! La peur qui la paralysait se dissipa à mesure qu'elle reprenait espoir.

Mais Nathan ne pouvait remettre un si précieux document à cette canaille sans résister. Il allait faire appel à quelque ruse d'espion pour le désarmer et le réduire à l'impuissance. Nathan se redressa et tendit les deux feuilles de la lettre à l'inconnu.

— Lancez-la ! ordonna ce dernier. Et débrouillez-vous pour qu'elle tombe à mes pieds si vous voulez que la dame s'en sorte sans mal.

La lettre vola dans les airs. Victoria ne vit pas où elle retomba, mais Nathan avait dû faire mouche, car elle n'eut pas la gorge tranchée.

— Couchez-vous, maintenant, reprit le brigand. Face contre terre.

Persuadée que Nathan allait passer à l'action, Victoria garda les yeux rivés sur son visage, attendant un signal de sa part, une indication quelconque quant à ses intentions. Tendue comme un arc, elle le vit se coucher à terre.

— Les mains derrière la tête, docteur !

Nathan croisa les doigts sur la nuque.

Un flot de fureur inouï submergea alors Victoria. Quoi ! Ce malfrat allait s'en tirer à bon compte !

— Maintenant, ma petite dame, vous allez vous diriger vers le docteur et vous allonger sur le sol, comme lui. Au moindre écart, je vous enfonce ma lame dans le dos. Et il subira le même sort.

Jamais elle ne s'était sentie aussi impuissante. Elle avait envie de hurler, de se débattre, mais elle redoutait qu'il ne mette ses menaces à exécution. Elle n'était pas en position de le frapper, mais elle ne pouvait se résoudre à ne rien faire ! Si elle poussait la lettre hors de portée de son agresseur, Nathan en profiterait peut-être pour agir. Elle donna donc un coup de pied à l'aveuglette.

L'homme la relâcha à cet instant précis et la repoussa brutalement. Elle trébucha, se prit le pied dans sa robe, puis s'affala sur le sol en criant.

Elle eut à peine le temps de comprendre ce qui s'était passé que deux mains la saisissaient aux épaules et la retournaient. Elle croisa le regard de Nathan, qui semblait mort d'inquiétude.

— Victoria, souffla-t-il, les yeux rivés sur son cou.

Comme il ôtait en hâte sa chemise, elle porta la main à sa gorge et sentit un liquide gluant.

— Je saigne.

— Oui. Je sais. Laissez-moi regarder ça de plus près.

— Où est…

— Il est parti.

— Mais il a…

— Chut ! Ce n'est pas grave. Ne vous en faites pas.

— Mais vous devez…

— M'occuper de vous. Taisez-vous et penchez légèrement la tête… Voilà.

Elle le sentit lui tamponner doucement la peau à l'aide de sa chemise.

— La plaie est superficielle, déclara-t-il d'une voix posée, sans masquer son soulagement. Je vais exercer une pression pour arrêter l'hémorragie. Ne bougez pas et détendez-vous.

Victoria demeura immobile, mais quant à se détendre… Tout en appuyant la compresse de fortune sur son cou, il examina ses paumes égratignées, puis souleva sa robe pour jeter un coup d'œil à ses genoux écorchés. Après quoi, il la palpa ici ou là en lui demandant si elle souffrait. C'était là un aspect de lui qu'elle ne connaissait pas. Il était soudain redevenu un médecin face à sa patiente : compétent, attentif, et impersonnel dans sa façon de la toucher.

— Rien de grave, conclut-il avec un sourire rassurant. Vous serez courbatue pendant quelques jours, mais je vous donnerai une pommade qui devrait vous soulager. À présent, voyons cette plaie, ajouta-t-il en ôtant la compresse. Vous ne saignez presque plus.

Il remit le tissu en place et y posa la main de Victoria.

— Ça ira ? s'enquit-il.

— Bien sûr. Je ne suis pas la créature fragile que vous voyez en moi.

Elle avait voulu s'exprimer d'un ton ferme, mais, à sa grande honte, elle sentit ses lèvres trembler et ses yeux s'emplir de larmes. Et le sourire tendre de Nathan ne fit rien pour diminuer sa honte.

— Victoria chérie, vous êtes la femme la plus courageuse que je connaisse.

— J'ai fait de mon mieux.

— Vous avez été formidable.

Une larme roula sur sa joue.

— Je ne sais pas ce qui m'arrive. Je ne suis pas du genre pleurnicharde, d'habitude, bredouilla-t-elle en reniflant. Pas du tout même !

Il essuya ses larmes avec douceur.

— Je sais, mon ange. Vous êtes une guerrière. Mais même les guerriers versent une larme après une bataille acharnée.

— Ah bon ?

— Absolument.

Sur ces mots, il la souleva dans ses bras.

— Qu... que faites-vous ?

— Je vous ramène à la maison, répondit-il en se mettant en route d'un pas vif. Accrochez-vous.

Victoria glissa les bras autour de son cou.

— Je peux marcher, protesta-t-elle sans conviction.

— Je sais, mais je préfère vous porter, alors laissez-moi ce plaisir. S'il vous plaît.

— Dès lors que vous me le demandez poliment...

Elle soupira et se blottit contre lui, la joue reposant sur son épaule nue. Elle avait l'impression que ses forces l'avaient abandonnée d'un coup tant elle se sentait épuisée, soudain. Elle demanda cependant :

— Cet homme vous connaissait, apparemment. Vous aussi vous le connaissiez ?

— Non.

— Selon vous, comment a-t-il su, pour la lettre ?

— Je l'ignore. Et, franchement, je me soucie davantage de vous ramener à la maison que de m'interroger sur le salaud qui vous a blessée. Nous en reparlerons quand je vous aurai soignée et que vous serez en sécurité, au coin du feu. Pour l'heure, contentez-vous d'appuyer sur votre plaie.

Elle nota vaguement qu'il avait employé un terme grossier, mais elle était trop fatiguée pour lui en faire la remarque. Au manoir, ils furent accueillis par un Langston alarmé. Après l'avoir rassuré, Nathan ordonna :

— Il me faut de l'eau chaude, des linges propres et du cognac, le tout dans ma chambre. Tout de suite.

Après quoi, il se dirigea vers l'escalier.

— Votre chambre ? souffla Victoria, scandalisée. Vous ne pouvez m'emmener dans *votre* chambre.

— Bien sûr que si ! C'est là que se trouve ma trousse, et je refuse de vous laisser seule pour aller la chercher.

— Je peux fort bien rester seule quelques instants.

— Sans doute. Mais je n'y tiens pas. Inutile de discuter, nous sommes arrivés.

Nathan ouvrit la porte, et la laissa entrouverte pour des raisons de bienséance. Non pas qu'il se souciât de respecter la bienséance, mais il ne voulait pas soumettre Victoria à une tension inutile. Il déposa la jeune femme sur son lit avec précaution.

— Appuyez encore un peu sur la compresse, lui conseilla-t-il en lui effleurant la main qui tenait la chemise tachée de sang. Je vais chercher mes instruments et me laver les mains.

Il se dirigea vers une cuvette posée sur la table de toilette et entreprit de se savonner. Il en profita pour se ressaisir.

Seigneur, jamais il n'oublierait la vision de Victoria avec ce couteau sous la gorge. Il n'avait pas éprouvé une telle peur depuis le soir funeste où Gordon et Colin avaient été blessés. Et celle-ci n'était rien comparée à ce qu'il avait ressenti en voyant cet homme surgi de nulle part bondir sur la jeune femme.

Et tout était sa faute. Il se trouvait trop loin d'elle pour la protéger. Pourquoi diable l'avait-il quittée des yeux, même un court instant ? Il la croyait juste derrière lui. En se rendant compte que ce n'était pas le cas, il aurait dû revenir sur ses pas. Mais elle était apparue, et il l'avait regardée approcher, admirant sa grâce, son allure. Puis l'ombre avait surgi…

Nathan ferma les yeux pour chasser cette vision de son esprit. Il y songerait plus tard, en même temps qu'il réfléchirait au châtiment à infliger à cette ordure dès qu'il lui aurait mis le grappin dessus.

On frappa à la porte, puis Langston entra avec une bassine d'eau chaude, des linges propres et une bouteille de cognac.

— Je pose tout cela sur la table de chevet, docteur Nathan ?

— Oui, répondit-il en se séchant les mains. Où est lady Delia ?

— Au salon, avec votre père.

— Parfait. Je ne souhaite pas les inquiéter, d'autant que les blessures de lady Victoria sont superficielles. Accordez-moi un quart d'heure, puis j'irai les informer moi-même de l'incident.

— Bien, docteur Nathan, fit le majordome, qui se racla la gorge avant d'ajouter : Peut-être souhaiterez-vous enfiler une chemise avant de descendre ?

— Bonne idée, reconnut-il en baissant les yeux sur son torse nu. Merci.

Le majordome sortit, laissant la porte entrouverte. Nathan alla chercher sa trousse dans l'armoire, ainsi qu'une chemise propre. Le visage blême de Victoria lui serra le cœur, mais il prit sur lui et, endossant son masque professionnel, lui adressa un sourire rassurant.

— Comment vous sentez-vous ? s'enquit-il en enfilant sa chemise.

— Un peu meurtrie, admit-elle. Et j'ai soif.

Il lui servit un verre de cognac et s'assit au bord du lit.

— Buvez cela.

Dès la première gorgée, elle grimaça.

— Pouah, c'est absolument infect !

— Étant donné les goûts de mon père en matière de cognac, et le fait que j'ai, euh, trouvé de nombreuses caisses de Fine Napoléon, je soupçonne ce breuvage d'être parmi les meilleurs.

— Trouvé ? répéta-t-elle en haussant les sourcils. Comment diable *trouve*-t-on des caisses de cognac français ?

— Oh, par hasard, répondit Nathan d'un air innocent.

— Hmm. Eh bien, je ne trouve guère de finesse dans ce breuvage.

Nathan se mit à rire.

— Cet alcool n'est peut-être pas à votre goût, mais il soulagera vos douleurs. Buvez.

Elle obéit à contrecœur.

— Ce truc infâme va me brûler l'estomac, commenta-t-elle quand elle eut vidé son verre.

— N'ayez crainte. Je serai là pour vous soigner.

— Alors que vous êtes à l'origine de mes souffrances en m'ayant obligée à boire ?

— Ne répétez pas à mes patients que je soigne des maladies que j'ai provoquées moi-même.

Il posa le verre et trempa un linge dans l'eau chaude.

— À présent, je vous serais reconnaissant de me laisser travailler.

Elle l'observa d'un œil méfiant.

— Jusqu'où irait votre reconnaissance ?

— Je vous ferai monter un repas et préparer un bain chaud. Ça vous convient ?

— À merveille. Sauf que…

— Quoi ?

— Je n'aime guère les médecins, débita-t-elle d'une traite.

— Moi non plus, répondit-il. Ce sont de vieux messieurs très méchants qui ont tendance à appuyer là où cela fait mal avec leurs mains froides.

— Précisément !

— Heureusement pour vous, je ne suis ni vieux ni méchant. Et je n'ai pas les mains froides. En outre, je préférerais me jeter dans la Tamise plutôt que de vous faire souffrir.

La jeune femme parut se détendre un peu, mais pas totalement.

— J'ignore si c'est rassurant, compte tenu de votre goût pour la baignade, railla-t-elle.

— J'apprécie l'eau du lac, oui. Mais pas l'eau du fleuve.

Il ôta délicatement la main de Victoria de la compresse.

— Où est passée ma guerrière intrépide de la forêt ?

— Elle n'est peut-être pas aussi intrépide que vous le pensez.

— Allons donc. Elle est le courage incarné, fit-il en nettoyant le sang séché. Et elle a le droit de me frapper si je la contrarie de quelque façon que ce soit en la soignant.

— C'est noté.

— Et avec quelle promptitude, observa-t-il. Attendez quand même que j'aie terminé. À présent, dites-moi ce que vous pensez du brigand qui nous a subtilisé la lettre ?

— Subtilisé ? Il me semble que vous la lui avez remise de votre plein gré, répondit-elle d'un ton un poil accusateur.

— C'est vrai. Il aurait pu vous égorger en l'espace d'une seconde, c'est pourquoi j'ai jugé préférable de lui obéir.

Après avoir appliqué de la pommade sur sa blessure, il examina les mains de la jeune femme.

— J'ignorais que vous aviez la lettre sur vous, reprit-elle.

— Je voulais qu'elle soit en sécurité.

Victoria émit un grommellement narquois.

— De toute évidence, vous auriez dû choisir une autre cachette !

Il nettoya ses paumes à vif.

— Vous m'en voulez ?

— Vous tenez vraiment à le savoir ?

— Bien sûr.

— Alors oui, je vous en veux. Ou du moins, je suis déçue. Vous n'avez rien fait pour arrêter cet homme ! Je croyais que les espions connaissaient un tas de manœuvres pour désarmer leurs adversaires. Or vous lui avez obéi sans broncher, si bien qu'à présent, il a cette maudite lettre.

— Et votre tête est toujours attachée à votre corps. D'après vous, qu'est-ce qui était le plus important à mes yeux ?

Elle se calma aussitôt.

— Ce n'est pas de l'ingratitude, reprit-elle. J'ai simplement peur qu'il ne trouve les bijoux avant nous.

— Cela m'étonnerait. En tout cas, pas avec la lettre et le plan que je lui ai remis.

— Que voulez-vous dire ?

— Les documents que je lui ai si facilement cédés sont des leurres, comme on dit dans le guide de l'espion.

Il souleva sa robe pour nettoyer des genoux meurtris.

— Comment cela ?

— J'ai rédigé une fausse lettre et dessiné un faux plan qui représente les îles Scilly, à vingt-huit miles au large de la côte. De quoi le tenir à l'écart le temps de mener à bien nos recherches avec les documents authentiques, qui sont en parfaite sécurité.

Abasourdie, Victoria le dévisagea un instant, puis son expression laissa la place à un mélange d'admiration et de contrariété.

— Oh, fit-elle d'une toute petite voix. Il semblerait que je vous doive des excuses.

— Si vous le jugez vraiment nécessaire…

— Absolument. Je suis désolée, Nathan. J'aurais dû me rappeler que vous étiez « insurpassablement » brillant.

— Hum, en effet, vous auriez dû, admit-il avec un sourire tout en déposant une noix de pommade sur sa paume.

— Je me sens ridicule. Figurez-vous que j'ai trébuché parce que je cherchais à écarter la lettre pour vous permettre de contre-attaquer. J'ignorais que vous maîtrisiez la situation.

Nathan réprima un rire ironique. Jamais il ne s'était senti aussi peu maître de la situation, au contraire.

— Certes, vous auriez pu me parler de ce leurre, reprit-elle. Cela dit, vous m'avez sauvé la vie.

Elle porta la main de Nathan à ses lèvres et l'embrassa.

— Merci, mon héros.

Attendri, il lui caressa la joue.

— Je vous en prie. Je suis heureux de constater que vous préférez me voir vaincre l'ennemi grâce à mon cerveau plutôt qu'à mes poings. Mais il n'empêche que lorsque je reverrai ce salaud, je le ferai payer pour ce qu'il vous a fait.

— J'espère quant à moi ne plus jamais le revoir ! lâcha Victoria en frissonnant. J'ai eu la peur de ma vie.

« Et moi donc ! » songea Nathan en rabattant la robe de la jeune femme sur ses jambes.

— Comment vous sentez-vous ?

— Vous avez déjà fini ? s'étonna-t-elle. Beaucoup mieux, merci.

— Parfait.

Elle décela dans ses yeux une lueur amusée.

— Vous m'avez bien eue, dit-elle.

— Moi ? fit-il d'un air innocent.

— Vous avez détourné mon attention en m'encourageant à parler.

— Vraiment ? J'ai pourtant cru remarquer que vous n'aviez pas besoin d'encouragements pour parler.

— Hmm. La méthode est habile. Et efficace. Ma tante se doutait que vous étiez un excellent médecin. Elle avait raison, une fois de plus.

— Merci pour ce compliment. Laissez la pommade agir pendant deux heures, le temps de dîner. Ensuite, vous prendrez un bain chaud. Il faudra appliquer à nouveau de la pommade, et au lit. D'accord ?

— Oui, docteur.

— C'est bien. Vous êtes une patiente docile.

— Pas du tout. Je fais semblant pour vous remercier de votre gentillesse.

— Je vois.

Il referma sa trousse, puis s'empara de la bouteille de cognac.

— Oh non ! s'exclama Victoria. Je ne veux plus boire une goutte de ce breuvage infect.

— Ne vous inquiétez pas. C'est pour moi.

Il avala une rasade de cognac et ferma les yeux, savourant la douce brûlure de l'alcool. Puis il les rouvrit, posa son verre et plongea son regard dans celui de la jeune femme.

— Je n'ai fait que mon devoir de médecin. Vous n'avez pas à me remercier. D'autant que je suis responsable de vos blessures.

— Pas du tout…

— Mais si, Victoria. Votre père m'a chargé de vous protéger. J'ai échoué. Mais je vous donne ma parole que cela ne se reproduira plus.

— Vous n'avez pas échoué, Nathan, assura-t-elle avec douceur en lui caressant la joue.

— Le fait que vous soyez allongée sur ce lit en est la preuve. De même que ce qui s'est passé prouve que quelqu'un est prêt à tout pour trouver ces bijoux.

Il posa la main sur la sienne et tourna la tête pour lui embrasser la paume.

— Promettez-moi de ne plus vous aventurer seule hors de cette maison, dit-il d'un ton plus brusque qu'il ne l'aurait souhaité.

— Je vous le promets.

Rassuré, il se leva.

— Je vais informer mon père et votre tante de ce qui s'est passé. Ensuite, je vous confierai à lady Delia, qui vous aidera à regagner votre lit.

Nathan ne put résister à l'envie de déposer un baiser sur son front avant de quitter la chambre. Il ignorait qui était responsable de cette agression, mais, cette fois, il ne fuirait pas. Il trouverait les réponses à ses questions, et le coupable paierait cher.

16

La femme moderne saisira toutes les occasions de faire de nouvelles expériences. Toutefois, il est toujours avisé d'écouter les conseils de femmes qui, grâce à leur audace, auront déjà acquis une certaine connaissance des affaires intimes. Une conversation avec une personne bien informée peut se révéler à la fois rassurante, enrichissante et utile. En outre, il est toujours plus amusant d'avoir des complices.

Le Guide féminin de la poursuite du bonheur personnel,

Charles BRIGHTMORE

Victoria posa de côté le plateau en argent, puis s'adossa à ses oreillers avec un soupir d'aise.

— Cette bisque était délicieuse.

Elle sourit à sa tante qui l'avait aidée à se changer, puis avait dîné avec elle dans sa chambre.

— Vous croyez que la cuisinière serait disposée à me révéler sa recette ?

— Dans le cas contraire, le Dr Oliver saura la lui soutirer grâce à son charme, répondit Delia en observant sa nièce par-dessus le rebord de son verre. Si un autre que lui m'avait raconté ce que tu viens de subir, je me serais sans doute évanouie. Mais il a… je ne sais pas, l'art et la manière. Il est si sûr de lui, si rassurant.

— C'est vrai, admit Victoria.

Il y avait aussi tant d'autres choses en lui qui la ravissaient et la troublaient tout à la fois.

— Et terriblement séduisant, continua Delia. Et quelle vigueur! Quand je pense qu'il t'a portée jusqu'à la maison! Il montre une telle sollicitude à ton égard, Victoria.

Une rougeur désormais familière empourpra les joues de la jeune femme.

— C'est normal, déclara-t-elle. Il est médecin. Il se soucie de ses patients.

Tante Delia posa sa tasse d'un geste décidé.

— Ma chère enfant, tu as habilement esquivé le sujet durant tout le repas, mais il serait temps de cesser et que nous parlions de ce charmant docteur. Si tu crois vraiment que sa sollicitude n'était que professionnelle, c'est que tu as besoin de lunettes. Tu ne vois donc pas combien tu l'attires? J'ajoute qu'il faudrait être aveugle pour ne pas remarquer que cette attirance est réciproque.

Victoria tressaillit de se découvrir si transparente.

— Vu son physique, n'importe quelle femme le trouverait attirant.

— Oui, mais c'est pour *toi* que je m'inquiète.

Tante Delia quitta son fauteuil pour venir s'asseoir au bord du lit.

— Je vois bien que tu es troublée, Victoria. Si tu me confiais ce qui te tourmente?

La jeune femme se mit à tripoter nerveusement l'édredon. Elle mourait d'envie d'ouvrir son cœur, mais ne pouvait décemment évoquer devant sa tante la nature sensuelle de ses tourments, et de ses contacts avec Nathan. Elle ne pouvait lui avouer quels désirs scandaleux il lui inspirait. Sa tante risquait d'être choquée et, pire, de lui interdire de le voir seule. Sa raison lui soufflait que ce serait sans doute mieux, mais son cœur ne voulait rien entendre. De plus, comment discuter d'un sujet auquel elle-même ne comprenait rien?

— C'est gentil de vous inquiéter pour moi, ma tante, répondit-elle avec un sourire forcé, mais je n'ai aucun problème.

— Je vois. Tu as peur de me choquer. Pourtant, je t'assure que ce n'est pas le cas. Je te comprends parfaitement, mon enfant. Tu as toujours tout planifié. Petite, déjà, tu décidais à l'avance de tes dix prochaines lectures. Durant la saison, tu as réfléchi précisément au genre d'homme que tu devrais épouser. Tu es venue ici pour obéir à ton père, mais tu avais déjà prévu de regagner Londres au plus vite pour te choisir un mari. Et te voilà désemparée à cause de cette attirance que tu éprouves pour le beau Dr Oliver, et qui met à mal tous tes projets.

— Comment le savez-vous, ma tante ? ne put que demander Victoria.

— D'abord, j'ai beaucoup d'intuition. Ensuite, nous nous ressemblons énormément toutes les deux, et j'aurais réagi comme toi dans la même situation. Tu es en train d'apprendre que les projets de longue date manquent cruellement de spontanéité.

— Je n'aime pas la spontanéité.

— Au contraire, tu viens de découvrir, à ton grand désarroi, que l'imprévu te plaisait. C'est un sentiment nouveau, voilà tout. Ni Branripple ni Dravensby ne produisent un tel effet sur toi.

— Non, avoua-t-elle, soulagée par la clairvoyance de son aînée. Et je ne comprends pas pourquoi. Ils sont tous deux charmants. Et me conviennent beaucoup mieux que le Dr Oliver.

— Vraiment ? fit sa tante, sceptique.

— Bien sûr. Non seulement ils sont titrés, mais j'ai de nombreux points communs avec eux.

— Tu en es certaine ? Tu ne les trouves pas un peu… ennuyeux ?

Mortellement, songea la jeune femme, que cette conversation déstabilisait plus qu'elle ne l'aidait.

— Je ne saisis pas. Je m'attendais que vous me mettiez en garde contre le Dr Oliver.

— Un homme séduisant, qui est visiblement amoureux de toi et qui te fait pétiller les yeux ?

— Un homme dépourvu de titre, qui vit dans un modeste cottage et fuit la haute société, rétorqua Victoria.

— Tout cela ne fait pas de lui un parti incompatible. Il n'est peut-être pas héritier, mais il est le fils d'un comte.

— Et que faites-vous de mon avenir ? En épousant Branripple ou Dravensby, je deviendrais comtesse. J'aurais une place dans la société. La décision que je prendrai à mon retour aura des conséquences sur mon existence entière.

— Certes, admit tante Delia, en lui pressant la main. Mais tu sais bien que ton père ne te laisserait pas sans un sou.

— Mon père s'attend que je fasse un beau mariage.

— Naturellement. Mais il veut surtout que tu sois heureuse.

Delia poussa un soupir.

— Et Sutton et Alwyck ? reprit Delia. Tu as un vicomte et un comte à portée de main. D'après ce que j'ai vu, lors des deux soirées que nous avons passées en leur compagnie, ils te trouvent à leur goût. Et ils sont tous deux plus que beaux garçons.

— C'est vrai.

Hélas, aucun d'entre eux ne lui faisait battre le cœur. Elle n'avait pas envie d'être près d'eux en permanence, ne brûlait pas de les toucher. Nathan, lui, suscitait ces désirs en elle par sa simple présence.

— Ils vivent ici, en Cornouailles, reprit-elle. Ce n'est pas le trou perdu que je redoutais, mais je ne me vois pas habiter si loin de Londres, si loin de la civilisation. De plus, je connais à peine ces messieurs, alors que je croise Branripple et Dravensby depuis des années.

— Tu ne connais pas le Dr Oliver depuis très longtemps non plus, objecta sa tante. Les sentiments ne se mesurent pas à l'aune de ce genre de détail.

Lady Delia observa les flammes, dans la cheminée, d'un air rêveur.

— Parfois, une rencontre suffit à allumer une étincelle, à engendrer un désir, une envie que personne d'autre n'a su nous inspirer.

Elle cligna les yeux et, se ressaisissant, se tourna vers sa nièce.

— Je suis certaine que Branripple et Dravensby feraient des maris tout à fait acceptables qui ne te poseraient aucun problème. Mais il faut écouter ton cœur, Victoria. La vie peut être morne et ennuyeuse, ou bien se révéler une grande aventure. Vivre avec un homme terne est un cauchemar, alors que partager son quotidien avec un homme qui vous fait battre le cœur…

Elle poussa un long soupir qui étonna Victoria.

— … peut être une aventure merveilleuse, conclut Delia.

— Possible, mais il faut bien manger au cours de cette grande aventure, répondit la jeune femme.

— En effet. Mais nul besoin d'un festin de roi chaque jour pour apaiser sa faim.

— Être attiré physiquement par quelqu'un ne suffit pas. Je n'ai rien en commun avec le Dr Oliver.

— Vraiment ? Son père m'a beaucoup parlé de lui, et si j'en crois ce qu'il m'en a dit, vous avez des intérêts communs.

— Du genre ?

— La lecture, la passion du savoir, le goût des contes. Votre amour des animaux…

Victoria leva les yeux au ciel.

— Il ne s'occupe pas d'animaux ordinaires.

— Ce n'est pas un homme ordinaire, rétorqua sa tante. Vous êtes tous deux intelligents, et il est évident qu'il te reconnaît cette qualité et qu'il l'admire. Une femme intelligente impressionne toujours les hommes tels que lui.

— Je ne souhaite peut-être pas l'impressionner.

— Allons donc. N'importe quelle femme souhaiterait impressionner un homme pareil. Veux-tu savoir ce que j'en pense ?

— Bien sûr, répondit Victoria, même si elle n'en était pas certaine.

— Je crois que tu as peur de l'impressionner. Que tu cherches à maintenir une certaine distance entre vous, à sauvegarder les barricades que tu as dressées autour de toi.

— C'est à coup sûr préférable vu nos situations respectives. Quand je retournerai à Londres, c'est un autre homme que je choisirai pour l'épouser. Du reste, je ne suis pas du tout le genre de femme que veut le Dr Oliver. Il voit en moi une fleur de serre décorative.

— Il te veut, en dépit de lui-même, c'est indéniable.

Delia observa la jeune femme avec attention, puis une lueur pétilla dans son regard.

— Il t'a embrassée !

Les joues de Victoria s'enflammèrent.

— Je le vois bien, reprit Delia, sans lui laisser le temps de répondre. Et je parie qu'il sait embrasser une femme.

Prise de court par la franchise de sa tante, Victoria secoua la tête.

— Et vous n'êtes pas scandalisée, ma tante ?

— Ma chère enfant, c'est le contraire qui me scandaliserait. Franchement, il me décevrait. Quelle honte pour un homme de ne pas tenir les promesses que l'on décèle dans son regard. Et je sens qu'il a réussi à éveiller ta curiosité.

Victoria tenta de chasser de sa mémoire la vision du corps nu de Nathan.

— Je le crains.

— A-t-il évoqué ses sentiments pour toi ?

— Non.

— Il me paraît franc, et il est évident qu'il est aussi perdu que toi.

— Il est plus probable qu'il n'y a aucun sentiment à évoquer.

Tante Delia rejeta ces propos d'un geste de la main.

— Il se retrouve amoureux d'une femme qui, j'en suis certaine, n'a rien de commun avec celles qu'il séduit en général.

Une image surgit à l'esprit de Victoria : Nathan, nu, excité, se penchant pour embrasser une femme. Une femme qui n'était pas elle. L'aiguillon brûlant de la jalousie la transperça aussitôt.

Tante Delia esquissa un sourire.

— Il doit être fort contrarié. Et la pensée que tu en épouses un autre… Voilà qui ne doit pas lui plaire. La question est de savoir ce que tu comptes faire, à propos de cette attirance ? Quelles sont tes intentions ?

Ses intentions ? Victoria n'en avait pas. Son projet de vengeance semblait désormais d'une naïveté ridicule. Pour la première fois de sa vie, elle dérivait dans un océan d'incertitudes, sans la moindre terre en vue.

— J'ai bien peur de ne pas avoir d'intentions précises. En fait, je suis un peu… perdue.

Tante Delia hocha la tête d'un air pensif.

— Crois-le ou non, Victoria, je me retrouve dans la même situation. Tu as raison : la décision que tu prendras aura des conséquences sur ta vie entière. Il est donc impératif que tu fasses le bon choix. J'ai quelque chose, dans ma chambre, que je tiens à te montrer, ajouta-t-elle en se levant. J'en ai pour une minute.

Sur ces mots, elle quitta la pièce. Victoria commençait à peine à se remettre du tour pris par leur conversation que sa tante revint avec une bourse en soie fermée par un cordonnet.

— Qu'est-ce que c'est ? s'enquit-elle, tandis que Delia s'asseyait au bord du lit.

— C'est mon alliance, répondit sa tante en sortant de la bourse une bague en or ornée de diamants.

Victoria reconnut le somptueux bijou qu'elle n'avait pas vu depuis des années.

— Vous ne la portez plus.

— Je l'ai enlevée le jour où Geoffrey est mort.

Victoria eut un élan de compassion pour sa tante. Son oncle Geoffrey était un homme morose, sans humour, porté sur la boisson et, d'après les rumeurs, coureur de jupons. Tante Delia parlait rarement de lui.

Elle examina la bague. Elle avait une grande valeur, mais ne lui plaisait guère.

— Pourquoi me la montrez-vous ?

— Je veux t'expliquer ce qu'elle représente pour moi. C'est le symbole contradictoire de tout ce que je désirais et de tout ce que j'ai fini par déplorer. En épousant Geoffrey, j'étais si naïve… Je ne savais rien de la vie. Et je ne me connaissais pas moi-même. Lorsque j'ai accepté un mariage que je pensais être dans mon intérêt, j'ai cru que mon innocence serait un atout.

Elle posa sur Victoria un regard triste.

— Je me trompais. Si seulement j'avais su à l'époque ce que je sais aujourd'hui…

— Oui ? murmura la jeune femme pour l'inciter à continuer.

— Je n'aurais pas fait les mêmes choix, lâcha Delia d'un ton farouche. J'aurais cherché à déterminer quels étaient mes désirs profonds. J'aurais agi ensuite en fonction de ce que je voulais et non pas de ce qu'on attendait de moi. Et quelle que soit la bataille dans laquelle j'aurais choisi de me lancer, j'aurais veillé à être bien armée et à savoir à quoi m'attendre. L'innocence n'est pas une bénédiction, contrairement à ce que dit le poète. En ce qui me concerne, elle fut ma perte. J'aimerais que tu acceptes ceci, ajouta-t-elle en tendant la bourse en soie à Victoria.

Perplexe et curieuse, celle-ci en sortit un livre. Et demeura bouche bée. Elle n'aurait su dire si ce qui la choquait le plus était que sa tante possède cet ouvrage ou qu'elle le lui offre ? Elle effleura les lettres dorées de la couverture en cuir. *Le Guide féminin de la poursuite du bonheur personnel*, par Charles Brightmore.

— Tu connais ce livre, bien sûr, reprit Delia. Comme tout le monde. Il défraie la chronique depuis des mois. Ses conseils provocants dépassent les limites de la bienséance, mais je dois admettre que j'en aurais eu grand besoin lorsque j'étais jeune. Je veux que tu le lises pour que tu ne commettes pas les mêmes erreurs que moi. Pour que tu disposes des connaissances qui t'aideront à faire les bons choix. Ce voyage en Cornouailles est l'occasion pour toi de mieux te connaître, loin du regard de la haute société. C'est une chance que je regrette de ne pas avoir eue…

Victoria leva les yeux sur sa tante, qui la regardait avec tendresse et sollicitude. Elle comprenait désormais pourquoi celle-ci ne s'était pas montrée très assidue quant à ses devoirs de chaperon. Sans un mot, elle glissa le livre dans la bourse qu'elle rendit à sa tante.

— Je ne puis l'accepter.

Delia rougit.

— Je t'ai choquée, mon enfant. Je suis désolée. C'est juste que je…

— Je ne vais pas vous priver de votre exemplaire alors que je possède le mien, coupa Victoria. Que j'ai d'ailleurs lu avec attention.

Sa tante cilla puis, retrouvant bien vite son aplomb, lui sourit d'un air si compréhensif qu'elle en eut la gorge nouée.

— Alors vis ton aventure, ma chérie. Le fait que tu sois une femme ne doit pas déterminer ton destin. Crois en ta bonne étoile et suis les élans de ton cœur. Tu bénéficieras toujours de mon soutien indéfectible. N'oublie pas d'écouter ton cœur, répéta-t-elle en serrant le livre dans son enveloppe de soie contre sa poitrine. Moi, j'en ai l'intention.

— Que voulez-vous dire ?

— Je veux que mon âme et mon cœur chantent de bonheur ! Je mérite de vivre la passion dont j'ai été privée dans ma jeunesse. Toi aussi, tu le mérites.

Victoria n'en croyait pas ses oreilles. Sa tante ne pouvait suggérer qu'elle... Pourtant, elle semblait l'encourager à...

Devenir la maîtresse de Nathan !

Cette simple perspective suffit à la faire frémir de la tête aux pieds. Elle n'avait pas permis à cette pensée de prendre racine dans son esprit de crainte de ne pouvoir y résister. Mais maintenant qu'elle était semée, elle grandissait à une vitesse alarmante.

Un coup frappé à la porte fit sursauter les deux femmes.

— Entrez, dit Victoria.

C'était Nathan. Le cœur de la jeune femme se mit à battre sourdement tandis qu'il la parcourait d'un regard intense, scrutateur, dévastateur. En pantalon noir, chemise blanche et gilet ivoire, il était la virilité incarnée. Et beau à couper le souffle.

— Bonsoir, mesdames, les salua-t-il. Comment vous sentez-vous, lady Victoria ?

« Bouleversée, par votre faute », aurait-elle pu lui répondre.

— Beaucoup mieux, merci. Le dîner était succulent.

— Je suis ravi que vous l'ayez apprécié. J'avoue que ce n'est pas une simple visite de courtoisie. Je suis ici en tant que médecin.

— Dois-je vous laisser ? s'enquit tante Delia en se levant.

— Non. Votre présence changera les idées de ma patiente, qui a exprimé ouvertement son aversion pour les médecins. Je vous en prie, poursuivez votre conversation.

Victoria lança un coup d'œil à sa tante, dont les yeux pétillaient de malice.

— Très bien. De quoi parlions-nous, déjà, Victoria ? demanda cette dernière, faisant mine de réfléchir. Ah oui, des livres que nous avons lus dernièrement ! Quel titre me conseillais-tu, mon enfant ?

Victoria étouffa une irrépressible envie de rire. Seigneur, sa tante était devenue une vraie chipie.

— *Hamlet*, déclara-t-elle d'un ton ferme.

— Tu en es sûre ? s'étonna lady Delia. Je croyais avoir entendu…

— *Hamlet* ! coupa la jeune femme, tiraillée entre effroi et hilarité. Je vous assure.

Delia lui adressa un clin d'œil derrière le dos de Nathan.

— Je croyais dur comme fer qu'il s'agissait du *Songe d'une nuit d'été*.

Nathan examina les mains de Victoria.

— Voilà donc de quoi bavardent les dames entre elles, commenta-t-il d'un ton amusé. De Shakespeare.

— En effet, répondit Victoria avant que sa tante ne laisse de nouveau libre cours à son espièglerie.

— Et moi qui pensais que vous parliez des hommes…

— Shakespeare était un homme, répliqua-t-elle, s'efforçant vaillamment d'ignorer les frissons de plaisir qui la parcouraient tandis qu'il lui soulevait le menton pour examiner son cou.

— Je songeais à des hommes vivants.

— Oh, mais nous parlons d'eux aussi, intervint Delia.

— Entre autres sujets, intervint Victoria en la foudroyant du regard.

— Mon père et moi nous sommes sentis bien seuls sans vous, ce soir, fit Nathan en rabattant la courtepointe, et en repoussant la robe de Victoria pour examiner ses genoux.

Il se comportait de façon totalement impersonnelle, mais ses mains avaient le don d'embraser la jeune femme.

— Votre frère n'a pas dîné avec vous ? s'enquit-elle d'une voix un peu haletante.

— Non. Il est parti pour Penzance et ne rentrera que très tard.

Il remit la courtepointe en place, puis se leva et sourit.

— Tout va bien. Et vous avez repris des couleurs. Vous êtes même un peu rouge.

Il lui tâta le front. Comment lui expliquer qu'elle risquait d'être encore plus rouge s'il la touchait ainsi ?

— Vous n'avez pas de fièvre, reprit-il, visiblement soulagé.

— Je me sens bien. Votre pommade a apaisé la sensation de brûlure.

— Tant mieux. Vous serez tout de même un peu courbatue demain matin, la prévint-il. Je vais faire monter de l'eau chaude pour votre bain. Après quoi, il faudra vous coucher. Puis-je vous accompagner au salon, lady Delia ? ajouta-t-il en se tournant vers cette dernière. Mon père rêve d'une partie de backgammon. Il n'aime pas jouer avec moi parce que je le bats régulièrement.

— Je serais ravie de le battre, moi aussi, répondit Delia en riant. Songe à ce que je t'ai dit, ma chérie, souffla-t-elle en embrassant sa nièce.

Avant de sortir, Nathan chercha le regard de Victoria.

— Profitez bien de votre bain, dit-il, une lueur étrange dans les yeux.

17

La femme moderne qui décide de prendre son destin en main et de déclarer à l'objet de son affection : j'ai envie de vous (ce à quoi nous l'encourageons), devra être sûre d'elle, car il est fort improbable que le gentleman décline son invitation.

Le Guide féminin de la poursuite du bonheur personnel,

Charles BRIGHTMORE

Nathan lâcha le rebord de la fenêtre située au-dessus de la chambre de Victoria, et atterrit souplement sur le balcon de celle-ci. Après quoi, il se tapit dans l'ombre, glissa un coup d'œil par la porte-fenêtre, et se figea à la vue du spectacle qui s'offrait à lui.

Alanguie dans la baignoire de cuivre, ses boucles rassemblées en un chignon dont quelques mèches s'échappaient, Victoria était plongée dans un livre. Elle se mordilla soudain les lèvres, puis esquissa un sourire énigmatique. Si seulement il pouvait être l'objet de ses pensées...

Elle referma son livre, le posa sur une tablette, puis ferma les paupières en soupirant.

Une rose rouge à la main, Nathan ouvrit sans bruit la porte-fenêtre et pénétra à pas de loup dans la chambre. La jeune femme avait la tête inclinée en arrière. En voyant la petite cicatrice sur son cou, il serra les dents. Il poursuivit son exploration. L'eau chaude venait lui lécher les épaules, formant deux petites mares au-dessus de ses clavicules. On devinait ses seins d'albâtre, son ventre plat, le triangle de boucles brunes au-dessus de ses cuisses fuselées. Ses chevilles reposaient sur le bord de la baignoire, laissant voir ses mollets et ses pieds cambrés.

— Votre bain est agréable, Victoria ?

Elle ouvrit les yeux et étouffa un cri d'effroi. D'un mouvement vif, elle replia les jambes, et croisa les bras pour dissimuler ses seins.

— Qu… qu'est-ce que vous faites là ?

— Je viens m'assurer que vous appréciez votre bain, répondit-il en lui tendant la rose.

Le regard stupéfait de Victoria passa de son visage à la fleur, dont elle s'empara avec précaution avant d'en humer les pétales veloutés.

— Pourquoi êtes-vous vêtu de noir ? s'étonna-t-elle.

— Pour éviter que quelqu'un me remarque sur votre balcon.

Une lueur d'intérêt s'alluma dans son regard tandis qu'elle lançait un coup d'œil en direction de la porte-fenêtre.

— Vous êtes passé par le balcon ? Comment ?

— J'ai sauté de la fenêtre située à l'étage supérieur.

— Non ! s'exclama-t-elle, les yeux écarquillés.

— Si.

— Vous êtes fou ? Imaginez que vous soyez tombé, vous auriez pu vous blesser grièvement.

— Je serais mort, plus vraisemblablement, corrigea-t-il d'un ton grave. Par chance, j'ai le pied sûr.

— Pourquoi ne pas être entré par la porte, tout simplement ?

— C'est trop prévisible, surtout quand on compte sur l'effet de surprise. En outre, je risquais davantage d'être surpris. Si votre porte avait été fermée à clé, on m'aurait peut-être vu en train de crocheter la serrure. Si j'avais frappé, vous auriez enfilé un peignoir avant de m'ouvrir, et je n'aurais pas eu le plaisir de vous admirer dans votre bain. Et permettez-moi de vous dire que je n'aurais raté cela pour rien au monde.

La jeune femme rougit.

— Donc, vous avez sauté d'une fenêtre sur mon balcon.

— Nous sommes ainsi, nous, les espions, fit-il d'un ton désinvolte. Je suis toutefois soulagé de ne pas m'être blessé. Je crains d'avoir un peu perdu la main.

— Et vous n'êtes pas venu examiner mes écorchures ?

— Pas exactement, avoua-t-il en traversant la pièce.

Il tourna la clé dans la serrure. Le cliquetis résonna dans le silence de la chambre. Puis il s'approcha de la baignoire en roulant les manches de sa chemise jusqu'aux coudes sous le regard inquiet de Victoria. S'agenouillant auprès d'elle, il trempa le bout des doigts dans l'eau.

— Je serais ravi d'examiner vos écorchures, reprit-il, les yeux rivés aux siens, mais, par souci d'honnêteté, je dois vous mettre en garde : Je suis ici en tant qu'homme et non en tant que médecin. Un homme qui a l'intention…

Il n'acheva pas sa phrase, se contentant de suivre du doigt la ligne de sa clavicule. Le regard lumineux, elle murmura d'une voix un peu haletante :

— De quoi ? De me séduire ?

— Vous séduire, répéta-t-il d'un air rêveur. Voilà une idée alléchante à laquelle je vais réfléchir. Pour notre prochaine entrevue.

— Notre prochaine entrevue ? fit-elle, déconcertée.

Il afficha une expression de regret.

— Oui. Car j'ai bien peur que cette visite-ci ne soit destinée à prendre ma revanche.

Sans lui laisser le temps de répondre, il s'empara des serviettes posées sur un guéridon, près de la baignoire, puis alla s'appuyer nonchalamment au manteau de la cheminée.

La jeune femme fixa les serviettes, qu'il avait gardées à la main, puis sa chemise de nuit, étalée sur le lit.

— J'ai compris, déclara-t-elle, les lèvres pincées. C'est votre façon de me rendre la monnaie de ma pièce. Je vous ai vu nu et trempé au bord du lac, alors vous voulez me voir nue et trempée à mon tour.

— Ce n'est que justice. Et je vous avais prévenue. Je vous rappelle en outre que vous ne vous êtes pas contentée de me voir nu et trempé, au bord du lac.

Il esquissa un sourire avant d'ajouter :

— J'ai bien l'intention d'aller jusqu'au bout de ma vengeance.

La lueur d'intérêt qui s'alluma dans les yeux de Victoria lui procura une intense satisfaction. Sans le quitter des yeux, elle croisa les mains sur le rebord de la baignoire, et y posa le menton.

— Et si je restais dans mon bain ?

— Il faudra bien que vous en sortiez à un moment ou à un autre, riposta-t-il en souriant. Je suis prêt à attendre le temps qu'il faudra.

— Hmm… Et si je refuse ?

— Dans ce cas, je serai contraint de vous rejoindre dans la baignoire.

— Vous le feriez ?

— Est-ce une invitation ?

— Non, répliqua-t-elle, c'est une question. Je suis en train de réfléchir à la situation et j'ai besoin d'une réponse.

— Dans ce cas, ma réponse est oui. Sans la moindre hésitation.

— Je vois. Dans ce cas, laissez-moi réfléchir encore un peu.

— Prenez tout votre temps, dit Nathan avec un geste magnanime.

Comme il posait les serviettes sur le tapis, il se rendit compte qu'il avait également emporté un livre.

— Tiens, tiens ! l'infâme *Guide féminin*, commenta-t-il en se redressant.

Il l'ouvrit et lut un passage au hasard :

— *De nombreux moyens s'offrent à la femme moderne pour séduire le gentleman qu'elle désire, la seule limite étant son imagination. Elle peut l'inviter à une promenade au clair de lune dans l'intention de l'entraîner dans une allée sombre pour une entrevue galante. Aucun gentleman ne résistera à un message anonyme, mais parfumé, dans lequel vous n'aurez noté que l'heure et le lieu du rendez-vous.*

Nathan leva les yeux et opina.

— Cette méthode fonctionnerait très bien avec moi, en effet. Dois-je continuer ?

— Si vous voulez. Je crois que le conseil suivant suggère à la dame de caresser discrètement le monsieur à travers son pantalon.

Nathan reprit sa lecture.

— C'est cela, confirma-t-il.

Il n'aurait su dire s'il était intrigué ou troublé par les lectures scandaleuses de la jeune femme. La pensée qu'elle mette en pratique les conseils prodigués dans cet ouvrage était très excitante. Mais l'idée qu'elle le fasse avec un autre que lui était insupportable. Il referma le livre et le posa sur la cheminée.

— À quoi pensez-vous ? s'enquit-il en croisant le regard indéchiffrable de la jeune femme.

— Vous tenez vraiment à le savoir ?

— Oui.

— Je me demande comment vous parvenez à me troubler alors que vous vous trouvez à plusieurs mètres de moi et que je suis dans l'eau.

Étaient-ce ses propos ou sa voix rauque qui le surprenaient le plus ? Il n'eut pas le temps de s'interroger davantage, car elle se leva lentement. L'eau ruissela sur son corps, les myriades de gouttelettes accrochant la lumière des flammes. Il la parcourut du regard, et le désir fusa en lui, si violent qu'il faillit vaciller.

Il dut déglutir à deux reprises avant de retrouver l'usage de la parole.

— J'ignore si surgir des eaux telle une nymphe fait partie des méthodes de séduction conseillées par votre *Guide*, mais je dois dire que, si tel est le cas, vous avez parfaitement compris la leçon.

— Il ne le conseille pas, mais je ferai quelques annotations dans la marge.

Elle sortit de la baignoire avec grâce et se dirigea vers lui en ondulant légèrement des hanches, l'ensorcelant à chaque pas. Un mélange d'audace et de timidité brillait dans ses yeux. Elle s'arrêta à moins d'un mètre de lui et il dut lutter pour ne pas l'attirer à lui et la plaquer contre son corps avec l'ardeur d'un adolescent. Il prit une profonde inspiration pour calmer les battements effrénés de son cœur, mais ne parvint qu'à inspirer son parfum.

— Je croyais que vous m'aviez prescrit d'aller me coucher, murmura-t-elle. Parce que j'ai besoin de repos...

— Vous irez vous coucher, mais pas tout de suite.

Il était conscient de la dévorer du regard, et s'efforça de tempérer sa faim. Leurs regards se croisèrent, et il tressaillit en lisant du désir dans celui de Victoria.

Sa Victoria...

Cette pensée le mit mal à l'aise. Non, elle n'était pas à lui. Elle ne le serait jamais en dehors de quelques instants volés. Mais il s'en inquiéterait plus tard.

— Voyons si la vengeance est aussi douce qu'on le dit, souffla-t-il.

Il la prit par la main et l'entraîna vers le miroir.

— J'ai envie de vous toucher, Victoria...

C'était plus qu'une envie, se rendit-il compte. C'était un besoin comme jamais il n'en avait éprouvé. Il se plaça derrière elle.

— Je veux que vous me regardiez vous toucher…

« Et que vous sachiez combien je vous désire, continua-t-il pour lui-même. Et je veux être témoin de votre désir pour moi. »

Immobile, osant à peine respirer, Victoria embrassa du regard le reflet de son corps nu, et de Nathan dans son dos. Elle était à la fois choquée et excitée par ce spectacle. Lorsqu'elle voulut masquer sa nudité, il lui prit les mains.

— Non, souffla-t-il contre sa tempe. Ne vous cachez pas.

Elle rougit et vacilla. Ce n'était pas la première fois qu'elle se regardait nue dans la glace pour explorer ses courbes. Que ressentirait-elle si un homme la caressait ? Pas n'importe quel homme. *Celui-ci.* Celui qui l'avait fascinée dès leur première rencontre. Il ôta une à une les épingles qui retenaient ses cheveux et les laissa tomber sur le tapis. Les boucles brunes cascadèrent jusqu'à sa taille. Avec un soupir, Nathan enfouit le visage dans sa chevelure.

— Cette odeur de roses… murmura-t-il.

— C'est mon parfum favori, articula-t-elle.

— Le mien aussi, désormais, dit-il en croisant son regard dans la glace.

La chaleur de ses mains sur sa peau et la force qui émanait de son corps si viril l'enveloppèrent. Le cœur battant, le souffle court, elle lutta pour paraître détendue. En vain. Il avait une façon de la regarder… Jamais un homme ne l'avait contemplée ainsi. Sans doute parce qu'elle ne fréquentait que les salons londoniens.

Tout de noir vêtu, l'ombre et la lumière jouant sur son visage, il évoquait ce flibustier qu'elle avait vu en lui la première fois qu'ils s'étaient rencontrés. Beau, viril, et quelque peu dangereux. Et, à sa grande honte, elle mourait d'impatience à l'idée de découvrir le sort qu'il lui réservait.

Il repoussa doucement ses cheveux afin de dévoiler sa nuque tout en glissant le bras autour de sa taille afin de l'attirer contre lui. Victoria perçut aussitôt le renflement dur de son sexe contre ses reins, et une vague torride l'inonda de la tête aux pieds.

Il s'inclina, déposa un baiser dans son cou. Fascinée, elle regarda ses doigts glisser de son épaule à la naissance de sa gorge. Seigneur, il l'avait à peine touchée que déjà elle perdait pied ! Il dut le sentir, car il lui prit les mains, les souleva pour les enrouler autour de son propre cou en murmurant d'une voix de velours :

— Retenez-vous à moi.

Reconnaissante, elle croisa les doigts sur sa nuque. Il lui frôla la tempe de ses lèvres, puis caressa lentement ses bras ainsi levés. Appuyant la tête contre son épaule, elle observa le jeu de ses mains sur sa peau pâle, explorant, caressant, comme s'il cherchait à graver dans sa mémoire chaque détail de son corps.

— Votre cœur bat très fort, souffla-t-il tandis que sa main s'égarait sur sa poitrine.

Elle se souvint lui avoir fait la même remarque au bord du lac.

— Cela ne vous surprend pas, j'en suis sûre, dit-elle, imitant sa réponse mot pour mot.

Elle le sentit sourire, mais toute son attention était concentrée sur ses doigts experts qui titillaient les pointes dressées de ses seins. Haletante, elle ferma les yeux.

— Ne fermez pas les yeux, lui ordonna-t-il. Regardez comme vous êtes belle.

Un gémissement de pur plaisir lui échappa tandis qu'elle creusait les reins, offerte. Il répondit à son invitation en déposant dans son cou un chapelet de baisers brûlants entrecoupés de petits coups de langue. Ses caresses à la fois langoureuses et tendres contrastaient avec le désir violent qui s'était emparé de la jeune femme.

— Nathan... soupira-t-elle en s'agitant contre lui, impatiente, exigeante.

Il inspira à fond, et pressa son sexe gonflé de désir contre ses reins.

— Patience, mon ange, chuchota-t-il.

D'une main, il lui caressa les seins, de l'autre, il s'aventura vers le creux de son nombril, son ventre. Puis plus bas encore. Ses doigts effleurèrent le triangle sombre.

— Écartez les jambes, Victoria.

Elle obéit et, pantelante, suivit du regard ses doigts qui s'insinuaient entre les replis de son intimité. Le premier contact la prit de court, puis, comme si une barrière cédait, un flot de sensations nouvelles la submergea. Comme animées d'une vie propre, ses hanches se mirent à onduler. Les doigts de Nathan effleurèrent un point exquisément sensible, et elle ne put retenir un long gémissement. Elle ne reconnaissait pas cette femme, dans le miroir, une femme aux paupières lourdes, au corps frémissant. Une femme charnelle, voluptueuse, scandaleuse...

Les doigts de Nathan s'enfouirent plus profondément, exerçant un mouvement circulaire qui la rendit presque folle.

— Je vous ai dit que jamais, vous ne me verriez à genoux devant vous, vous vous rappelez ? fit-il d'une voix rauque, tout contre son cou.

— O... oui... dit-elle dans un soupir.

— Et vous m'avez répondu qu'il ne fallait jamais dire jamais.

Lorsqu'il la lâcha, elle protesta, puis se tut comme il se plaçait face à elle. Leurs bouches se trouvèrent, leurs langues se mêlèrent en un délicieux combat sensuel tandis que ses mains à lui recommençaient leur exploration. Il n'interrompit son baiser ardent que pour prendre entre ses lèvres brûlantes la pointe dressée de son sein. Le doux mouvement de succion fit naître une chaleur troublante au creux du ventre de Victoria. Enivrée, elle agrippa les épaules de Nathan, rejeta la tête en arrière, et laissa la sensation se déployer en elle.

Après avoir accordé les mêmes attentions à son autre sein, il s'agenouilla lentement, traçant de la langue un sillon qui descendit jusqu'à son nombril. Ses mains remontèrent le long de ses mollets, de ses cuisses, de ses fesses, tandis que sa bouche frôlait son ventre ferme. De plus en plus bas. Lorsque sa langue effleura le bourgeon si sensible entre les pétales de son sexe, Victoria sentit ses jambes se dérober sous elle. Elle se cramponna aux épaules de Nathan en ondulant des hanches, consciente de la vague énorme de plaisir qui enflait en elle, encore et encore, jusqu'à l'explosion finale qui lui arracha un cri tandis que les spasmes de la jouissance la secouaient tout entière.

Ses tremblements se calmèrent peu à peu, la laissant repue, et sans forces.

Sans un mot, Nathan se releva et la souleva dans ses bras pour la porter jusqu'au lit, sur lequel il la déposa avec douceur. Elle croisa son regard, et y découvrit une gravité inattendue. Il remonta la courtepointe, glissa une mèche derrière l'oreille de la jeune femme, et murmura :

— La vengeance est vraiment douce.

Le cœur de Victoria manqua un battement. Tout dans son attitude suggérait qu'il entendait s'en tenir là. Rassemblant son courage, elle hasarda :

— Vous n'avez certainement pas terminé.

— Vous souhaitez poursuivre ?

— Pas vous ?

— Vous me répondez encore par une question. Vous avez réfléchi ?

— Longuement. Et pas « dans le feu de l'action », comme je me souviens vous l'avoir entendu dire.

— Et vous avez envisagé *toutes* les conséquences ?

— Oui. Dans des circonstances normales, je ne me serais peut-être pas engagée dans une liaison, mais notre situation est particulière à plus d'un titre.

— C'est-à-dire ?

— L'endroit où nous nous trouvons, pour commencer. À Londres, il nous serait difficile de rester discrets. Ici, personne ne me connaît. Je n'ai aucune intention de revenir en Cornouailles. Toutes mes relations sont en ville.

— Si nous étions découverts, aucune distance ne serait suffisante pour vous protéger du scandale. Il faut aussi penser à l'éventualité d'une grossesse.

— Il existe des moyens d'éviter ce problème, répondit-elle. En tant que médecin, vous devez le savoir.

— En effet, fit-il. Mais je n'imaginais pas que vous le saviez aussi.

— Mon *Guide* est une mine de renseignements.

— Ah, le fameux *Guide* ! Je dois avouer que le peu que j'en ai lu m'a troublé.

— Cet ouvrage n'est pas seulement troublant, répliqua-t-elle. Il procure aux femmes des informations auxquelles, sans lui, elles n'auraient pas accès.

— Comme, par exemple, comment caresser un homme ? Comment le séduire ?

— Entre autres, oui.

— Hmm. Dans ce cas, je dois des remerciements à son auteur. Mais pour en revenir à notre conversation, il y a d'autres éléments à prendre en compte. Même si notre liaison demeurait secrète, vous seriez vite démasquée le soir de vos noces. Je doute que votre futur époux sera enchanté en découvrant que la femme qu'il vient d'épouser a eu un amant.

— Le *Guide* suggère plusieurs moyens de faire face à cette situation, qui, soit dit en passant, ne regarde en rien ces messieurs. On n'exige pas des hommes qu'ils se marient vierges, il me semble.

— Peut-être pas. Mais vous attisez ma curiosité. Comment l'auteur conseille-t-il de faire face à cette situation ?

— Personnellement, je pencherais pour l'enthousiasme. Le *Guide* indique que si une femme se montre active et prend des initiatives lors de la nuit de noces plutôt que d'attendre que les choses se passent, son mari sera tellement ravi qu'il ne songera pas aux... euh, détails.

Si le regard de Nathan demeura indéchiffrable, sa mâchoire fut soudain agitée d'un tic nerveux.

— Je vois, dit-il d'un ton neutre.

— Cela dit, j'ignore en quoi le déroulement de ma nuit de noces vous concerne.

Une lueur étrange scintilla brièvement dans les yeux de Nathan.

— Je m'en inquiète parce que je ne voudrais pas que vous souffriez. De quelque manière que ce soit

— Merci. J'apprécie votre sollicitude. Mais...

— Mais quoi ?

Elle poussa un soupir.

— Eh bien, pour un homme qui prétend me désirer, vous semblez terriblement réticent à devenir mon amant. Et, malheureusement, je ne me souviens pas que le *Guide* explique quoi faire lorsqu'on se trouve en présence d'un monsieur récalcitrant.

— Récalcitrant ?

Le regard sombre, il déboutonna sa chemise sans quitter Victoria des yeux.

— Ma chérie, sachez que je ne suis pas le moins du monde récalcitrant. Je tenais simplement à m'assurer que vous étiez pleinement consciente de ce à quoi vous vous exposiez.

Il se débarrassa de sa chemise qu'il laissa tomber à terre. Le regard de Victoria passa de son torse musclé à son ventre plat, puis au renflement qui tendait le tissu de son pantalon. Seigneur, il n'avait pas menti...

— Et à quoi est-ce que je m'expose ? s'enquit-elle, le cœur battant.

— À un amant qui ne se satisfera pas de ne vous faire sienne qu'une fois. Je tiens à ce que notre liaison dure tout le temps de votre séjour ici.

— Je vois.

Elle repoussa la courtepointe, s'agenouilla devant Nathan, et fit courir son index de son torse à son ventre.

— Dans un souci d'honnêteté, je préfère vous prévenir que, moi non plus, je ne me contenterai pas d'un amant d'une seule nuit. Comme vous, je tiens à ce que notre liaison dure tout le temps de mon séjour ici.

Elle insinua le doigt sous sa ceinture, et le sentit se contracter.

— C'est une épreuve que je subirai avec le sourire, assura-t-il.

— Bien sûr, si vous ne pensez pas posséder les ressources nécessaires…

— Vous doutez de ma vigueur ? l'interrompit-il.

— Si je dis oui, me prouverez-vous que j'ai tort ?

— Disons que cela m'inciterait à relever le défi.

— Alors oui, déclara-t-elle sans l'ombre d'une hésitation.

18

La femme moderne choisira un gentleman capable d'être un amant généreux et attentionné qui veillera à son plaisir. Il est tout aussi important qu'elle songe au plaisir de son partenaire, car, ce faisant, elle accroîtra le sien.

Le Guide féminin de la poursuite du bonheur personnel,

Charles BRIGHTMORE

Nathan n'hésita pas non plus. Il n'avait que trop attendu ce moment. Il eut toutefois l'impression de mettre une éternité à se dévêtir entièrement tant ses mains tremblaient.

Il rejoignit enfin Victoria sur le lit, la fit basculer sur le dos et s'étendit sur elle. Savourant le contact de son corps sous le sien, il enfouit les doigts dans sa chevelure et s'empara de sa bouche voracement. Nouant les bras autour de son cou, elle répondit à son baiser avec une fougue telle que Nathan dut lutter pour garder le contrôle.

Il aurait voulu prendre tout son temps pour cette première fois, mais en la sentant se tortiller sous lui, il lui apparut que c'était au-dessus de ses forces. Son sexe palpitait contre son ventre, pressé de s'enfouir en elle. Réprimant un gémissement, il s'agenouilla et écarta les cuisses de la jeune femme.

Elle voulut l'attirer à elle, mais il secoua la tête, incapable de prononcer un mot. Il lui replia les jambes, les lui écarta davantage. Le spectacle de son sexe humide de désir faillit lui faire perdre l'esprit. Doucement, il en caressa les replis veloutés. Lorsque les hanches de Victoria se mirent en mouvement, il introduisit un doigt, puis deux, en elle. Elle était brûlante, prête à le recevoir… Il ne pouvait patienter davantage.

S'appuyant sur les avant-bras, il la pénétra lentement. Les yeux bleus de la jeune femme étaient rivés sur lui, à la fois émerveillés et inquiets.

— Glissez vos mains dans les miennes, dit-il d'une voix rauque.

Elle obéit. Son regard verrouillé au sien, il donna un premier coup de reins. Les doigts de la jeune femme se refermèrent sur les siens.

— Je vous ai fait mal ? demanda-t-il en s'interrompant.

Elle secoua la tête, sa chaleur soyeuse l'enveloppant comme un gant. Nathan serra les dents, brûlant de repartir à l'assaut.

Elle ferma les yeux, et murmura dans un soupir :

— Votre corps sur moi… en moi… c'est un délice…

Elle arqua le dos, l'attirant plus profondément en elle, et il perdit le contrôle de la situation. Avec un gémissement, il s'enfonça en elle presque jusqu'à la garde, puis se retira doucement. Il recommença encore et encore, plus vite et plus fort, son désir plus puissant à chaque poussée. Audacieuse, Victoria vint à sa rencontre, épousa son rythme. Son souffle se fit haletant, ses doigts serrèrent les siens. Un cri jaillit de sa gorge, et son corps frémit tandis que la déferlante de la jouissance l'emportait. Nathan attendit qu'elle se calme, puis il se retira et enfouit le visage dans son cou, son sexe bandé entre eux. Le plaisir ne tarda pas à le balayer à son tour, et il se répandit sur son ventre en murmurant son prénom.

Il demeura immobile de longues secondes, respirant son parfum mêlé à celui de leurs peaux moites. Puis il releva la tête et contempla son beau visage, ses joues empourprées, sa bouche humide. Elle posa la main sur sa joue et un sourire trembla sur ses lèvres.

— Nathan, chuchota-t-elle.

Une tendresse comme jamais il n'en avait ressenti s'empara de lui.

— Victoria, souffla-t-il en embrassant sa paume encore meurtrie.

Le sourire de la jeune femme s'épanouit. Elle ferma les yeux et s'étira voluptueusement. Le regard de Nathan suivit la courbe de sa joue, puis s'arrêta sur la plaie, juste sous la mâchoire. Elle aurait pu se faire égorger. Il aurait pu la perdre. Dans le sillage de la fureur et de la peur, une évidence se fit jour.

Il l'aimait.

Cette révélation lui fit l'effet d'une gifle. Il secoua la tête, comme pour chasser cette idée ridicule.

Bon sang, il n'était pas stupide au point de tomber amoureux d'une femme qui n'était manifestement pas pour lui ! Une femme qui avait prévu d'épouser sous peu un homme titré, mondain, riche et citadin. Un homme qui l'emmènerait à l'opéra et la couvrirait de bijoux. Et qui n'était pas lui…

Oh, il n'était pas pauvre, loin de là ! Mais il n'était pas fortuné non plus. Trois ans plus tôt, il avait pris tous les risques pour de l'argent, et cela lui avait coûté très cher. Sa richesse, désormais, c'était son paisible cottage de Little Longstone. Le monde de Victoria était à des lieues du sien. Et cependant, les mots continuaient de résonner dans sa tête et dans son cœur : « Je l'aime. »

Nom d'un chien, oui, il l'aimait ! Il aimait son charme, son sourire, sa détermination, son courage, son intelligence et sa gentillesse. Sa façon de le défier, aussi. Trois ans auparavant, elle l'avait fasciné et, dans l'intervalle, il avait passé son temps à se convaincre qu'elle n'était qu'une jolie fleur de salon, que ce qu'il croyait ressentir n'était que le produit de son imagination. Mais en deux jours, elle avait réussi à lui prouver que, non seulement il l'avait sous-estimée, mais que leur attirance était bien réelle, et réciproque. Si elle était capable de bouleverser son univers en l'espace de deux jours, quelle tornade déchaînerait-elle en quelques semaines ?

Seigneur... Il était censé tomber amoureux d'une fille simple qui aimait la vie à la campagne, et non d'une mondaine qui s'épanouissait dans un univers qu'il fuyait comme la peste. Une femme qui regagnerait les salons londoniens en ne lui laissant rien d'autre que des souvenirs et un cœur brisé.

Ce ne pouvait être qu'un moment d'égarement, se rassura-t-il. Une réaction d'après l'amour, qui se dissiperait dès qu'il se serait remis de leurs ébats.

— Nathan... quelque chose ne va pas ?

Sa voix douce le tira de ses pensées. Elle l'observait d'un air soucieux, voire déconcerté.

En effet, quelque chose n'allait pas. Et par sa faute.

— Non, tout va bien, mentit-il.

Il s'écarta de la jeune femme, et quitta le lit pour aller ramasser les serviettes qui gisaient près de la cheminée. Il profita de ce qu'il faisait une toilette rapide, dos tourné, pour se ressaisir. Comme il le soupçonnait, il suffisait de mettre une certaine distance entre eux pour que tout rentre dans l'ordre. Diable, comment réfléchir posément alors qu'elle reposait nue entre ses bras ? Impossible. Victoria n'était qu'une passade, une distraction superbe qui embaumait la rose, décréta-t-il. Un profond soulagement l'envahit.

Il se retourna, croisa son regard. Et son soulagement fit place à une passion renouvelée.

Il l'aimait.

Avec un calme qu'il était loin de ressentir, il retourna vers le lit et, à l'aide d'une serviette humide, effaça les traces de leurs ébats. Il n'osait la regarder de peur de trahir ses sentiments.

Autrefois, lorsqu'il était espion, il maîtrisait à la perfection l'art de mentir, de dissimuler ses émotions. Pourquoi diable n'y parvenait-il pas en cet instant ? « Parce que tu n'es plus le même homme », lui murmura une petite voix. Non, en effet, admit-il. Et il ne voulait plus jamais être cet homme-là. Toutefois, tant que Victoria serait en Cornouailles, il devrait faire semblant.

Il remonta la courtepointe sur la jeune femme. Alors, enfin, il se risqua à la regarder. Et se figea.

Ses yeux emplis de détresse et brillants de larmes lui firent l'effet d'un coup de poignard en plein cœur.

— Je vous ai déplu, murmura-t-elle.

Il couvrit sa main de la sienne pour l'empêcher de tripoter nerveusement la courtepointe. Il s'en voulait de lui avoir donné une impression erronée.

— Non, mon Dieu, non !

Elle releva bravement le menton – geste qu'il trouvait si attendrissant –, sans parvenir toutefois à masquer sa confusion et son chagrin.

— Je ne suis pas aveugle, Nathan. Si je vous ai déçue de quelque façon que ce soit, je veux que vous me le disiez.

— Il n'y a rien à dire, assura-t-il en pressant les lèvres sur sa main avec ferveur. Bien au contraire, vous m'avez comblé à un point que je n'imaginais pas.

Elle parut moins inquiète.

— Et vous n'aimez pas les surprises, dit-elle.

— J'avoue que je les trouve… déstabilisantes. Dans ce cas, précis, cependant, ce fut un enchantement.

— Je pourrais en dire autant, vous savez, fit-elle, visiblement soulagée.

— Le dites-vous ?

Elle se mit à rire, et il eut l'impression que le soleil venait d'émerger de derrière un nuage.

— Chercheriez-vous les compliments ?

Il laissa échapper un soupir exagéré.

— Je m'efforcerai d'écouter tous les compliments que vous daignerez m'adresser, déclara-t-il.

— Très bien. Je crois désormais savoir ce que vous faites le mieux.

— Vraiment ?

— Oui. Et j'aimerais beaucoup que vous m'en fassiez de nouveau la démonstration, ajouta-t-elle.

Il déposa un baiser sur sa paume.

— Et si je vous disais que je ne vous ai pas encore montré ce que je fais le mieux ?

Les pupilles de Victoria se dilatèrent de surprise, faisant renaître en lui un désir puissant. La jeune femme se redressa sur son séant, et la courtepointe glissa, dévoilant sa poitrine.

— Dans ce cas, je suis impatiente de le découvrir.

Il effleura du bout des doigts la pointe d'un sein qui durcit instantanément ; une partie de son anatomie, à lui, réagit de façon identique.

— Pour ma part, je sais ce pour quoi vous êtes le plus douée, Victoria.

— De quoi s'agit-il ? s'enquit-elle en se cambrant pour mieux s'offrir à ses caresses.

— Votre simple présence suffit à captiver, fasciner, enchanter, séduire.

— Cela fait quatre, souffla-t-elle.

Elle glissa la main derrière la nuque de Nathan et l'attira à elle.

— Embrassez-moi, fit-elle d'un ton impatient.

Réprimant un sourire, il observa :

— Vous êtes très exigeante…

— J'ai constaté que c'était plus efficace que la sagesse et la retenue.

Il songea à sa réaction passionnée lors de leur premier baiser.

— Avez-vous déjà été sage ? demanda-t-il.

Elle s'écarta de lui, déconcertée.

— Je ne sais pas. C'est ce que l'on attend de moi, certes, mais j'aime donner des ordres. J'en ai assez d'être considérée comme un bibelot. Encore… conclut-elle en se penchant vers lui.

— Avec plaisir.

Mais à l'instant où il s'allongea sur elle et s'empara de ses lèvres, il sut que le plaisir qu'ils allaient partager durant les quelques jours à venir se solderait par de la souffrance.

19

Si la femme moderne se voit contrainte de choisir entre deux messieurs, voire davantage, sa raison se trouvera en lutte avec son cœur. Dans ce cas, elle se demandera s'il vaut mieux se fonder sur des considérations financières ou sociales, ou bien suivre les élans de son cœur.

Le Guide féminin de la poursuite du bonheur personnel,

Charles BRIGHTMORE

Impatiente et fébrile, Victoria remonta d'un pas vif le couloir menant à sa chambre. Ils étaient convenus que Nathan s'éclipserait peu après le dîner, tandis qu'elle s'attarderait avec sa tante et leur hôte au salon un quart d'heure, avant de se retirer à son tour. Mais elle n'avait aucune intention de dormir.

Nathan... S'était-il vraiment écoulé une semaine depuis cette première nuit ensemble ? S'ils n'avaient pas trouvé les bijoux, ce qu'ils avaient partagé l'avait comblée au-delà du possible.

Utilisant le plan quadrillé de Nathan, ils passaient leurs journées à fouiller chaque recoin du domaine. Les espoirs de Victoria commençaient à s'amenuiser, d'autant qu'ils n'avaient toujours pas reçu de réponse de son père.

Nathan ne s'aventurait jamais très loin d'elle, de peur d'une nouvelle agression. Il avait tenu à glisser un petit pistolet pour dames dans leur sacoche à outils. Selon toute vraisemblance, le brigand qui leur avait dérobé le plan n'avait pas encore découvert qu'il était sur une mauvaise piste.

Ces heures en compagnie l'un de l'autre, à rire et à bavarder, leur permettaient de se découvrir chaque jour davantage. Victoria entraînait Nathan dans le jardin, puis dans la serre, pour l'embrasser à perdre haleine. Au cours d'une promenade en barque, sur le lac, la jeune femme chuta et découvrit les joies de faire l'amour dans l'eau. Ensemble, ils pêchaient des crabes, qu'ils rapportaient fièrement à la cuisinière. Ils n'étaient que quatre à table – tante Delia et le père de Nathan semblant, eux aussi, très proches –, car Colin n'était toujours pas rentré de Penzance. Il était retenu par quelque affaire urgente, d'après le message qu'il avait envoyé. Quant à lord Alwyck, il ne leur avait pas rendu de nouvelle visite.

Victoria réalisa son rêve d'enfant en confectionnant des gâteaux avec la cuisinière, et Nathan tenta de l'initier au billard. Elle ne se révéla pas très douée, mais se défendit en expliquant que son professeur la distrayait. De son côté, elle voulut lui apprendre à jouer un morceau au piano, instrument pour lequel il ne montra aucune aptitude, malgré l'habileté dont ses doigts faisaient preuve en d'autres occasions.

Si Victoria savourait chaque seconde passée entre ses bras, elle aimait également les moments passés à ne rien faire de plus excitant que boire une tasse de thé, par exemple. Elle était frappée par la façon dont il lui parlait. Et l'écoutait. Il lui demandait son opinion sur un tas de questions, et jamais elle ne se sentait ridicule si elle ignorait quelque chose. Il la taquinait gentiment, la défiait, et l'encourageait à réfléchir à des sujets auxquels elle s'intéressait peu autrefois, comme la politique.

Ses théories sur la médecine, qui allaient souvent à l'encontre des méthodes traditionnelles, la fascinaient.

Ils passaient des heures à débattre de Shakespeare, de Byron ou d'Homère, et étaient de plus en plus proches. En plus d'être son amant, Nathan était son ami, se rendit-elle compte. Un ami capable de l'embraser d'un simple regard…

Ils avaient passé sept nuits de rêve dans les bras l'un de l'autre, à explorer mutuellement leurs corps, à faire l'amour avec douceur et tendresse, ou avec fureur et passion, et elle savait désormais lui donner du plaisir de mille façons.

Elle gagna donc sa chambre en hâte, anticipant la nuit de délices qui l'attendait. Hors d'haleine, elle ouvrit la porte. Et s'immobilisa. Puis, comme en transe, elle entra d'un pas lent, ferma le battant et s'y appuya. La pièce était envahie de roses, du blanc le plus pur au rouge écarlate. Un énorme bouquet était disposé dans un vase, sur la coiffeuse. Depuis le seuil, un chemin de pétales se scindait en deux : une branche allait vers la cheminée, où l'attendait un pique-nique. L'autre menait au lit, dont la courtepointe était parsemée de pétales rouges. Nathan se tenait à l'intersection, une fleur à la main.

Son regard torride lui coupa le souffle. Elle le rejoignit, s'arrêta devant lui.

— Tu as le choix, Victoria, dit-il doucement, le regard grave, en lui caressant la joue de sa rose. Quelle direction souhaites-tu prendre ?

— Les deux, répondit-elle sans hésiter.

Debout à la fenêtre de sa chambre, Victoria contemplait le jardin sous le soleil matinal. Il avait plu une partie de la nuit et le ciel était semé de nuages cotonneux. Une nouvelle journée de recherches les attendait, Nathan et elle.

Fermant les yeux, elle se remémora la nuit écoulée. Nathan l'avait portée jusqu'au lit où ils avaient fait l'amour avec frénésie. Après une petite collation, ils avaient recommencé devant la cheminée, sur la couverture, parmi les pétales de roses.

Victoria rouvrit les yeux et se demanda pour la millième fois comment elle allait faire ses adieux à Nathan, le moment venu, et reprendre le cours de son existence. Cette simple pensée lui nouait la gorge, aussi, comme chaque fois, elle la chassa bien vite. Le moment venu, elle partirait, tout simplement, et retournerait à sa vie d'autrefois. Et Nathan ferait de même. Voilà tout.

Elle pivota sur ses talons et son regard s'attarda sur le lit. En voyant la rose que Nathan avait laissée sur l'oreiller, son regard s'embua. Seigneur, en dépit de ses efforts pour le tenir à distance émotionnellement parlant, cet homme avait réussi à trouver le chemin de son cœur. Et menaçait de s'y installer.

Elle s'approcha du lit, s'empara de la rose et en huma le parfum. Aussitôt, des images lui traversèrent l'esprit : Nathan la faisant sienne avec ferveur, ou elle-même le chevauchant. Plus jamais elle ne pourrait sentir une rose sans se rappeler ces scènes sensuelles.

Mais le moment n'était pas encore venu de s'en inquiéter. Elle aurait tout le temps de se morfondre quand leur aventure prendrait fin. D'ici là, elle profiterait au mieux de chaque jour qui lui était donné.

Elle glissa la rose dans son *Guide*, puis sonna sa femme de chambre.

Après avoir jeté des restes dans l'auge de l'enclos, Nathan alla chercher les œufs du jour. Il chargea Hopkins de les porter à la cuisine, puis, Glouton sur les talons, se dirigea vers un bosquet de hêtres cher à son cœur. Il se laissa tomber sur le sol, le dos appuyé contre un tronc, et caressa son chien qui s'était allongé près de lui.

Reginald, le cochon, ne tarda pas à les rejoindre, et s'écroula à son tour à côté de Nathan.

— On dirait que nous sommes entre hommes, ce matin, commenta Nathan avec un soupir. Surtout, ne tombez jamais amoureux. Ou alors d'une femme accessible.

Glouton lui adressa un regard désolé.

— C'est exactement ce que je ressens, mon vieux. Imagine que tu tombes amoureux d'une chatte, par exemple. Votre histoire serait condamnée d'avance. Quand on n'est pas du même monde... Crois-moi, l'amour fait sacrément souffrir.

— Bonjour, Nathan, fit une voix grave derrière lui.

— Bonjour, père, répondit-il en se retournant.

— Je pensais bien te trouver ici.

Au cours de la semaine écoulée, la tension qui régnait entre les deux hommes s'était dissipée. Et pas seulement parce qu'ils ne s'étaient pas retrouvés en tête à tête. La présence de lady Delia et de Victoria, devinait Nathan, avait grandement contribué à réchauffer l'atmosphère.

— Vous me cherchiez ?

— Oui. Je peux me joindre à toi ?

— Bien sûr. J'étais en grande discussion avec Glouton et Reginald.

— Tu as toujours aimé discuter avec tes animaux.

Sous l'œil amusé de Nathan, il scruta le sol d'un air soucieux, puis sortit de sa poche un mouchoir qu'il déploya sur le sol. Il s'assit et s'adossa au tronc, à côté de son fils.

Après quelques instants de silence, il reprit :

— Tu as prévu de continuer ta recherche des bijoux, aujourd'hui ?

Nathan avait expliqué brièvement à son père comment il procédait.

— Après le petit déjeuner, oui.

— Je t'aurais volontiers proposé mon aide, mais je ne peux laisser lady Delia seule toute la journée. Et il ne serait pas convenable de lui imposer ces recherches harassantes.

— Je comprends.

En fait, il se réjouissait d'être seul avec Victoria.

— Naturellement, le fait que lady Victoria t'accompagne sans chaperon…

— J'ai promis à son père de la protéger, coupa Nathan. C'est impossible si elle n'est pas avec moi.

— Certes. Et puis, ce n'est pas comme si vous étiez dans une voiture fermée, par exemple.

— En effet.

Son père n'avait pas suggéré que Victoria reste à la maison avec lady Delia et lui, ce qui attisa sa curiosité. Que faisaient-ils donc pendant qu'il était avec Victoria ? Il avait remarqué qu'ils semblaient fort bien s'entendre, tous les deux.

— Quels sont vos projets pour la journée ? s'enquit-il.

— J'ai promis à Delia… Enfin, à lady Delia, une excursion à Penzance.

— Elle devrait adorer. Je trouve que c'est une femme charmante. Vive, intelligente et amusante.

Du coin de l'œil, il nota que le visage de son père se colorait légèrement.

— Elle possède en effet toutes ces qualités. Et sa nièce lui ressemble en tous points.

— Je suis tout à fait accord.

Victoria était tout cela, et davantage encore. C'était un être rare. Extraordinaire. Il la découvrait un peu plus chaque jour et ne l'en aimait que davantage. Diable, même ses défauts lui paraissaient attachants : son babillage nerveux, son entêtement, sa façon de transformer les pièces de Shakespeare en contes de fées. Toutes ses petites imperfections ne la rendaient que plus merveilleuse à ses yeux.

— Tu tiens à elle, oberva son père après un silence.

— Nous nous sommes liés d'amitié.

— Tes sentiments vont au-delà d'une simple amitié, Nathan.

— Qu'est-ce qui vous fait dire cela ?

— Je ne suis pas né de la dernière pluie, figure-toi. J'ai vu comment tu la regardais.

Nathan s'efforça de hausser les épaules nonchalamment.

— Je ne vois pas là de raisons de vous inquiéter. Je suis plus que capable de garder mes intentions pour moi.

— C'est justement ce qui m'inquiète.

— Pourquoi ? Vous redoutez que je ne me ridiculise ? riposta Nathan sans pouvoir cacher son amertume.

— Non. Je crains que tu n'aies le cœur brisé. C'est la pire des souffrances, et je ne la souhaite à personne, et surtout pas à mon fils.

Un silence pesant tomba entre les deux hommes. Nathan tenta de dissimuler sa surprise. Sans succès, apparemment, car son père reprit :

— Tu penses que je ne sais pas de quoi je parle, mais je t'assure que si. Si tu crois que je n'ai pas souffert à la mort de ta mère, tu te trompes. Je l'aimais profondément. Elle m'a fasciné dès le premier regard.

Nathan comprenait d'autant mieux qu'il en avait fait l'expérience avec Victoria.

— Quand ta mère nous a quittés, j'étais trop absorbé par mon propre chagrin pour songer à ce que vous ressentiez, ton frère et toi, poursuivit son père. J'en suis désolé. Ce que je veux dire, c'est qu'un cœur brisé est une souffrance qui ne ressemble à aucune autre. C'est pourquoi je t'encourage à tout faire pour que cela ne t'arrive pas.

Nathan était désemparé. Jamais il n'avait eu une telle conversation avec son père.

— Êtes-vous en train de me suggérer, au cas où j'éprouverais des sentiments pour une femme, de lui faire part de ces sentiments ? risqua-t-il prudemment.

— Nom de Dieu, Nathan, cesse de tourner autour du pot ! À mon âge, on n'a plus de temps à perdre. Avoue à lady Victoria que tu l'aimes !

Nathan arqua les sourcils.

— N'est-ce pas vous qui, il y a une semaine encore, suggériez que mon frère ou Gordon, ou encore ces deux blancs-becs londoniens, feraient de meilleurs maris pour elle ?

— En fait, non, car je ne suis plus le même homme qu'il y a une semaine.

— Que voulez-vous dire ?

— Au cours de la semaine qui vient de s'écouler, j'ai moi-même pris conscience de pas mal d'éléments nouveaux dans ma vie. Pour la première fois depuis très longtemps, je me sens plein d'allant, comme rajeuni.

Soudain, Nathan comprit pourquoi son père semblait plus détendu, souriant, plus enjoué. Il avait remarqué ces changements, mais était trop obnubilé par Victoria pour s'y attarder.

— Et à quoi attribuez-vous cela ?

— Mon amitié pour lady Delia m'a incité à réfléchir. J'ai pris conscience de ma solitude. Pouvoir bavarder avec une personne de son âge a été une bénédiction. Lady Delia connaît tout le monde, à Londres. Nous avons de nombreux amis communs. Elle m'a parlé de personnes que j'avais perdues de vue, et j'ai été stupéfait d'apprendre que nombre d'hommes de ma génération étaient souffrants, quand ils n'étaient pas décédés. J'avoue que cela m'a fait prendre conscience de ma propre mortalité, et du fait que j'avais beaucoup de chance d'être en bonne santé. La vie est trop précieuse et trop courte pour laisser passer le bonheur, Nathan.

Il prit une profonde inspiration et ajouta :

— Je veux mettre un terme à notre brouille. Je me rends compte que je ne t'ai jamais permis de t'expliquer sur ce soir funeste. Je t'ai au contraire bombardé de questions et d'accusations. Pour ma défense, j'étais sous le choc. Cela dit, j'aurais dû savoir que tu n'étais pas homme à agir de manière peu honorable.

Bien que prononcées d'une voix douce, ces paroles frappèrent Nathan de plein fouet. Pour la première fois depuis trois ans, il sentit la douleur et la culpabilité relâcher leur emprise. Il croisa le regard de son père, qui le fixait gravement.

— J'ai tenté de m'amender en t'écrivant une lettre, reprit ce dernier. À contrecœur, je l'avoue. Alors je souhaite aujourd'hui te présenter mes excuses les plus sincères, et te demander de me pardonner.

Il tendit la main. La gorge nouée, Nathan la serra fermement.

— Je vous dois également des excuses, père. J'ai laissé un gouffre se creuser entre nous. Je ne nierai pas que découvrir que mon père, mon frère et mon meilleur ami doutaient de moi a été un coup terrible. À l'époque, hélas, j'étais lié par le secret et je ne pouvais m'expliquer.

— Je n'aurais pas dû avoir besoin d'explications.

Cet aveu réchauffa le cœur de Nathan.

— Depuis mon retour, seul mon orgueil m'a empêché de me justifier. Une erreur que j'aimerais réparer, si vous acceptez de m'écouter.

— Volontiers.

Nathan inspira à fond, puis lui fit le même récit qu'à Victoria.

— Quand je pense que cette mission devait être la dernière, conclut-il. Celle censée m'apporter la sécurité financière. Au lieu de cela, elle m'a privé de tout ce qui m'était cher, ma réputation, ma famille, mon foyer.

— Tu n'avais pas à rechercher une quelconque sécurité financière, Nathan. Je t'aurais donné ce dont tu avais besoin.

— Je sais. J'apprécie votre générosité, mais je préfère gagner moi-même mon argent.

— C'est un trait de ton caractère que je n'ai jamais compris, admit Rutledge en secouant la tête. Si tu as besoin de quoi que ce soit…

— Je vous le ferai savoir. Croyez-moi, je n'ai aucune envie de vivre dans la pauvreté. Vous pensez que c'est le cas, mais je vous assure que non. Si mon cottage n'est pas un palais, je vis confortablement. Et je suis bien rémunéré pour mes soins, même si ce n'est pas toujours en espèces sonnantes et trébuchantes.

— Que se passera-t-il si tu ne retrouves pas les bijoux ?

— Je n'aurai d'autre choix que de reprendre le cours de ma vie. Mais je suis déterminé à les récupérer. Il y a trois ans, je ne me suis pas battu pour laver ma réputation. Cette fois, je ne baisserai pas les bras. Quelqu'un m'a trahi, et je veux savoir qui. Quelqu'un a blessé Victoria, et je veux le châtier. S'il est crucial que je restitue les bijoux à la Couronne pour être blanchi de tout soupçon, il est tout aussi important pour moi de savoir que, quoi qu'il arrive, vous croyez en mon innocence, père.

— Dommage que Colin ne soit là pour assister à notre réconciliation.

— En effet, acquiesça Nathan, pensif.

— Mon instinct me dit qu'il va bientôt rentrer. Cette « affaire » qui le retient a sans doute des formes voluptueuses dont il va vite se lasser.

— Vous avez sans doute raison, fit Nathan.

Malheureusement, son instinct lui suggérait tout autre chose.

En fin d'après-midi, au terme de nouvelles recherches infructueuses, Nathan s'appuya contre le tronc d'un hêtre. Il déplia sa carte du domaine et raya un secteur supplémentaire. Il ne restait plus que cinq carrés à explorer. Que ses recherches se soldent par un succès ou par un échec, le temps qu'il lui resterait à passer en Cornouailles était compté.

Il espérait recevoir un message du père de Victoria dans la semaine. Avec un peu de chance y figurerait un complément d'informations sur l'emplacement des bijoux. Mais lord Wexhall exigerait-il aussi que sa fille regagne la capitale ?

Nathan replia son plan et le glissa dans sa botte, puis il se tourna vers Victoria, qui était en train de cueillir des fleurs sauvages. Dieu qu'elle était belle ! Il songea aux conseils de son père. Il fallait qu'il lui avoue ses sentiments. Mais comment ? Quand ? Une petite voix intérieure lui conseillait la prudence. Il devait lui accorder un peu plus de temps. De toute évidence, il ne la laissait pas indifférente. Peut-être même était-elle amoureuse... Il ne put réprimer un rire amer. Elle lui briserait plus vraisemblablement le cœur.

Victoria se redressa et regarda dans sa direction. Son désir devait se lire dans son regard, car une lueur sensuelle s'alluma dans ses yeux. Un sourire au coin des lèvres, elle revint lentement vers lui.

— Tu sembles bien pensif, remarqua-t-elle.

— J'admirais le spectacle.

Elle le parcourut du regard, s'attardant hardiment sur son entrejambe.

— Le spectacle est fascinant, en effet, commenta-t-elle.

Il ravala un rire penaud.

— C'est pour toi, reprit-elle en lui tendant son bouquet.

Touché, il s'empara des fleurs, frôlant sa main au passage.

— C'est la première fois que l'on m'offre des fleurs.

— C'est aussi la première fois que j'en offre, répondit-elle en souriant. Elles sont bien modestes comparées à tes roses magnifiques, mais...

— Pas du tout. L'important, c'est la personne qui les offre. Merci, dit-il en l'embrassant sur la joue.

— Je t'en prie.

— Il se trouve que j'ai un cadeau pour toi, moi aussi. Attends un instant.

Il rejoignit son cheval, glissa son bouquet dans une des sacoches de sa selle, et en sortit une bourse en cuir.

— Pour toi, fit-il en retournant auprès de Victoria.

— Qu'est-ce que c'est ? s'enquit-elle, à la fois étonnée et ravie.

— Il n'y a qu'un moyen de le savoir.

Elle dénoua le cordon et vida le contenu dans sa paume. Soudain, le doute assaillit Nathan. Quelle idée saugrenue d'offrir un cadeau sans valeur à une femme si accoutumée au luxe ! Elle prit entre le pouce et l'index un ruban de velours au bout duquel pendait un coquillage blanc, l'examina avec attention, puis déclara :

— Je reconnais ce coquillage. Tu l'as ramassé dans le sable, la première fois que nous sommes allés à la plage. Le jour où tu m'as montré ta grotte.

— En effet. Comment t'en es-tu souvenue ?

Il lut une profonde tendresse dans ses yeux.

— Nathan, je ne risque pas d'oublier une seconde de cette journée, assura-t-elle en passant le ruban autour de son cou. Qu'as-tu fait pour qu'il soit aussi brillant ?

— J'ai passé plusieurs couches de vernis.

Il se racla la gorge, et ajouta :

— Je voulais que tu gardes un souvenir de ton séjour ici. Je sais que ce n'est pas grand-chose, mais…

Elle posa l'index sur ses lèvres pour le faire taire.

— Tu te trompes. Ce pendentif est… magnifique. C'est une très belle attention de ta part, et qui te ressemble. Merci. Je le garderai précieusement.

Lui prenant la main, il recula de quelques pas et s'adossa à un tronc d'arbre. Puis il attira Victoria à lui, et fit en sorte qu'elle se niche entre ses jambes.

— Je suis heureux qu'il te plaise, fit-il en l'embrassant sous l'oreille.

Elle frémit délicieusement.

— À propos de plaire, dit-elle en nouant les bras autour de son cou, j'ai l'impression que ton père plaît beaucoup à ma tante.

— C'est une excellente nouvelle, car cette attirance est réciproque. Cela saute aux yeux Et je crois que la nièce de ta tante plaît au fils de mon père.

— Lequel ? répliqua Victoria d'un ton badin. Il a deux fils.

Nathan avait beau savoir qu'elle plaisantait, il ne put s'empêcher d'être jaloux.

— Je parlais de moi.

— Ah. Donc, elle lui plaît… Cela signifie-t-il qu'il souhaite être son ami ?

— Non.

— Non ? Pourquoi pas ?

— Parce que deux amis ne font pas ceci…

Il lui caressa les seins à travers le fin tissu de sa tenue d'équitation.

— Ni ceci…

Il déposa un baiser brûlant au creux de son cou. Victoria rejeta la tête en arrière avec un soupir de plaisir. Glissant la main entre eux, elle palpa son sexe dressé, caresse audacieuse qui arracha un gémissement à Nathan.

— Je suppose que deux amis ne font pas cela, non plus, murmura-t-elle d'une voix rauque.

Nathan entreprit de déboutonner sa robe.

— Je ne sais pas… Recommence, pour voir…

Elle s'exécuta volontiers, puis le tourmenta du bout des doigts.

— Non, geignit-il. Ils ne le font pas…

— Pas même les meilleurs amis ?

— Non.

D'un mouvement leste, il fit glisser le haut de sa robe le long de ses bras.

— Et que ne font pas deux amis, encore ? interrogea Victoria.

Il lui taquina l'extrémité d'un sein.

— Es-tu certaine de vouloir le savoir ?

— Oui.

Il se pencha et aspira ladite extrémité entre ses lèvres. Elle murmura son prénom, et ce fut comme si une digue cédait en lui. Toute la frustration accumulée à l'idée que cette femme ne serait jamais à lui explosa, l'emportant dans un torrent de désespoir comme jamais il n'en avait ressenti. Tremblant d'un désir incontrôlable, il la dévêtit en hâte, presque brutalement, ne lui laissant que ses bas et ses bottines. Le souffle court, il lui souleva la cuisse, la cala contre sa hanche tandis que son autre main explorait les replis de son intimité. Elle était déjà si moite de désir qu'il perdit la tête.

Il l'embrassa avec ardeur sans cesser de la stimuler de ses doigts. Juste avant qu'elle ne bascule dans l'extase, il interrompit leur baiser et contempla son visage alors qu'elle s'abandonnait au plaisir.

Dès que les spasmes qui la parcouraient s'apaisèrent, il la souleva dans ses bras et l'installa sur sa robe qui gisait à terre. Il s'agenouilla entre ses cuisses et libéra d'une main impatiente son sexe palpitant de désir. Sans attendre, il lui empoigna les hanches et l'attira sur lui. Elle se cramponna à ses épaules comme il la pénétrait. Il voulut ralentir pour mieux savourer l'exquise chaleur de son corps, mais s'en trouva incapable. Les dents serrées, il commença à aller et venir en elle, les coups de boutoir se succédant à une allure vertigineuse tandis que la sueur lui perlait au front. Son plaisir fut bref et intense. Avec un cri rauque, il enfouit le visage dans la vallée entre ses seins. À peine le brouillard de la passion se fut-il dissipé qu'un affreux sentiment de culpabilité s'empara de lui. Que diable s'était-il passé ? Jamais il n'avait perdu à ce point le contrôle. Il l'avait prise sans se soucier de son plaisir. Il leva la tête, s'apprêtant à lui demander pardon, et découvrit qu'elle le contemplait avec une expression de contentement repu.

— Eh bien... murmura-t-elle en appuyant le front contre le sien. Juste comme je pensais avoir découvert ce que tu faisais le mieux, tu me prouves le contraire.

Soulagé d'apprendre qu'elle avait eu autant de plaisir que lui, il l'embrassa tendrement sur le nez.

— Et ce n'est pas fini, assura-t-il.

— Oh, Seigneur... souffla-t-elle, avant de demander : Je parie que les amis ne se comportent pas non plus de la sorte, pas vrai ?

— Parce que nous sommes amis ? demanda-t-il d'un ton léger afin de dissimuler à quel point il était anxieux de connaître sa réponse.

— J'aime à le penser.

— Dans ce cas, je suppose que les amis font ce genre de choses.

— Et combien de temps leur faut-il pour recommencer ?

— Voyons un peu... fit-il avec un sourire.

20

Si la femme moderne se voit contrainte de mettre fin à une histoire d'amour, mieux vaut le faire de façon nette et rapide. Naturellement, la chose est plus aisée si son cœur n'est pas pris.

Le Guide féminin de la poursuite du bonheur personnel,

Charles BRIGHTMORE

Nathan cessa un instant d'arpenter nerveusement sa chambre pour consulter la pendule sur la cheminée. Si seulement le temps passait plus vite… Hélas, il avait encore un quart d'heure à attendre avant minuit, heure à laquelle il rejoindrait enfin Victoria.

Se passant la main dans les cheveux, il s'approcha de la fenêtre. Il était monté depuis vingt minutes, laissant Victoria, lady Delia et son père au salon. Il ne lui avait fallu que dix minutes pour se déshabiller et enfiler un peignoir. Il s'en voulait de son impatience, mais le désir le rongeait.

Il contemplait le parc que baignait la lumière argentée de la lune lorsqu'un mouvement capta son attention. Une silhouette, qu'il reconnut sans peine comme étant celle de son frère, surgit de l'ombre et traversa la pelouse pour s'enfoncer dans les bois.

Que mijotait donc Colin ? se demanda-t-il, stupéfait.

Sachant qu'il n'avait aucune chance de le retrouver en pleine nuit, il saisit une lampe à huile et gagna sa chambre en hâte.

Celle-ci n'avait guère changé, constata-t-il. Les mêmes meubles en merisier, le tapis, les rideaux verts. À première vue, tout semblait en ordre. En regardant plus attentivement, cependant, il remarqua que le bord du tapis était plié, détail que la femme de chambre n'aurait pas négligé.

Il s'approcha d'un guéridon en acajou. Une carafe de cognac et un verre en cristal étaient posés sur un plateau. Nathan s'empara du verre ; il restait quelques gouttes de liquide ambré dans le fond. De toute évidence, Colin s'était offert un petit remontant avant de sortir…

La porte-fenêtre était fermée à clé de l'intérieur, mais son frère était un expert dans l'art de crocheter les serrures. Et de refermer les portes, ensuite. Et quelque chose lui disait qu'il n'avait pas emprunté l'escalier.

Il sortit sur le balcon et examina la balustrade. Il trouva vite ce qu'il cherchait : des fibres de corde. Il savait désormais comment Colin avait pu entrer à l'insu de tous, en revanche, il ignorait ce qu'il cherchait.

Un morceau de papier à ses pieds attira soudain son attention. Saisi d'une appréhension, il le ramassa, et le déplia en priant pour que ce ne soit pas ce qu'il redoutait. Hélas, ses pires soupçons se confirmèrent !

Il s'agissait de la fausse lettre – celle que l'assaillant de Victoria lui avait volée.

En proie à un mauvais pressentiment, il regagna sa propre chambre, sortit ses bottes de l'armoire et fit pivoter le talon de la gauche. Comme prévu, la cachette était vide.

— On m'a volé la lettre et le plan, annonça Nathan dès qu'il eut refermé la porte de la chambre de Victoria. Ainsi que notre plan quadrillé.

— Quand ? demanda-t-elle, affolée.

— Probablement au cours du dîner. J'aurais dû m'en douter, mais je me refusais à croire qu'il serait aussi stupide.

— Qui ?

— Colin, répondit-il d'une voix tendue. Il est venu, ce soir. Je l'ai aperçu dans le parc. Il se dirigeait vers les bois. En fouillant sa chambre, j'ai trouvé ceci.

Il lui tendit le papier.

— Qu'est-ce que c'est ? s'enquit-elle, perplexe.

— La fausse lettre qui nous a été subtilisée.

Les yeux agrandis de stupéfaction, elle murmura :

— Cela signifie que Colin…

— Est impliqué. Il n'a pu se procurer cette lettre que de deux façons : soit il a payé cette ordure pour nous la voler, soit il la lui a dérobée.

— Qu'en penses-tu ?

— Je crois que Colin l'a volée, répondit-il sans hésitation. Mon frère est un pickpocket redoutable, en plus de ses nombreux autres talents. Ce talent lui était très utile quand nous étions espions. Apparemment, il s'en sert encore.

— Tu crois donc que Colin a croisé le chemin de notre assaillant, qu'il lui a subtilisé la lettre et le plan, et qu'il a tenté de retrouver les bijoux, sauf que ses informations étaient erronées.

Elle regarda Nathan droit dans les yeux.

— Tandis que maintenant, il possède non seulement la lettre authentique, mais aussi notre plan quadrillé qui indique les secteurs que nous avons déjà passés au peigne fin.

Se détendant quelque peu, Nathan prit la main de la jeune femme et la porta à ses lèvres, l'air admiratif.

— Victoria chérie, t'ai-je déjà dit combien j'admirais ta capacité à aller droit au cœur d'un problème ?

Elle secoua la tête.

— Je ne m'en souviens pas, non.

— Eh bien, considère que c'est fait, déclara-t-il en lui lâchant la main.

Il se mit à arpenter la pièce, l'air si désemparé, qu'elle en eut le cœur serré. Comme il passait devant elle, elle l'arrêta d'un geste.

— Tu penses que Colin a quelque chose à voir avec l'échec de ta mission, il y a trois ans, n'est-ce pas ?

Légèrement surpris, il secoua la tête.

— À vrai dire, non. Colin a des défauts, mais c'est un homme d'honneur. Malheureusement, il a tendance à jouer avec le feu. Je crois plutôt qu'il a découvert ce qui s'était passé réellement il y a trois ans et que, au lieu de m'en parler, il a décidé de prendre les choses en main.

— Mais pourquoi ne rien te dire ? Et s'assurer de ton aide ?

— À l'époque, il a douté de moi. Il voulait croire en mon innocence, mais le doute subsistait. En découvrant que je n'avais pas trahi… j'imagine qu'il s'est senti coupable. Tel que je le connais, il agit en solo pour se racheter. Son but est de récupérer les bijoux, de dénoncer le traître et de laver mon honneur.

— Tu le comprends d'autant mieux que tu aurais fait la même chose à sa place, n'est-ce pas ? risqua la jeune femme en cherchant son regard.

— En effet.

— Je connais à peine ton frère, mais je me sens le devoir de te faire remarquer que tu as peut-être raison, ce que j'espère, mais que tu peux aussi te tromper. Et qu'il est possible que Colin soit responsable de ce qui s'est passé.

— Je ne me trompe pas. Ce qui signifie que Colin court un danger.

Il s'empara de sa main et l'entraîna vers le bureau en acajou, près de la fenêtre.

— Je vais réécrire la lettre décodée et refaire un plan quadrillé du domaine. Quant à toi, tu dessineras la carte. Après quoi, nous essaierons de déterminer ce qui nous a échappé. Mon instinct me souffle que nous n'aurons pas le temps de fouiller les cinq secteurs restants.

Durant la demi-heure qui suivit, seul le crépitement des flammes dans la cheminée et le grattement des plumes sur le papier rompirent le silence qui régnait dans la pièce. Ils passèrent ensuite deux heures à tenter de déchiffrer les gribouillis de la carte.

— J'ai essayé une douzaine de codes. Pas moyen de déchiffrer le moindre détail supplémentaire, maugréa Nathan, frustré. La carte donne quelque chose ?

— Non… Mais je viens d'avoir une idée, répondit Victoria en se redressant. Et si ces traits ne représentaient pas des pierres ou des formations rocheuses ?

— Quoi, alors ?

— Je ne sais pas. Des joncs marins, par exemple.

Nathan examina le dessin.

— S'il s'agit de joncs, soit les bijoux nous ont échappé, soit les informations de Baylor étaient erronées, car les cinq carrés restants se trouvent à l'intérieur des terres, trop loin de l'eau pour que des joncs marins y poussent. Cela dit, je crois que tu as raison. Les bijoux ne se trouvent peut-être pas sous une pierre.

Comme tous deux se penchaient sur le dessin, elle suggéra :

— Et si ces traits représentaient des chemins ou des pistes ?

Il hocha la tête et désigna une partie du dessin.

— On dirait trois chemins qui convergent.

— Tu connais un tel endroit sur le domaine ? demanda Victoria, de plus en plus enthousiaste. Un croisement près d'une formation rocheuse ?

Nathan se leva et se mit à arpenter la pièce, les sourcils froncés.

— Pas près du coin nord, marmonna-t-il soudain en retournant scruter la carte. Non, il n'y a pas de rochers. Il y a tant de chemins… Rien ne me vient à l'esprit. Il faut que je réfléchisse encore…

Tout à coup, il s'immobilisa et fixa le dessin de Victoria.

— De l'eau ! s'exclama-t-il. Ce ne sont pas des chemins, mais des ruisseaux. Là ! ajouta-t-il en pointant le doigt sur la section nord-ouest du plan. Trois ruisseaux convergent et forment la limite entre le domaine de ma famille et celui des Alwyck.

— On y trouve aussi des pierres ?

Leurs regards se croisèrent.

— Il y a les ruines d'un cottage. Il n'en reste que les murs. Je suis sûr que c'est là-bas !

Prenant le visage de la jeune femme entre ses mains, il déposa un bref baiser sur sa bouche.

— Tu es un génie ! s'exclama-t-il d'un air triomphant.

— Moi ? Mais c'est toi qui as trouvé la solution.

— Tu m'as mis sur la voie, dit-il en lui caressant la joue. Nous formons vraiment une équipe formidable, tous les deux.

Quelque chose dans son ton, dans son regard soudain grave serra le cœur de la jeune femme. Une petite voix lui murmurait que, la semaine prochaine, elle serait en route pour Londres. À cette perspective, son corps entier se raidit.

— Partons-nous tout de suite pour ce cottage abandonné, ou préfères-tu attendre que le jour se lève ?

— Victoria, je veux que tu restes ici, répondit-il, la mine soucieuse.

Elle recula d'un pas, et le fusilla du regard.

— Rester ici ? Pendant que tu retrouves les bijoux tout seul ? Pas question !

Il tendit la main vers elle, mais elle s'éloigna davantage.

— Victoria, j'ai besoin de te savoir en sécurité…

— Moi aussi, j'ai besoin de te savoir en sécurité ! rétorqua-t-elle.

— Maintenant que je n'ai plus les documents d'origine, tout peut arriver. Je ne peux pas t'impliquer dans une situation potentiellement dangereuse.

Il s'approcha et la saisit par les épaules.

— Après ce qui s'est passé avec ce salaud... Je me suis engagé à te protéger, et je ne manquerai pas à mon devoir, cette fois.

— Tu n'avais pas manqué à ton devoir la première fois. Je ne suis en sécurité qu'avec toi. Je refuse d'arrêter les recherches si près du but. Du reste, nous irons plus vite à deux.

Comme il ouvrait la bouche pour protester, elle enchaîna :

— Tu as intérêt à accepter parce que je te suivrai, que tu sois d'accord ou pas. Donc, la seule question qui demeure est : crois-tu qu'il faille reprendre les recherches tout de suite ou attendre l'aube ?

— Je te remercie de me laisser en décider, grommela-t-il.

— Tu as plus d'expérience que moi dans ce domaine.

— En effet, c'est pourquoi...

— Tu vas décider à quel moment il vaut mieux que *nous* partions.

— Tu as toujours été aussi entêtée ? lâcha-t-il.

— Je pense que oui, mais je dissimulais ce trait de caractère.

— Tu aurais dû continuer...

— Menteur ! Tu m'as dit que tu aimais découvrir de nouvelles facettes de ma personnalité. Que je devais me sentir libre d'être moi-même.

Nathan marmonna dans sa barbe d'un air mécontent qui fit jubiler la jeune femme.

— Tu me promets de ne pas t'aventurer loin de moi ?

— Je te le jure ! Il y a un pistolet dans la trousse à outils, je te rappelle. Je n'hésiterai pas à m'en servir en cas de besoin.

De toute évidence, cet argument ne le rassura guère à en juger par son froncement de sourcils.

— Mais il se peut que tu n'aies pas le temps de t'en emparer. Et il est hors de question que tu le portes sur toi. Tu risques de tirer sur quelqu'un.

— N'est-ce pas à cela qu'il sert ?
— Je voulais dire sur toi-même. Ou sur moi.
— Dans ce cas, je n'ai qu'à remplir mon réticule de pierres, pour en faire une sorte de matraque.
— Un réticule ? fit-il en secouant la tête. Rempli de *pierres* ?
Victoria redressa fièrement la tête.
— Oui. Je parie qu'on en parle dans ton guide de l'espion.
— Je t'assure que non.
— C'est regrettable. Un réticule est petit, facile à manipuler, et ne ressemble en rien à une arme. Je n'hésiterai pas à m'en servir pour frapper quiconque se mettra en travers de ma route, crois-moi. J'espère simplement ne pas avoir à commencer par toi…
Elle crut entendre Nathan grincer des dents.
— Nous partirons à l'aube, grogna-t-il.
— J'aurais pris la même décision.
— Quel délice d'être d'accord au moins sur *un* point, ce soir, railla-t-il.
— Je suis certaine que nous pourrions nous accorder sur autre chose.
— Je n'en suis pas si sûr. Je ne me sens guère d'humeur.
Elle enroula les bras autour de son cou, se hissa sur la pointe des pieds, et lui mordilla l'oreille.
— Tu ne crois pas qu'il y a un moyen plus agréable que se disputer pour passer le temps d'ici à l'aube ? souffla-t-elle.
Il posa les mains sur sa taille.
— Je ne sais pas.
Un grognement rauque lui échappa comme elle l'embrassait dans le cou.
— Tu vas devoir te montrer convaincante…
Elle laissa sa main courir sur son torse, son ventre, puis plus bas, et le caressa doucement à travers son peignoir. Nathan tressaillit.

— C'est mieux que de se disputer, non ? murmura-t-elle en continuant de palper son érection.

— Tu m'as convaincu, répondit-il en la plaquant contre lui.

Ils se glissèrent hors de la maison à l'heure où des reflets mauves commençaient à teinter le ciel. Victoria marchait à grands pas au côté de Nathan, sa main glissée dans la sienne. Son réticule de velours était rempli de pierres.

— Nous irons à pied, dit-il à voix basse lorsqu'ils passèrent devant les écuries. Ce sera plus discret.

Victoria acquiesça. Arrivés à la hauteur du lac, ils bifurquèrent à droite. Au bout d'une demi-heure, Nathan ralentit l'allure. Le ciel était strié de gris, et l'air frais sentait la pluie. Un bruit d'eau cascadant sur des pierres leur parvint. Nathan attira Victoria derrière un tronc d'arbre.

— Les ruines, chuchota-t-il, le doigt pointé devant lui.

Entre les arbres, elle distingua des vestiges de murs. Nathan était tendu, aux aguets. Quand il eut la certitude qu'ils étaient bien seuls, il l'entraîna vers l'ancien cottage.

Trois murs étaient encore debout. Il désigna la cheminée.

— Commençons par là, fit-il en sortant les marteaux et les burins de sa sacoche. Les pierres sont plus irrégulières. Il est facile d'y cacher un objet. Tu prends le côté droit, je me charge du gauche, ajouta-t-il en lui tendant ses outils. Bonne chance.

Ils s'affairèrent pendant plus d'une heure. Le brouillard s'était levé, et allait s'épaississant. En voyant Nathan s'interrompre, Victoria se tourna vers lui. Dos à la cheminée, il scruta les alentours, la mine soucieuse.

— Il y a un problème ?

— Non. Mais ce brouillard ne me dit rien qui vaille. Il ne va pas tarder à pleuvoir. Dans une heure ou deux tout au plus.

— Je n'ai pas peur d'être mouillée, Nathan.

— Je sais, ma guerrière intrépide. Mais la pluie nous rendrait vulnérables.

— Eh bien, retrouvons-les, ces bijoux, et filons.

Sans attendre, elle se remit au travail. Un quart d'heure plus tard, comme elle frappait une pierre de son burin, le son lui parut différent.

— Nathan, appela-t-elle à voix basse. Je crois que j'ai trouvé quelque chose. Le mur semble plus friable, par ici.

Il la rejoignit en hâte, et s'agenouilla près d'elle.

— L'aspect est différent, aussi, constata-t-il.

Ils dégagèrent la pierre, puis Nathan parvint à l'extraire et la laissa tomber sur le sol. Il glissa la main dans l'ouverture, et en sortit une bourse de cuir.

— Ce sont les bijoux ? souffla Victoria, tendue comme un arc.

Il desserra le lien et ils se penchèrent sur leur trouvaille d'un même mouvement. En dépit du brouillard, les bijoux étincelaient de mille feux. Ébahie, Victoria souleva un collier de perles, puis un bracelet en saphir.

— Je n'en crois pas mes yeux, avoua-t-elle en les laissant retomber dans la bourse.

— Moi non plus. Mais nous nous émerveillerons plus tard, décréta-t-il en glissant celle-ci sous son bras. Ramassons nos affaires et en route.

Tandis que Nathan rangeait en hâte les outils dans la sacoche, Victoria chercha son réticule des yeux. Elle s'apprêtait à s'en saisir quand une voix familière retentit dans son dos.

— Victoria.

Avant qu'elle ait le temps de réagir, elle se retrouva derrière Nathan, qui brandit le pistolet.

— Nathan, non ! cria-t-elle. Père !

Lord Wexhall se tenait à quelques mètres à peine. Une détonation retentit.

Et elle vit avec effroi son père s'écrouler, face contre terre.

21

La femme moderne doit être bien consciente que toutes les histoires d'amour ne finissent pas bien.

Le Guide féminin de la poursuite du bonheur personnel,

Charles BRIGHTMORE

Nathan eut conscience que Victoria se précipitait vers son père, mais son regard était rivé sur les bois, au-delà des ruines. Un mouvement derrière un tronc d'arbre attira son attention. Il posa un genou en terre pour constituer une cible moins visible et pointa son arme en direction dudit tronc.

— Lâche ton arme, Nathan !

Ce dernier se figea en reconnaissant la voix. La rage, en même temps qu'un sentiment de trahison, s'empara de lui. *L'ordure*. La voix reprit :

— J'ai sa tête en ligne de mire. Si elle bouge, je la tue. Même chose si tu ne suis pas mes instructions à la lettre. Pose ton pistolet sur le sol et pousse-le vers moi.

Nathan lança un coup d'œil à la jeune femme qui appuyait le bas de sa robe sur la blessure de son père.

— Appuie le plus fort possible, lui ordonna Nathan tandis qu'elle le regardait d'un air horrifié. Et ne *bouge pas* !

Très lentement, il posa son arme à terre et la poussa en direction du traître.

— Bien, fit la voix. Fais-en autant avec le couteau que tu caches dans ta botte. Et ne prétends pas que tu ne l'as pas. C'est moi qui te l'ai offert il y a cinq ans.

Nathan obéit.

— À présent, redresse-toi et mets les mains sur la tête.

Nathan lâcha la bourse contenant les bijoux et s'exécuta.

— Tu auras le courage de te montrer maintenant que je suis désarmé ? railla-t-il, méprisant.

Un pistolet dans une main, l'autre posée sur le manche d'un couteau glissé dans sa ceinture, Gordon sortit de derrière l'arbre et s'approcha.

— C'est gentil d'avoir localisé les bijoux pour moi, dit-il d'un ton désinvolte. Je savais bien que tu finirais par me mener à eux. Tu n'imagines pas le mal que je me suis donné, ces trois dernières années, pour les retrouver.

Nathan réfléchit à toute allure. Bon sang il avait besoin de temps, de faire diversion, mais s'il voulait sauver lord Wexhall, il devait aller vite.

— Pourquoi nous as-tu trahis il y a trois ans ? Pourquoi prendre un tel risque alors que tu avais déjà tout ?

Le regard haineux, Gordon répliqua :

— Tout ? Mais je n'avais rien ! Mon père avait perdu sa fortune au jeu. Tout mon héritage, à part le domaine ! Il m'a légué une demi-douzaine de maisons que je ne peux ni entretenir ni vendre, car elles sont hypothéquées. J'avais besoin d'argent, de beaucoup d'argent, et vite.

— À cause de ton avidité, mon frère a failli mourir.

Gordon esquissa un rictus cruel.

— Ton frère aurait dû y rester. Quant à moi, je ne devais être que légèrement blessé.

Nathan plissa les yeux, comprenant enfin.

— Et j'étais censé m'en sortir indemne afin que les soupçons s'orientent sur moi. Combien as-tu donné à Baylor pour qu'il nous trahisse ?

— Beaucoup trop. Et cette ordure a tout gâché. Il s'est enfui avec l'argent et les bijoux. Une fois remis de ma blessure, je l'ai cherché partout. J'avais presque perdu espoir, quand tu es revenu. En apprenant que Wexhall envoyait sa fille en Cornouailles, j'ai deviné qu'il mijotait quelque chose.

— Tu as fouillé dans les bagages de lady Victoria.

— Oui. Hélas, je n'ai pas trouvé ce que je cherchais !

— Du coup, tu as engagé un malfrat pour nous agresser.

— C'était très habile, le coup de la fausse lettre, admit Gordon. Habile, mais fort agaçant. J'ai perdu une semaine, à cause de toi.

Nathan lança un bref regard en direction de Victoria.

— Ce salaud que tu as payé a failli tuer lady Victoria.

Contrairement à ce qu'il espérait, Gordon ne suivit pas son regard.

— Si cela peut te consoler, il ne fera plus de mal à personne.

— Voilà qui me soulage, murmura Nathan. Mais ne crois pas que tu t'en tireras à si bon compte.

— Je suis persuadé du contraire. Nul n'osera mettre en doute la parole du comte d'Alwyck.

— Moi, j'oserai.

Un sourire mauvais sur les lèvres, Gordon lâcha tranquillement :

— Les morts ne parlent pas, Nathan. À présent, donne-moi les bijoux.

— Pourquoi, puisque tu vas me tuer de toute façon ?

— Parce que si tu m'obéis, j'épargnerai ton père. Sinon, je crains qu'il ne soit bientôt victime d'un tragique accident. Maintenant, ramasse les bijoux lentement, et lance-les dans ma direction. Après quoi, tu remettras les mains sur la tête. Je te donne *une* chance de me les lancer gentiment. Si je n'arrive pas à les rattraper, lady Victoria le paiera de sa vie.

Nathan lança mollement la bourse, que Gordon attrapa au vol. La soupesant, il esquissa un sourire.

— Enfin. Et maintenant…

— Il était inutile de tirer sur lord Wexhall, coupa Nathan en plaçant les mains sur sa tête.

L'air profondément écœuré, Gordon répliqua :

— Il n'a eu que ce qu'il méritait. Dieu sait ce qu'il fichait ici, celui-là. Il te cherchait, j'imagine. Tu as toujours été son préféré. Je n'ai jamais compris pourquoi c'était à *toi* qu'il avait accordé une chance de retrouver les bijoux.

— Il pensait que j'en aurais l'utilité, hasarda Nathan en haussant les épaules. S'il avait connu tes difficultés financières, je suis sûr qu'il t'aurait offert cette chance.

— Cela n'a plus d'importance, désormais. J'ai les bijoux.

Nathan baissa les yeux.

— Euh… En effet.

Il donna un petit coup dans la terre de la pointe de sa botte.

— Qu'est-ce que tu mijotes ? fit Gordon en fixant du regard le réticule de velours qui traînait sur le sol, près des pieds de Nathan.

— Rien, répondit celui-ci un peu trop vite.

— Non, Nathan ! souffla Victoria. Pas celles-là !

Gordon parut intrigué.

— Tu me caches quelque chose ?

— Non.

— Y aurait-il un autre sac de bijoux ?

— Ces pierres sont à moi, intervint Victoria d'une voix tremblante.

— Vous êtes bien gourmande, lady Victoria, déclara Gordon d'un ton réprobateur.

Après avoir coincé la bourse de cuir sous son bras, il désigna le réticule de velours bleu.

— Tu vas me les remettre aussi, Nathan. Doucement, comme la première fois.

Sans quitter Gordon des yeux Nathan fléchit les genoux. Comme il se redressait, Victoria laissa échapper un cri de détresse. Distrait, Gordon tourna la tête vers la jeune femme. Nathan n'attendait que cela. Vif comme l'éclair, il lança le sac de toutes ses forces. Touché à la tempe, Gordon s'écroula lourdement, inanimé. D'un bond, Nathan fut près de lui.

— Continue de comprimer la plaie, Victoria. J'arrive.

Il ligota Gordon avec son foulard, lui confisqua son arme, puis se rua vers Victoria.

— Laisse-moi regarder, dit-il en repoussant doucement la main de la jeune femme. Va me chercher mon couteau. Ensuite, tu récupéreras les bijoux et nos outils.

Elle obéit, et rapporta le couteau à Nathan presque aussitôt. Celui-ci allongea lord Wexhall sur le dos et lui prit le pouls. Il était fort et régulier. À l'aide de son couteau, il découpa le tissu ensanglanté pour dégager la blessure.

— La plaie est superficielle, annonça-t-il, soulagé, avant d'examiner l'ecchymose à sa tempe. Sa tête a vraisemblablement heurté le sol lorsqu'il est tombé, et il s'est évanoui.

— Il va se remettre ? s'enquit Victoria en le rejoignant avec leurs affaires.

— Oui. C'est une blessure sans gravité, et il est robuste. Il risque juste d'avoir un sacré mal de crâne pendant un jour ou deux.

Comme pour confirmer ses paroles, Wexhall gémit :

— Oooh, ma tête… Victoria… ajouta-t-il en clignant des yeux.

— Je suis là, père, répondit-elle, la gorge nouée.

Le martèlement de sabots de chevaux lancés au galop retentit soudain. S'emparant de son pistolet, Nathan jeta un coup d'œil derrière le mur. Quelques secondes plus tard, Colin apparut, suivi du juge local.

— J'arrive trop tard ? cria son frère en sautant à terre.

— Tu es pile à l'heure, répondit Nathan avec un sourire.

Adossé à une pile d'oreillers, sa main dans celle de sa fille, lord Wexhall foudroya du regard les personnes rassemblées autour de lui.

— Cessez donc de me fixer ainsi, grommela-t-il. Je vais très bien !

À en juger par son ton agacé, il disait vrai, songea Victoria.

— Si vous ne me croyez pas, interrogez mon médecin, reprit son père en désignant Nathan. Il m'a pansé et ordonné de faire un somme. Ne vous laissez pas impressionner par mon bras en écharpe et ce satané bandage à la tête. Ce ne sont pas une égratignure et une bosse qui vont me tuer…

— Je vous trouve très beau avec ces pansements, le taquina Victoria. Avec un petit quelque chose de… vulnérable.

— Ce n'est pas vraiment l'impression que je souhaite donner, maugréa lord Wexhall.

— Estimez-vous heureux, intervint Nathan. Sinon, je serais tenté de vous réprimander pour ne pas avoir révélé vos activités à votre fille.

— Et à ta sœur, renchérit tante Delia.

— Écoutez, toutes les deux, je ne pouvais vous faire un tel aveu. Il était impératif que mon identité demeure secrète. Bien sûr, ajouta-t-il avec un soupir, maintenant que le pot aux roses a été découvert, je vais devoir prendre ma retraite.

— Je me rends compte à présent que vous ne pouviez en effet pas parler, père, assura Victoria. Je suis très fière de vous.

— Merci, mon enfant, murmura-t-il, visiblement touché. Moi aussi, je suis fier de toi. Un père ne pourrait rêver meilleure fille. Ou meilleure sœur, s'empressa-t-il d'ajouter comme lady Delia se raclait la gorge.

Les autres s'esclaffèrent, puis le père de Nathan déclara :

— Je suis impatient de connaître le fin mot de toute cette histoire.

— J'aimerais d'abord laisser la parole à Colin, fit Nathan. J'aimerais beaucoup savoir comment il s'est procuré ceci.

Il sortit de sa poche un morceau de papier qu'il agita sous le nez de son frère.

Ce dernier parut étonné.

— Où diable l'as-tu trouvé ?

— Sur le balcon de ta chambre. Tu as dû le perdre lors de ta visite nocturne, hier soir.

D'abord contrit, Colin s'autorisa un sourire.

— Plutôt imprudent de ma part, admit-il.

— En effet. À qui l'as-tu subtilisé ?

Nathan et son frère échangèrent un long regard.

— Tu as donc toujours su que je l'avais subtilisée ? Tu n'as jamais cru que c'était moi qui avais chargé quelqu'un de te dérober cette lettre ?

— Non.

— Je ne mérite pas une telle confiance.

— Je ne suis pas d'accord, Colin, mais nous en reparlerons plus tard. Alors, à qui l'as-tu volée ?

— À un dénommé Oscar Dempsy. Il y a une semaine, j'étais dans une taverne de Penzance quand j'ai entendu à la table voisine, une brute se vanter d'avoir volé la carte d'un trésor à un docteur et à une petite dame. Il comptait apparemment la vendre à bon prix. Inutile d'être un génie pour deviner qu'il parlait de Nathan et de lady Victoria. J'ai offert quelques verres à cet homme, et il m'a raconté comment il vous avait rançonnés dans les bois. J'ai profité de ce qu'il parlait pour le soulager de ces documents. Après quoi, j'ai prétexté… un besoin naturel, et je me suis empressé de recopier la lettre et la carte. J'ai remis les documents dans la poche de Dempsy à son insu, et le tour était joué.

— Très ingénieux, murmura Nathan.

— À vrai dire, j'avais l'intention de le suivre, histoire de voir à qui il vendrait les documents. Hélas, une bagarre d'ivrognes a éclaté et, dans la mêlée, je l'ai perdu de vue. J'ai traîné à la taverne pendant quatre jours, mais il n'est pas revenu.

— Il est mort, lâcha Nathan froidement. Gordon l'a exécuté. Sans doute juste après qu'il lui a remis la lettre. Pourquoi n'es-tu pas venu me raconter ce que tu avais découvert, Colin ?

— Parce que dès que j'ai su que c'était à toi et à lady Victoria qu'il avait subtilisé la lettre, j'ai compris que j'avais commis une terrible erreur en doutant de toi. Pourquoi aurais-tu payé un homme pour t'agresser ? Je savais en outre que jamais tu ne mettrais lady Victoria en danger. J'ai donc décidé de me racheter.

— Continue, fit Nathan.

— Persuadé que Dempsy ne reviendrait pas, je me suis fié aux informations contenues dans les documents, et j'ai loué un bateau pour gagner les îles Scilly. Où je suis tombé sur Gordon – lui qui a toujours eu le mal de mer… Nous avons bavardé, mais il s'est montré aussi évasif que moi sur les raisons de sa présence. Nous avons regagné Penzance ensemble. Et j'ai commencé à avoir des doutes. Hier soir, je suis passé à la maison dans l'espoir de glaner d'autres renseignements. Je voulais savoir si tu avais retrouvé les bijoux ou si tu touchais au but.

— Quelque chose t'a incité à fouiller ma chambre, j'imagine, dit Nathan.

— Je t'ai entendu évoquer un plan quadrillé. En le trouvant dans le talon de ta botte – excellente cachette, soit dit en passant – avec la lettre et le plan, j'ai compris que j'avais été envoyé sur une fausse piste.

— Hmm. Et que s'est-il passé après que tu m'as espionné et dépouillé de mes documents ?

— Je suis retourné à la taverne de Penzance et j'ai étudié la carte. Sans résultat. C'est alors que le destin m'a souri. Je venais de prendre mon petit déjeuner quand lord Wexhall est entré dans la salle à manger. Inutile de dire que nous étions aussi étonnés l'un que l'autre.

Le père de Victoria prit la parole :

— Je suis arrivé à Penzance hier soir dans l'intention de mener mon enquête avant de me faire connaître.

— Espion d'un jour... commenta Nathan.

— Oui, les vieilles habitudes ont la vie dure, reconnut Wexhall. Bref, Sutton m'a exposé son plan pour retrouver les bijoux et laver l'honneur de Nathan. J'ai sorti la copie de la carte que j'avais cachée dans les bagages de Victoria – au fait, je regrette, ma chérie. Colin m'a montré la lettre et le plan quadrillé dérobés dans la chambre de Nathan. Il m'est aussitôt apparu qu'il existait des différences importantes entre les documents.

Nathan se tourna vers Victoria, qui rougit.

— Je vous avais prévenue que je n'étais pas douée pour le dessin. Et je vous rappelle que c'est *votre* chèvre qui a dévoré l'original.

— Une chèvre ? répéta lord Wexhall, intrigué.

— Je vous expliquerai plus tard, père. Continuez, je vous en prie.

— Sutton a étudié ma carte et le plan quadrillé de Nathan. Avec le dessin d'origine, il ne lui a guère fallu de temps pour deviner qu'il s'agissait des ruisseaux du domaine. En comparant nos théories, nous avons conclu qu'aucun de nous deux n'avait trahi. Vu que nous avions confiance en Nathan, il n'y avait plus qu'un coupable possible...

— Cette découverte nous a incités à agir sans tarder, reprit Colin. Nous sommes venus ici pour tout expliquer à Nathan et à lady Victoria, mais ils n'étaient pas là. Comme ils étaient partis très tôt, nous en avons déduit qu'ils avaient découvert le secteur où fouiller. Sachant qu'il était urgent de les mettre en garde contre Gordon, lord Wexhall et moi avons décidé de nous séparer. Je suis parti pour Alwyck Manor tandis que lord Wexhall se rendait aux ruines. En constatant que Gordon n'était pas chez lui, je suis allé chercher le juge, et nous avons galopé jusqu'aux ruines. En approchant, nous avons entendu un cri de détresse. Excellente prestation, lady Victoria.

— Merci, fit-elle avant d'ajouter à l'adresse de Nathan : Vous avez, de votre côté, fort bien lancé mon *réticule* plein de *pierres*.

— Je l'ajouterai à la liste des armes répertoriées dans le manuel de l'espion, promit ce dernier. Vous êtes un génie… Même si je vise très bien.

— Absolument. Alwyck n'a eu que ce qu'il méritait. Ne lui avais-je pas dit que les pierres étaient *à moi* ?

— En effet, admit Nathan en souriant. Et vous avez joué le jeu à merveille, je dois dire.

— Où se trouve lord Alwyck à présent ? intervint lady Delia.

— En prison, répondit Nathan. Où il devrait croupir jusqu'à la fin de ses jours.

Il se tourna vers le père de Victoria.

— Maintenant que vous savez tout, j'insiste pour que vous vous reposiez. Je parle en tant que médecin, bien sûr.

— Très bien, bougonna lord Wexhall. Cela dit, cela ne me fera pas de mal, d'autant que je compte repartir dès demain.

— Demain ? répéta Victoria, éberluée.

— Demain ? dirent en chœur tante Delia et lord Rutledge.

— Demain, confirma lord Wexhall. Mon médecin m'a autorisé à voyager.

— Vraiment ? demanda Victoria à Nathan, qui arborait une expression indéchiffrable. Il serait sans doute préférable d'attendre un peu...

— Ce serait préférable, en effet, admit Nathan. Mais ses blessures sont sans gravité. Votre père supportera très bien ce déplacement.

— Je dois regagner Londres au plus vite pour remettre les bijoux à sa Majesté, expliqua Wexhall. Nous partirons après le petit déjeuner.

La gorge nouée par l'émotion, Victoria se contenta de hocher la tête.

— L'affaire étant réglée, je vais vous prier de laisser mon patient se reposer, fit Nathan.

— J'aimerais dire deux mots à ma fille, Nathan.

Ce dernier croisa le regard de Victoria, mais, cette fois encore, elle ne put lire dans ses pensées.

— Bien sûr, répondit-il.

Dès que tout le monde eut quitté la chambre, lord Wexhall chercha le regard de sa fille.

— Ton séjour ici t'a plu ? s'enquit-il.

— Oui, répondit la jeune femme, qui se sentit rougir.

— Tu ne t'y attendais pas, n'est-ce pas ?

— Pour être franche, non. Ç'a été une agréable surprise.

— Je m'en doutais. Il est toujours bon de changer d'air avant de prendre une grande décision.

— Une grande décision ?

— Qui épouser, par exemple. J'ai vu Branripple et Dravensby la veille de mon départ. Ils t'envoient leurs hommages.

Seigneur ! Elle avait presque oublié ses deux soupirants !

— Tu sembles t'être liée d'amitié avec Nathan.

Victoria dévisagea son père, mais son regard était aussi innocent que son ton.

— En effet, oui.

— Je m'en réjouis. C'est l'un des hommes les plus honnêtes et les plus courageux que je connaisse. Et carrément brillant quand il s'agit de décoder des messages. Il m'a tout de suite impressionné.

Victoria ne le comprenait que trop bien.

— Il s'est montré très gentil avec moi, dit-elle prudemment.

— Et son frère, lord Sutton ? Encore un homme de qualité. L'allure d'un gentleman et les mains d'un voleur. Excellente combinaison pour un espion.

— Lord Sutton était très peu présent durant mon séjour, mais j'ai néanmoins apprécié sa compagnie.

— Tant mieux. Je suis heureux que tu aies apprécié ton séjour, mais j'imagine que tu es pressée de regagner Londres, et de te choisir un mari.

— Je... Oui, bien sûr.

— Je parie que ma fille sera fiancée avant la fin du mois.

Le cœur serré, Victoria acquiesça d'un signe de tête.

— Parfait. À présent, j'aimerais me reposer, ma fille. Je te verrai demain, au petit déjeuner.

Victoria embrassa son père et prit congé. Elle regagna sa chambre en courant presque, ferma la porte, et s'adossa au panneau de chêne, au bord des larmes.

Elle partait le lendemain... Elle allait retrouver Londres, ses prétendants, ses soirées, ses boutiques, choisir un mari. Cette perspective aurait dû la remplir de joie, au lieu de quoi elle n'éprouvait qu'un terrible chagrin, une douleur atroce qui lui transperçait le cœur.

Elle ne voulait pas quitter Nathan.

Elle ne voulait pas quitter l'homme qu'elle aimait.

22

La femme moderne se gardera de prendre une décision cruciale dans « le feu de l'action ». Elle prendra du recul et envisagera la situation sous tous les angles afin de ne pas risquer de regretter ses choix plus tard.

Le Guide féminin de la poursuite du bonheur personnel,

Charles BRIGHTMORE

Ce soir-là, le dîner parut morose et tendu à Victoria, mais peut-être n'était-ce que le reflet de son humeur. Seul lord Sutton semblait enjoué. Il finit néanmoins par se taire après avoir constaté que ses tentatives de conversation tombaient à plat. Dès la fin de cet interminable repas, Victoria s'excusa et alla préparer ses bagages. À peine avait-elle regagné sa chambre qu'on frappa à sa porte. Nathan ?

— Entre ! cria-t-elle, le cœur battant.

Hélas, ce n'était que Winifred, sa femme de chambre. La domestique l'aida à faire ses malles, puis se retira. Victoria s'approcha de la fenêtre pour admirer le parc au clair de lune. Elle n'avait pas eu la possibilité de parler à Nathan seule à seul, mais ne doutait pas qu'il viendrait cette nuit. Leur dernière nuit…

Comme on frappait quelques coups légers à la porte, elle sentit son cœur s'emballer, et se précipita pour ouvrir. Sa tante Delia se tenait sur le seuil.

— J'aimerais te parler, Victoria.

— Bien sûr, répondit-elle, un peu honteuse de sa déception. Entrez. Tout va bien, ma tante ? Vous me semblez un peu… rouge.

— Je vais bien. À vrai dire, je ne pourrais aller mieux !

Elle prit les mains de sa nièce entre les siennes et enchaîna :

— Je tenais à ce que tu sois la première informée, ma chérie. Lord Rutledge m'a demandée en mariage. Et j'ai accepté !

Abasourdie, Victoria dévisagea sa tante.

— Je… je ne sais pas quoi dire.

— Dis que tu es heureuse pour moi, que tu me souhaites tout le bonheur du monde.

— Bien sûr que je vous souhaite d'être heureuse ! Je suis juste un peu surprise. Vous ne vous connaissez pas depuis très longtemps.

— C'est vrai, mais je sais tout ce que j'ai besoin de savoir à son sujet. Lord Rutledge est un homme honorable et bon, généreux et tendre. Il me fait rire, il m'aime et je l'aime. Il m'offre tout ce que je n'avais pas eu avec mon premier mari, et je me sens bénie d'avoir une chance de connaître le bonheur, à mon âge ! Tu sais, le cœur a ses raisons…

Les larmes aux yeux, Victoria l'embrassa.

— Chère tante Delia, je suis ravie pour vous deux. Avez-vous fixé une date ?

— Oui. La cérémonie aura lieu dans un mois, ici même.

— Cela représente bien des déplacements…

Victoria se tut abruptement, puis reprit d'une toute petite voix :

— Vous ne partirez pas avec père et moi, demain, n'est-ce pas ?

— Non, en effet. Je préfère rester ici, m'accoutumer à cet endroit qui s'apprête à devenir mon nouveau foyer.

— Et Londres, que vous adorez ? Votre vie mondaine ?

— N'aie pas l'air aussi accablé, ma chérie ! s'esclaffa Delia. Rutledge accepte que je passe la saison en ville si je le souhaite. Quant à Londres et à ma vie mondaine, ils ne sont rien comparés à l'amour que j'éprouve pour Rutledge.

Delia chercha le regard de sa nièce avant de demander :

— As-tu parlé au Dr Oliver, ce soir ?

— Pas en tête à tête, non, murmura-t-elle, mortifiée de sentir les larmes lui monter aux yeux. Et je ne sais pas comment je vais lui dire adieu.

— Ton cœur te dictera tes paroles, assura Delia, l'air préoccupé. Il t'indiquera la conduite à tenir. Écoute-le.

Elle parut sur le point de poursuivre, puis se pencha et déposa un baiser sur la joue de sa nièce.

— Je te laisse, ma chérie. Je te verrai demain matin, avant ton départ.

Delia quitta la chambre, et Victoria demeura un instant pétrifiée sur place. Puis un flot d'émotions déferla en elle, si violent qu'elle tituba jusqu'au canapé, près de la cheminée, et s'y laissa tomber.

La nouvelle que sa tante venait de lui annoncer la stupéfiait et la ravissait tout à la fois. Elle éprouvait aussi un autre sentiment sur lequel elle refusait de s'attarder, car il ressemblait trop à de l'envie.

On frappa de nouveau à sa porte. Avant qu'elle ait le temps de répondre, le battant s'ouvrit et Nathan entra. Leurs regards s'aimantèrent, et Victoria sentit une boule se former dans sa gorge. Seigneur, elle l'aimait tellement qu'elle en avait mal. Comment avait-elle pu laisser une telle chose arriver ? Existait-il une chance infime qu'il éprouve les mêmes sentiments qu'elle ? Jamais il n'avait dit quoi que ce soit en ce sens. Quelle importance, d'ailleurs ? Leurs vies étaient si radicalement différentes.

Mais s'il l'aimait ? S'il envisageait de la demander en mariage ? À cette idée, elle ressentit… Quoi ? De l'allégresse… ou de la crainte ? Rien de tout cela n'entrait dans ses plans, se rappela-t-elle. Comment pouvait-elle envisager de renoncer à ses projets pour une liaison d'une semaine ?

« Une liaison née d'une étincelle allumée trois ans plus tôt », lui murmura sournoisement une petite voix intérieure. Mais peut-être se tourmentait-elle sans raison. Nathan n'avait pas parlé d'amour. Ni laissé entendre qu'il voulait plus que ce qu'ils avaient partagé. Elle se tracassait au sujet d'une demande en mariage à laquelle il n'avait jamais fait la moindre allusion. Et qu'elle n'était pas préparée à entendre. Cela dit, si le simple fait de le voir la bouleversait, comment parviendrait-elle à lui faire ses adieux, le lendemain matin ?

Il s'avança lentement vers elle, les yeux rivés aux siens. Il avait un petit paquet dans une main et une rose rouge dans l'autre. Il s'assit près d'elle, sur le canapé, et posa son paquet par terre.

— Pour toi, dit-il en lui tendant la rose.

— Merci, souffla-t-elle en effleurant les pétales veloutés du doigt.

— Je suis passé voir ton père. Il va bien, ce qui ne l'empêche pas de se plaindre.

— Il déteste l'inactivité, fit-elle avec un sourire.

— Vraiment ? railla-t-il, avant d'ajouter : J'ai aussi parlé à mon père et à ta tante. Elle t'a annoncé la nouvelle, je crois.

— Oui.

— Cela ne te fait pas plaisir ? dit-il en la dévisageant.

— Bien sûr que si. Delia mérite d'être enfin heureuse. C'est juste que…

— Quoi ?

« J'envie leur bonheur, s'avoua-t-elle. L'audace de ma tante. »

— Je suis étonnée, dit-elle simplement. Pas toi ?

— En fait, non. J'ai eu une conversation avec mon père. De toute évidence, il éprouve de profonds sentiments pour elle. C'est bon de les voir heureux.

Il la scruta un instant, puis reprit :

— Quand je suis entré, tu semblais songeuse. À quoi pensais-tu ?

— Tu es certain de vouloir le savoir ?

— Oui, répondit-il, un sourire au coin des lèvres.

— Je me demandais comment j'allais te faire mes adieux.

— Je me posais la même question à ton sujet, avoua-t-il, le regard soucieux soudain.

Il ramassa le paquet posé près de lui et le lui tendit.

— Après mûres réflexions, j'ai décidé que c'était là le plus beau cadeau d'adieu que je puisse t'offrir.

Posant la rose sur un guéridon d'acajou, elle déplia le papier de soie. En découvrant le livre qu'il enveloppait, elle tressaillit. Elle consulta la page de garde, et murmura, stupéfaite :

— L'édition de 1697 des *Contes de ma mère l'Oye*. Où donc en as-tu trouvé un exemplaire ?

— Je n'ai pas eu à chercher bien loin. Il se trouvait dans ma malle. Il s'agit de mon propre exemplaire.

Victoria releva vivement la tête.

— Celui que tu ne vendrais pour rien au monde ? Le dernier cadeau de ta mère avant sa mort ?

— Oui.

Le cœur battant sourdement, elle demanda d'une voix mal assurée :

— Pourquoi m'offrir un objet qui a une telle valeur à tes yeux ?

— Je tenais à te laisser un souvenir de moi.

La lueur d'espoir insensé qui continuait de vaciller envers et contre tout s'éteignit brutalement en elle. Nathan avait bel et bien l'intention de lui dire au revoir à jamais.

Elle aurait dû être heureuse. Soulagée. Et elle le serait sûrement dès qu'elle émergerait de cette espèce de torpeur dans laquelle elle semblait engluée.

Je tenais à te laisser un souvenir de moi. Comme si elle risquait de l'oublier !

— Je… je ne sais que dire.

— Il te plaît ?

Elle se perdit dans son beau regard grave, et étouffa un sanglot.

— Je l'adore, murmura-t-elle, les larmes aux yeux.

« Je t'aime, poursuivit-elle en silence. Et je préférerais ne pas t'aimer, car je souffre trop. »

Devait-elle le lui avouer ? Lui avouer que son cœur lui appartenait et qu'elle ne supportait pas l'idée de le quitter ? Mais il fallait être folle pour crier son amour à un homme déterminé à lui dire adieu.

Ravalant ses larmes, elle se redressa et lui sourit.

— Merci, Nathan. Sois assuré que je le chérirai.

— Je m'en réjouis. Je ne peux t'offrir une fin digne d'un conte de fées, mais je peux au moins t'offrir le conte.

— Te reverrai-je un jour ? demanda-t-elle d'une voix tremblante.

Il prit son visage entre ses mains, la mine grave.

— Je ne sais pas. Ce sera au destin d'en décider, j'imagine. Je sais en revanche qu'il nous reste cette dernière nuit à partager, et je veux qu'elle soit inoubliable.

Il se pencha et s'empara de ses lèvres avec tendresse. Lorsqu'il s'écarta d'elle, elle l'enlaça et l'attira à elle.

— Encore, souffla-t-elle, en proie à un désespoir sans nom. Encore…

Comme lors de leur première rencontre, il ne se fit pas prier.

— Tout va bien, ma fille ?

Victoria se détourna de la vitre de la voiture qui l'emmenait loin de Nathan.

— Je…

Croisant le regard inquiet de son père, elle ne put se résoudre à mentir en affirmant que tout allait bien.

— Je suis fatiguée, dit-elle.

Son père semblait perplexe. Victoria esquissa un sourire forcé et détourna les yeux. Ils avaient quitté Creston Manor depuis une heure, mais elle avait l'impression que cela faisait une éternité.

Comment pouvait-elle souffrir autant alors qu'elle avait l'impression d'être morte à l'intérieur ? Elle ferma les paupières. Aussitôt, des dizaines d'images surgirent. Nathan en train de sourire, de rire, de l'attirer dans ses bras. De lui faire des adieux polis, le matin même, comme s'ils n'étaient que de vagues connaissances.

— Bon sang, mais tu pleures ! s'exclama lord Wexhall. C'en est assez.

Victoria rouvrit vivement les yeux. Ses joues étaient en effet trempées de larmes, se rendit-elle compte. Son père lui tendit un mouchoir et sortit une feuille de sa poche.

— J'ai reçu la consigne de ne te remettre cette lettre qu'après notre arrivée à Londres. Mais vu que je n'ai pas donné ma parole…

— À qui ?

— À Nathan. Il me l'a confiée hier soir. Il tenait à ce que je te la donne lorsque nous serions à la maison, afin de te laisser le temps de réfléchir. Mais il faudrait être aveugle pour ne pas voir que tu as le cœur brisé. Je ne le supporterai pas plus longtemps. Si le contenu de cette lettre peut apaiser ton chagrin, je prends le risque de contrarier Nathan.

Victoria brisa le sceau d'une main malhabile et déplia l'épais vélin ivoire. Le cœur battant, elle lut :

Ma chère Victoria,

Je vais te raconter une histoire digne des Contes de ma mère l'Oye. Elle s'intitule : L'homme ordinaire qui aimait une princesse.

Il était une fois un homme très ordinaire qui vivait à la campagne, dans un modeste cottage. Il trouvait sa vie agréable, jusqu'à ce qu'il rencontre une belle princesse venue de la ville, à qui il vola un baiser. Aussitôt, il regretta son geste, car il savait désormais qu'il ne pourrait plus jamais embrasser une autre femme. C'était fâcheux, car un homme ordinaire n'a rien à offrir à une princesse.

Le souvenir de ce baiser demeura gravé dans le cœur de cet homme. Trois ans plus tard, il revit la princesse. Elle était encore plus belle que dans son souvenir. Hélas, elle était destinée à épouser un prince fortuné. L'homme avait beau savoir qu'une princesse n'épouserait jamais un homme ordinaire, et qu'il aurait le cœur brisé, il ne put s'empêcher de tomber amoureux. Car elle était non seulement belle, mais douce et aimante. Et courageuse, loyale, intelligente, drôle. Aussi, même s'il était trop ordinaire pour une princesse, il se devait de tenter de gagner son amour. Il refusait de renoncer à elle sans s'être battu. Il lui offrit donc tout ce qu'il possédait : son cœur, son dévouement, son honneur, son respect. Et tout son amour. Puis il pria pour que la morale de l'histoire soit la suivante : même un homme ordinaire peut conquérir une princesse grâce aux richesses de l'amour.

Mon cœur t'appartient, maintenant et à jamais,

Nathan

Victoria leva les yeux vers son père, qui guettait sa réaction.

— Alors ?

— Nous faisons demi-tour ! répondit-elle en riant à travers ses larmes.

Nathan contemplait les vagues qui venaient mourir sur les rochers. Le vent s'était levé, annonçant la tempête, et le ciel sombre reflétait sa tristesse.

Victoria n'était-elle vraiment partie que depuis deux heures ? Ne s'était-il écoulé que cent vingt petites minutes depuis qu'on lui avait arraché le cœur ? Il se sentait tellement… vide.

Accablé, il passa les mains sur son visage. Il avait eu raison de la laisser partir, cela valait mieux pour elle. Mais la douleur n'en était pas moins intense.

— Nathan !

Il fit volte-face, et demeura pétrifié. Elle se tenait à quelques mètres, serrant une feuille de vélin ivoire contre sa poitrine. Mais ce fut surtout son regard qui le frappa. Il y lut tant d'amour qu'il eut peur que ce ne soit qu'un rêve.

Incapable de bouger, il la regarda s'avancer vers lui.

— Il n'y a rien d'ordinaire en toi, Nathan, murmura-t-elle d'une voix tremblante en lui caressant la joue. Tu es extraordinaire à tous égards. Et je l'ai su à la seconde où j'ai posé les yeux sur toi, il y a trois ans.

Il lui embrassa la paume, puis serra sa main entre les siennes.

— Ton père t'a donc remis ma lettre.

— Tu le remercieras plus tard, répondit-elle en enroulant les bras autour de son cou.

— Je voulais que tu aies le temps de réfléchir…

— J'ai eu largement le temps. Je n'ai fait que cela, à vrai dire. Et je sais désormais ce que je veux.

— Et que veux-tu ?

— Tu es sûr de vouloir le savoir ?

— Certain.

— Toi, souffla-t-elle. C'est toi que je veux.

Le gouffre qui s'était creusé en lui, deux heures plus tôt, se combla d'un coup.

— Un jour, je t'ai dit que je ne me marierais que par amour, dit-il.

— Je me souviens.

Il l'écarta doucement, mit un genou en terre et lui prit la main.

— Veux-tu m'épouser ?

Le menton de Victoria se mit à trembler et ses grands yeux lumineux s'emplirent de larmes. Nathan se redressa et palpa ses poches frénétiquement, à la recherche d'un mouchoir. Lorsqu'il l'eut enfin trouvé, il lui tamponna les joues.

— Ne pleure pas, je t'en supplie. Je ne le supporte pas...

Mais ses larmes semblaient ne pas vouloir se tarir.

— Je ne suis pas riche, mais je veillerai à ce que tu ne manques de rien, jura-t-il dans l'espoir de la réconforter. Nous passerons une partie de l'année à Londres, et je serai fier de t'emmener à l'opéra. J'irai dans toutes les soirées, et je te ferai l'amour dans la voiture, en rentrant à la maison. Puis de nouveau en arrivant. Je n'ai pas grand-chose à t'offrir, mais le peu que je possède est à toi. Et je t'aimerai jusqu'à la fin de mes jours.

Victoria plongea son regard dans le sien, et y vit tout ce dont elle avait toujours rêvé sans même le savoir. Laissant parler son cœur, elle murmura :

— J'ai fini par comprendre que l'endroit où je me trouvais m'importait peu du moment que j'étais avec toi. J'ai même appris à aimer tes animaux. J'adore déjà Glouton et Botte, et je trouverai certainement un terrain d'entente avec Pétunia. Je t'aime, Nathan, et je serai honorée d'être ta femme.

— Dieu soit loué, souffla-t-il.

L'attirant à lui, il lui donna un vertigineux baiser. Lorsqu'il s'écarta enfin, elle chuchota, le souffle court :

— Tu sais que j'ai une dot.

— Vraiment ? Je l'avais oublié.

Et Victoria, qui avait toujours pensé qu'on l'épouserait pour sa fortune, décida que c'était là le plus beau des cadeaux.

Épilogue

Si la femme moderne doit se méfier de toute décision cruciale prise dans le feu de l'action, elle doit aussi reconnaître que certaines décisions ne demandent aucune réflexion, car il n'existe qu'une réponse possible.

Le Guide féminin de la poursuite du bonheur personnel,

Charles BRIGHTMORE

Six semaines plus tard

Debout devant l'autel, dans la petite église que sa famille fréquentait depuis des générations, Nathan regardait sa future épouse s'avancer vers lui. Vêtue d'une robe toute simple au décolleté carré et aux manches bouffantes, un bouquet de roses à la main, elle était à couper le souffle. Quand elle s'arrêta à son côté, il lui sourit.

— Tu es superbe, murmura-t-il.

— Toi aussi, chuchota-t-elle en lui rendant son sourire.

Le pasteur se racla la gorge, et leur adressa un regard réprobateur. La cérémonie se déroula normalement, jusqu'à ce qu'il déclare :

— Si un membre de cette assemblée connaît une raison empêchant ces deux êtres de s'unir, qu'il parle maintenant ou se taise à jamais.

— J'aimerais dire quelques mots, intervint Nathan.

— Vraiment ? fit le pasteur, interloqué.

— Oui. Victoria, ajouta-t-il en se tournant vers la jeune femme, j'ai quelque chose à vous dire.

La mariée pâlit.

— Il me paraît évident que vous avez l'intention d'aller jusqu'au bout de cette cérémonie, déclara Nathan.

— Telle est mon intention, en effet.

— Parfait. Avant que nous ne devenions officiellement mari et femme, je tiens à ce que vous sachiez que, euh, je ne suis plus un homme sans fortune.

— Que voulez-vous dire ?

— Sa Majesté m'a offert une jolie récompense pour la restitution des bijoux.

— Jolie à quel point ?

— Cent mille livres, lui murmura-t-il à l'oreille. Sans compter la maison.

— La maison ? répéta-t-elle, abasourdie.

— Dans le Kent. À trois heures de Londres. C'est un domaine modeste, d'après sa Majesté. Pas plus d'une trentaine de pièces. De quoi accueillir vos réceptions et mes animaux.

— Depuis combien de temps le savez-vous ?

— Votre père me l'a annoncé juste avant de vous conduire à l'autel.

— Vous le savez depuis plusieurs minutes et vous ne m'en avez rien dit ? s'exclama Victoria, interloquée.

Nathan haussa les épaules.

— Je voulais être certain que vous ne m'épousiez pas pour mon argent.

— Je dois avouer que c'est une bonne nouvelle, concéda-t-elle en riant, avant de se mettre à parler à toute allure.

Le pasteur semblant sur le point d'avoir une attaque, Nathan tenta d'arrêter le flot de paroles.

— Victoria ! chuchota-t-il

Comme elle continuait sur sa lancée, il la fit taire de la seule manière qu'il connaissait : un baiser.

— Dieu du ciel ! s'exclama le pasteur, outré. Ce n'est pas le moment ! Je ne vous ai pas encore déclarés mari et femme !

— Si je ne l'avais pas embrassée, expliqua Nathan, croyez-moi, vous n'en auriez jamais eu l'occasion.

— C'est ainsi que tout a commencé, souffla la jeune femme. Par un baiser destiné à me faire taire.

— En effet.

— Ce baiser-ci marque la fin de nos fiançailles, je suppose.

Nathan porta sa main à ses lèvres.

— Non, mon amour. Tout ne fait que commencer...

Découvrez les prochaines nouveautés de nos différentes collections J'ai lu pour elle

AVENTURES & PASSIONS

Le 4 avril :

Les sœurs Brantford —2, Une femme piégée ☙
Tracy Anne Warren (n° 8627)
Pour punir Jeannette Brantford d'avoir échappé à son mariage arrangé à Londres, ses parents l'envoient en Irlande. En route, elle fait la connaissance de l'architecte, Darragh O'Brian, qui tombe tout de suite sous le charme de la jeune fille gâtée et têtue. Réussira-t-il à lui inculquer un peu de sagesse et à lui apprendre l'amour véritable ?

La proie du lynx ☙ Virginia Henley (n° 5424)
Sous le règne d'Edouard Ier Plantagenêt, Alan de Warenne est chargé d'assurer la sécurité de la frontière ouest du royaume. C'est en pacificateur qu'il est entré dans Dumfries, pourtant l'hostilité des Celtes ne fléchit pas. Jusqu'à la fille de son régisseur, une jeune impertinente qui se prétend sorcière ! Alan n'est pas superstitieux mais cette sauvageonne a besoin d'une leçon – perspective qui n'est d'ailleurs pas désagréable…

Le mystère d'Alexandra ☙ Leslie Lafoy (n° 8630)
Londres, 1864. Aiden Terrell est un homme blessé. Il n'a plus confiance en l'amour jusqu'au jour où il rencontre Alexandra Radford, une jeune fille venue des Indes avec un garçon de dix ans, fils du maharadjah. La jeune fille et le petit garçon courent un grave danger et Aiden est chargé de veiller sur eux…

Nouveau ! 2 rendez-vous mensuels aux alentours du 1er et du 15 de chaque mois.

Le 18 avril :

Pickpocket en jupons Julie Anne Long (n° 8631)

Angleterre, début du XIXe siècle. Gideon Cole est un brillant avocat issu d'un milieu modeste qui espère grimper dans la société. Pour cela, il doit se marier avec une femme d'excellente famille. Il courtise lady Constance qui a beaucoup de soupirants. Pour l'attirer, il essaye de la rendre jalouse en prenant sous sa protection Lily, une jeune voleuse. Seulement, sous les apparences se cache une véritable lady…

Le frisson de minuit Eloisa James (n° 6452)

Après avoir repoussé vingt-deux demandes en mariage, Sophie York accepte celle du comte de Slaslow. Évidemment, il aurait été plus excitant d'accepter la proposition de Patrick Foakes, mais c'est un séducteur impénitent. Bien qu'il n'ait pas de titre à offrir, Patrick ne renonce pas à conquérir Sophie. Cédera-t-elle à l'envoûtement de cet amant incomparable ?

Si vous aimez Aventures & Passions,
laissez-vous tenter par :

Passion intense

Quand l'amour vous plonge dans un monde de sensualité

Le 18 avril :

Les fantasmes de lady Fiona Noelle Mack (n° 8632)

Fiona est une jeune veuve qui vit sa sexualité très librement en prenant autant d'amants qu'elle le souhaite. Mais cette fois-ci, Fiona n'en désire qu'un seul : Edward Delamar, un homme mystérieux qui révélera bien vite ses plus délicieux fantasmes.

Nouveau ! 1 rendez-vous mensuel
aux alentours du 15 de chaque mois.

Romance d'aujourd'hui

Le 18 avril :

Le sacrifice de Marilee ☙ Catherine Anderson (n° 8629)

Ex-joueur de football professionnel, Joe Lakota revient dans sa ville natale dans l'Oregon avec son fils, âgé de quatre ans, dont il a obtenu la garde après son divorce. Dix ans plus tôt, il était parti le cœur brisé par Marilee Nelson, son premier amour, qui avait rompu sans lui donner la moindre explication. Il n'a jamais cessé de l'aimer. Maintenant, il va la revoir et tenter de percer le mystère de Marilee.

Nouveau ! 1 rendez-vous mensuel aux alentours du 15.

Et toujours la reine du roman sentimental :

Barbara Cartland

Le 4 avril :

Le plus odieux des chantages (n° 8628)

L'ingénue criminelle (n° 1553)

Le 18 avril :

Fuite vers l'amour (n° 4419)

Nouveau ! 2 rendez-vous mensuels aux alentours du 1er et du 15 de chaque mois.

8600

Composition Chesteroc
Achevé d'imprimer en France (La Flèche)
par Brodard et Taupin
le 19 février 2008. 45984
Dépôt légal février 2008. EAN 9782290004005

Éditions J'ai lu
87, quai Panhard-et-Levassor, 75013 Paris
Diffusion France et étranger : Flammarion